KB262742

海南漂物

해남변참

# 해남번참 2

사초 新무협 판타지 소설

초판 1쇄 찍은 날 § 2006년 10월 19일
초판 1쇄 펴낸 날 § 2006년 10월 28일

지은이 § 사초
펴낸이 § 서경석

편집장 § 문혜영
편집책임 § 서지현
편집 § 심재영

펴낸곳 § 도서출판 청어람
등록번호 § 제1081-1-89호
등록일자 § 1999. 5. 31
어람번호 § 제2-1037호

주소 § 경기도 부천시 원미구 심곡1동 350-1 남성B/D 3F (우) 420-011
전화 § 032-656-4452  팩스 § 032-656-4453
http://www.chungeoram.com
E-mail § eoram99@chollian.net



ISBN 89-251-0365-6 04810
ISBN 89-251-0363-X (세트)

사초 新무협 판타지 소설

2

유희(遊戲)

Fantastic Oriental Heroes

해남번창

도서출판 청어람

# 목차


第七章  폭력(暴力) _7

第八章  천하제일살수(天下第一殺手) _89

第九章  소실(消失) _145

第十章  사마휘진(司馬暉珍) _211

第十一章  야율령(耶律令) _269

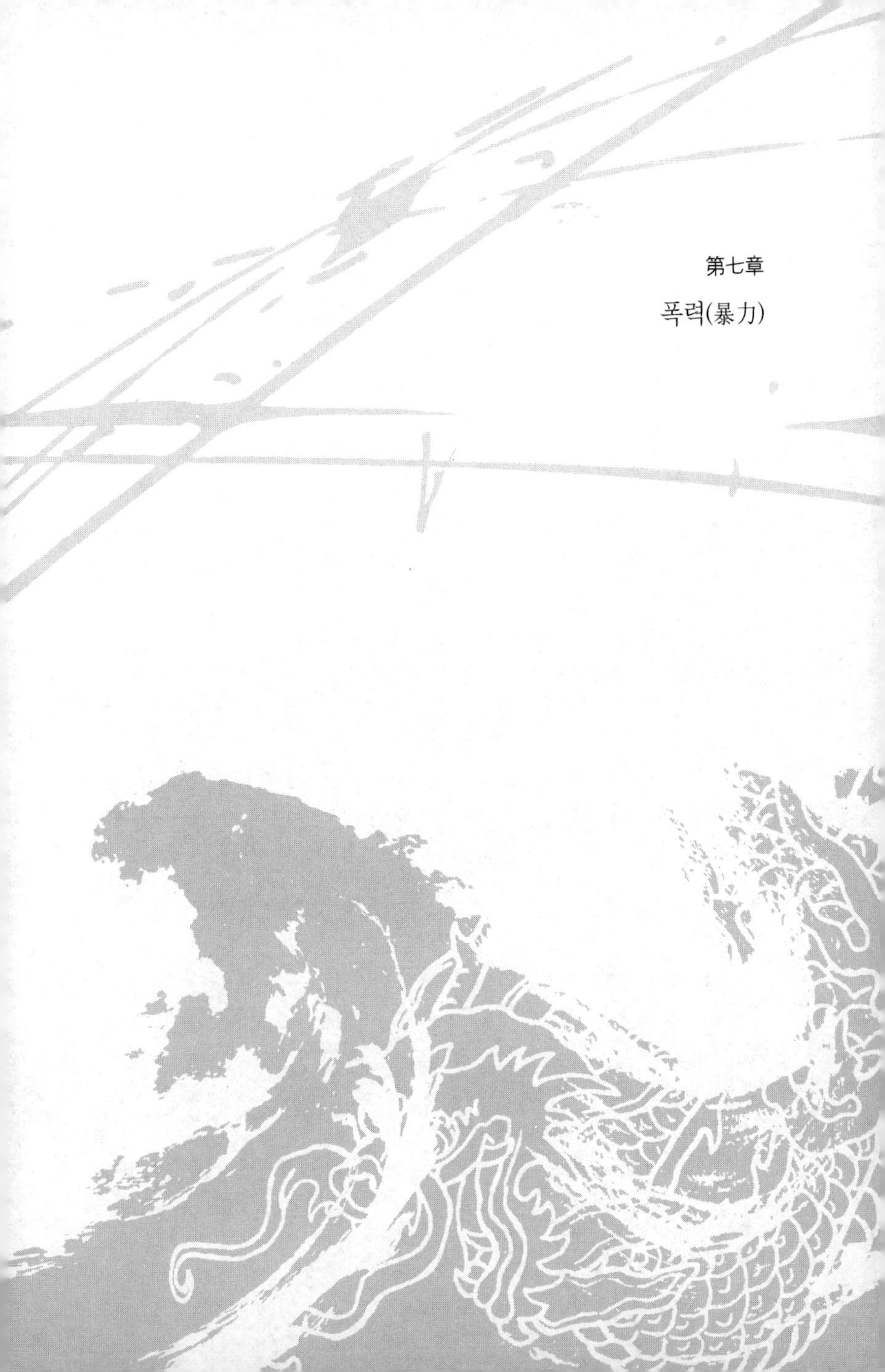

第七章

폭력(暴力)

진산이 첫 살인을 했을 때가 아마도 열다섯 살 무렵이었을 거다.

그는 어려서부터 병약했다. 무슨 이유가 있었는지 몰라도 그는 기가 매우 허했고 근육이 약해서 제대로 걷지도 못하는 상태였다. 그의 형인 진천이 어디선가 구해온 약을 꾸준히 복용시켰기에 열다섯이 되었을 때는 간신히 일상생활을 할 수 있게 되었다.

그리고 진천은 동생이 어느 정도 자기 할 일을 할 수 있게 된 뒤로 중원으로 떠났다. 그것이 스무 해 전의 일이었다.

그 뒤 반년 정도 지났을까? 해안가 근처에 있던 그의 집에 해적들이 들이닥쳐 형이 진산을 위해 모은 돈을 모두 갈취하고 진산을 납치해 갔다. 노예로 삼기 위함이었다. 수려한 외모를 가진 진산은 짭짤한 값에 거래될 것이라 생각했다.

며칠을 그렇게 바다에서 생활했다. 그 생활은 매우 고됐다. 그들은 진산을 개, 돼지마냥 부렸다.

그 때문에 진산은 해적에 대한 지독한 악의를 품게 되었다. 그것이 순수했던 그가 처음으로 품었던 악의였을 것이다. 또 처음으로 형의 보호 아래에서 벗어나게 되었다.

하늘은 악을 그리 달갑게 생각하지 않았던 걸까? 진산을 납치한 해적들은 며칠 되지 않아 거센 폭풍을 만났다. 배는 단숨에 난파되었고, 해적들은 기름에 튀긴 옥수수마냥 튕겨져 나갔다.

그들 모두가 죽었다. 자연의 힘은 감히 인간 따위가 대항할 것이 아니었다. 그나마 실내에서 갇혀 있었던 진산만이 살아남을 수 있었다.

진산은 판자때기 하나에 의지해 이틀간 바다를 떠돌다가 육지에 도착했다. 지독한 탈수 증상과 허기에 반은 미쳐 있었다.

그리고 그는 그곳에서 인간의 가죽을 쓴 야수들을 보았다. 배고프면 서슴없이 인간을 잡아먹고, 자신의 욕망을 거부하지 않았다.

뒤늦게 알았지만, 그곳은 지옥도(地獄島)라 하여 해남파에서 감당 못할 악인이나 고수들을 가둬둔 곳이라고 했다.

독(毒) 중 독.

지옥도라는 곳은 그런 자들이 존재하는 곳이었다.

진산은 그곳에서 처음 살인을 했다. 살기 위해서, 남이 먹는 것을 빼앗기 위해서 진산은 사람을 죽였다. 살기 위해서 사람을 죽였다. 그것이 정당하다고 할 수 없다는 것을 스스로 알고 있었다. 하지만 그곳에는 재미로 사람을 죽이고 고문하는 이들이 수없이 넘쳐 났다. 정말 지옥 같은 섬이었다.

진산은 그런 곳에서 오 년을 살았다. 나약한 그가 살기 위해서는 필사적으로 몸을 숨기고 암습할 수밖에 없었다. 그리고 우연하게 지옥도를 나올 수 있는 기회가 있었다.

그때 그는 지옥도를 나왔다. 나왔을 때 진산은 몸을 숨기는 것 하나만은 고수라고 할 수 있을 정도가 되어 있었다.

다시 해남파에 도착했을 때는 동의맹의 무사인 형을 만날 수 있었다.

후에 진산은 다시 지옥도에 들어서게 된다. 이십 년간 형을 제하고는 홀로 살아온 인생. 세상을 살기 위해, 형이라는 단 하나의 가족을 지키기 위해 필요한 것은 힘이었다.

그리고 무엇보다 강한 힘이 해남도에서 잠자고 있었다. 그리고 그렇게 십 년이 흘렀다.

'형은 얼마나 아팠을까?

　진산의 눈가가 촉촉이 젖어가고 있었다. 생으로 얼굴을 뜯기는 아픔이 어떤 것인지는 모르지만 고통스럽지 않을 리 없었다.

　그의 눈이 점차 붉게 물들어갔다. 핏줄이 하나둘 불거져 눈을 벌겋게 만들었다.

　"후후후, 그럼 가르쳐 주지. 이 몸은 바로……."

　"잠깐! 일단 맞고 시작하자."

　진산의 팔에 심줄이 불끈 솟아올랐다. 으스러져라 쥐는 그의 주먹은 단단한 돌과 같이 보였다. 그를 바라보는 부단장의 눈에는 그 주먹이 태산이라도 뭉갤 것같이 보였다.

　하지만 사내는 여유가 있었다. 그는 이미 진산이 자신보다 반 수에서 한 수 정도 우위에 있다는 사실을 알고 있었다. 여기까지 그를 유인할 때 속도를 조절하면서 경공을 펼쳤는데 진산은 그에게 속도를 맞추어 따라왔다. 그것은 사내가 신법을 최고로 펼쳤을 때도 마찬가지였다.

　신법에서 확실히 우위였다. 신법이 뛰어난 자가 무공이 약할 리 없었다.

　"푸하하하! 이곳에는 진이 펼쳐져 있다. 보기에는 별다른 걸 못 느끼겠지. 하지만 이곳의 진은 산공독(散功毒)과 같이 안에 들어온 자의 내공을 없애주지. 우리 조직에서 만든 태청무사진(太淸無私陣)이다!"

　사내는 혼자 움직이는 자다. 의뢰도 직접 받고 일도 스스로

한다. 그것이 훨씬 수입이 짭짤하고, 실력이 증명만 되면 일
도 훨씬 더 잘 들어온다. 그러나 이번 일은 자신이 조직의 하
수인이라는 것을 진산에게 보일 필요가 있었다.

그의 예상대로 진산은 그가 어느 조직의 하수인이라고 생
각했다. 그러나 그의 생각은 거기까지 뿐이었다.

현재 그의 마음을 지배하는 것은 오로지 살의뿐이었다.

쌍룡곤이 조용히 뽑혔다. 한 꺼풀 옷을 벗어내는 쌍룡곤은
마치 승천이라도 하려는 듯이 그의 어깨에서 나왔다.

"무공에는 내공만이 전부가 아니다."

진산의 말에도 사내는 자신이 있었다. 그는 내공뿐 아니라
외공도 조금 익힌 적이 있었다. 그는 몇 번이나 이런 방법으
로 자신보다 월등한 고수를 처리한 적이 있었다.

사내의 눈이 변하기 시작한 것은 진산이 양 소매를 걷기 시
작한 뒤부터였다.

그에게 살이란 없고 거죽뿐이었다. 뼈 위에 바로 근육이 있
고 살은 그저 그 위에 살포시 걸쳐져 있을 뿐이었다. 소매 속
에서 드러나는 그의 팔은 마치 단단한 바위를 보는 듯했다.

"머리는 건드리지 않으마."

형의 얼굴을 뒤집어쓴 자다. 아무리 머리를 쪼개고 싶어도
그를 때릴 순 없었다.

붕!

진산은 말이 끝나기도 전에 봉을 휘둘렀다. 거의 근육만으

로 이루어진 신체다. 그것은 외공을 상당 수준 익혔다는 뜻이었다. 그런 진산의 봉은 내공을 끌어올릴 수 없는 사내에게는 제법 매서웠다.

"윽!"

사내가 크게 몸을 뒤로 물리며 간신히 피했다. 평소에 내공을 운용하던 이가 내공을 잃었을 때는 꼭 심한 병이라도 걸린 듯하게 된다. 몸에 힘이 하나도 들어가지 않았고 숨 쉬는 것도 힘들었다.

챙!

하지만 이런 일에 익숙했던 사내는 재빨리 검을 뽑아 들었다. 그도 외공을 익혔다. 그저 몸을 바위처럼 단단하게 하는 것이 아닌 근육을 단련하고 그것을 이용하여 초식을 펼치는 법을 익힌 것이다.

그것이 대단한 경지에 이르지는 않았지만, 지금까지는 그것만으로도 충분했다.

그러나 알량한 외공 실력으로 진산의 봉을 막기에는 무리였다.

붕! 붕! 붕!

진산의 손에서 연속으로 펼쳐지는 초식이 무엇인지 그는 모른다. 하지만 외공임에도 그 위력이 결코 내공을 곁들였을 때에 비해 약하지 않았다. 외공만으로도 능히 고수의 소리를 들을 수 있는 힘이었다.

'외공을 전문적으로 익힌 자인가?'

진산은 처음 살인을 하고 그 뒤 몇 차례 격전을 벌이는 동안 내공이라는 것을 가진 적이 없었다. 그러한 방법을 알지도 못했고 또 그럴 여유도 없었다. 지옥도에서 살기 위해서 그는 스스로 외공을 익혀야만 했기 때문이다.

내공이라는 것을 익히게 된 것은 제법 시간이 지난 후였다. 그러나 그 뒤에도 진산은 외공의 수련을 게을리 하지 않았다.

곁다리로 외공을 익힌 사내가 진산의 상대가 될 수 없었다.

"좋아, 여기까지 하지."

그의 봉이 크게 휘둘러졌다. 사내는 그 공격을 피하지 못하고 검을 들어 막았다.

쩡!

그의 검이 잘게 부서지며 허공으로 휘날렸다. 사내의 눈이 경악으로 물들었다. 그의 검이 보검은 아니더라도 쉽게 부러뜨릴 수 있는 싸구려 검이 아니었다.

그런데 부러졌다. 사내는 자신의 검이 싸구려 철검으로 바뀐 것이 아닌가 싶어 깨진 부분에 슬쩍 손을 가져가 보았다.

"음!"

그의 손에서 핏방울이 맺혔다. 그 역시 제법 외공을 익혀서 몸이 단단했다. 어지간한 철검의 예기로는 상처를 남길 수 없었다. 결과를 보아 이 검은 바뀐 것이 아니었다. 상대가 진짜였던 것이다.

진산의 붉은 눈이 사내를 쏘아보고 있었다. 그는 마치 어린 아이가 개미를 다루듯 사내를 가지고 놀았다.

'너무 값비싼 일이야. 손해가 막심하군.'

아마 지금껏 맡아온 일 중 가장 비싼 일일 것이다.

이번 일의 값은 사내의 목숨이었다.

그를 향한 빨갛게 젖은 진산의 눈은 당장이라도 피눈물을 왈칵 쏟아낼 것 같았다.

쉭!

차가운 바람이 그의 귓가를 울렸다.

우드득!

"크아아악!"

사내는 철봉에 의해 잔인하게 뭉개진 무릎을 부여잡으며 쓰러졌다. 진산이 쌍룡곤으로 그의 오른쪽 무릎을 박살 낸 것이다.

진산의 철봉은 다시 가볍게 움직였다. 하지만 그 안에는 천 근의 힘이 담겨 있다는 사실을 사내는 몸으로 느낀 바 있었다.

쾅!

무언가 폭발하는 듯한 음과 함께 사내의 신형이 쭉 밀려 나갔다. 그의 신형은 장송을 몇 개나 부수고 나서야 멈췄다.

진산은 다시 사내에게 다가갔다. 그는 느긋하게 발걸음을 옮기고 있었지만, 사내에게는 그의 일보일보에 천둥이 울리는 것만 같았다.

　사내의 눈이 절망으로 물들었다. 그때 진산의 신형이 그를 향해 뛰어올랐다.

　핏!

　진산의 쌍룡곤이 허공을 뚫었다. 하나, 둘… 그 수는 점차 늘어갔다. 사내는 숨을 죽였다. 철봉은 정확하게 자신의 피부만을 벗겨내고 있었다.

　으적!

　무언가 으깨지는 소리가 들렸다. 사내는 자신의 어깨를 보았다. 이미 부서진 어깨의 반대편이었다.

　왼팔이 잘렸다.

　아니, 그 표현은 정확하지 않았다. 팔이 뜯겨 나갔다고 하는 것이 더 나을 것이다. 그의 팔은 흉하게 뜯겨 있었다.

　고통은 그 뒤에 왔다. 자신의 신체 일부를 강제로 떼어낸 고통은 쉬이 참을 수 있는 것이 아니었다.

　"형이 아팠을 고통의 만분지 일만큼이라도 느껴봐라."

　그 뒤 이어지는 진산의 공격은 그의 상상을 뛰어넘는 것이었다. 사내는 진산이 자신을 조금도 살려둘 생각이 없다는 것을 충분히 인지했다. 마침내 사내는 몸에 뼈가 남아 있다고 생각될 수 없을 정도로 산산이 부서졌다.

　"후, 일단 이 정도로 하고."

　진산은 반 시진 정도 그를 팬 뒤에야 간신히 멈추었다. 그는 힘들다는 듯 땀을 닦는 시늉을 했다. 그럼에도 그의 눈은 여전히 흉흉하게 빛내고 있었다.

"……!!"

사내는 너무나 고통스러운 나머지 입에서 비명조차 튀어나오질 않았다. 이대로 기절하거나 죽고 싶은 마음은 굴뚝같았지만, 진산은 그것조차 용납하지 않았다. 사내가 기절할 것 같다 싶으면 혈도로 감각을 마비시키고 때리는 것을 잠시 중단했다. 또 죽을 것 같으면 치료까지는 아니어도 더 악화되지는 않게 막아주었다.

"너는 내 질문에 네가 모르는 것도 대답해야 한다. 그러지 못하면 죽어."

어차피 죽을 거라 생각한 사내였다. 하지만 그가 말한 죽음은 결코 가볍게 들리지 않았다. 그깟 고문 정도는 얼마든지 버틸 훈련을 받았기에 버텨낼 수 있을 것 같았지만, 한시라도 그와 함께 있는 것이 두려웠다.

사내는 정신없이 고개를 끄덕였다. 그에게 진산은 악마였고 귀신이었다. 그 덕분에 목 아래에서 느껴지는 감각은 고통뿐이었다.

"먼저 이것을 벗고."

진산은 사내의 얼굴을 감싸고 있는 인피면구를 벗겨냈다. 자신의 형인 진천의 살가죽이었다. 그는 정말 정성스레 벗겨내 고이 품속에 갈무리했다.

인피면구가 사라지자 사내의 얼굴이 드러났다. 흉한 사내의 얼굴에 진산이 조금 미간을 찌푸렸다.

"그럼 일단 시작해 볼까?"

진산이 씨익 미소를 지었다. 사내의 눈에는 그야말로 악신이 강림해 보였다.

부단장과 삼화는 멍청히 앉아 있었다.

진산의 무위는 일개 문사가 보일 수 있는 무위가 아니었다. 뼈를 깎는 수련으로 얻을 수 있는 무공이었다. 비록 외공이라고는 하지만 그 실력이 결코 삼화에 비해 뒤지지 않는다는 것을 그들은 느꼈다.

그들은 산공독 따위는 전혀 두렵지 않았다. 특히 부단장의 경우는 강호십대독에 중독되는 것보다 진산이 분노한 것이 더 두려웠다.

부단장은 진산이 해남도에서 활약할 당시의 모습을 똑똑히 기억하고 있었다.

만약 그때와 같은 상황이 온다면 지금 이 자리에서 그 누구도 살아남을 수 없었다. 자신은 물론 삼화까지…….

'하아― 다행히 검은 내가 가지고 있으니 최악의 상황까지는 가지 않겠지.'

부단장은 깊은 한숨을 토해냈다.

진산이 그의 형 때문에 수년에 걸쳐 자신의 살기를 검에 봉했다는 사실을 알고 있었다. 또 그 부작용으로 이 검을 뽑기만 하면 살귀로 변한다는 사실 또한 알고 있었다. 반대로 생각하자면 이 검이 없다면 그가 살귀가 되는 일은 없을 것이다.

부단장은 천잠사로 봉한 검을 강하게 쥐었다.

'…강해.'

팽설향은 진산의 새로운 면모에 놀라지 않을 수 없었다. 진산과 부단장을 보며 일개 문사와 호위무사 정도로 생각했다. 그러나 진산의 무공은 호위무사가 필요하지 않았다. 그의 봉은 무지막지했고 강했다.

진산에게서 시선을 뗀 팽설향은 부단장을 향해 시선을 돌렸다. 그녀가 보기에는 진산도 고수지만 부단장이 더 고수 같았다. 그 때문인지 아직 변심할 마음은 들지 않았다.

'외공 고수라……. 뛰어난 책략가이자 자신의 한 몸 정도는 지킬 수 있는 무인이라는 건가?'

제갈화린의 경우는 조금 달랐다. 진산이 내공이 아닌 외공을 익혔다는 사실 자체가 그의 함정이라 생각했다.

내공보다 외공이 눈에 두드러지지만, 진산처럼 큰 옷을 입으면 충분히 가릴 수 있었다. 그러나 내공은 옷을 한두 겹 걸쳐 입는다고 가려지는 것이 아니었다. 고수라면 그 속에 담긴 것을 볼 수 있다.

제갈화린은 진산이 머리가 좋다는 전제하에서 생각했다.

그래서 그녀는 진산이 외공을 익힌 것도 이유가 있다고 생각했다.

진산에 대한 제갈화린의 호감은 더욱 높아졌다. 그리고 그것은 오대세가에 대한 평가 또한 올라가는 것을 의미했다.

우드득!

무림인이라고는 하지만 그녀들도 여인이었다. 피가 튀고 뼈가 부러지는 것보다는 자수를 새기는 것을 더 좋아했다.

그런 그녀들에게 진산의 행위는 눈살을 찌푸리게 하기에 충분했다.

"진 공자는 도대체 어떤 분이지요?"

다른 삼화들이 굳게 입을 다물고 있을 때 남궁유미가 물었다.

처음 부단장이 조심해하던 것을 깔끔히 잊은 그녀였다. 어차피 산공독이 풀어진 마당이었다. 그 어떤 고수라도 그들의 말을 듣지 못할 거라 생각했다.

"아쉽게도 말할 수 없소."

남궁유미는 자신의 귓가로 파고드는 전음에 놀라지 않을 수 없었다. 산공독이 풀어져 있었다. 나름대로 고수라고 불리던 그녀들은 그 독에 한 줌의 내공도 모을 수 없는 상황이었다.

그런데 부단장이라는 자가 전음을 보낸 것이다.

전음의 특징은 소리를 내공에 실어 상대의 귀에 전달하는 것이었다. 기본적으로 내공이 받쳐 주어야 할 수 있는 것이었다. 산공독과 같은 효과를 가진 진 내부에 있는 그들이 할 수 있는 것이 아니었다.

'이자! 어지간한 산공독으로도 없앨 수 없는 내공을 가지고 있는 건가?!'

물론 그녀의 생각대로 부단장의 내공은 높았다. 그러나 산공독을 막을 정도는 아니었다. 당연히 그 효과를 발휘하는 이 진을 막을 정도도 아니었다.

그러나 해남파의 무인은 모두 산공독에 대한 해결법을 가지고 있었다.

산공독이라는 것은 단전을 파괴하는 것이 아니다. 또 사람의 몸에 있는 기운들을 송두리째 앗는 것도 아니었다. 그저 한곳으로 모이지 않게 하는 것뿐이었다. 무림인들은 기본적으로 단전에 내공을 축적하고 다닌다. 운기조식이니 하는 걸로 말이다.

해남파의 무인들은 달랐다. 진산의 강화 대책으로 독을 아예 입에 달고 살았던 그들이다. 거기엔 수면제나 산공독도 예외가 아니었다.

산공독이나 수면제와 같은 것은 기본적으로 독이 아니므로 아무리 독에 대한 내성을 길러도 그다지 효과를 볼 수 없었다.

그러다가 단전을 무시하고 자연에 있는 내공을 그대로 몸

에 관통시켜 쏜다면 산공독도 의미가 없다는 소문이 해남파
에 돌았다.

'지금 생각해 보면 그 소문의 출처는 주공이 아닌가 싶지
만……'

운기를 통해 기본적으로 내기를 축적한다. 그것은 먹은 것
을 영양분으로 바꾸어 몸에 비축해 두는 것과 같은 이치다.
소화도 채 시키지 않은 힘을 분출시키면 확실히 몸에 이상이
생긴다. 그 소문을 믿고 실행했다가 피 본 이가 한둘이 아니
었다.

하지만 해보니까 항상은 무리여도 조금 정도는 가능하다
는 사실을 알 수 있었다. 그것이 산공독의 효과가 사라지는
정도는 되었다.

부단장이 전음을 보내는 수법도 그런 것이었다. 주위의 기
를 단숨에 끌어 모으지도 않고 보낸 것이다.

'젠장, 정말 죽을 맛이군.'

오랜만에 해서 그런지 단전 부위가 따끔따끔했다.

이 고통을 더 느끼면서까지 남궁유미의 질문에 답할 생각
은 없었다.

"끄아아아악!"

그때 찢어지는 비명 소리가 들려오자 넷의 시선은 다시 진
산과 사내를 향했다.

소지는 숨이 턱 막히는 것 같았다. 그는 강호에서 당당히 십대고수에 드는 자다. 산공독을 무산시킬 정도로 많은 내공을 지니고 있지는 않지만, 안력을 높일 정도의 내공 정도는 남아 있었다.

그런 그의 눈에 비쳐지는 진산의 봉술 하나하나가 자신이 감당할 만한 것이 아니었다.

그는 십대고수의 자리를 마작으로 딴 것이 아니었다. 그리고 그는 허무할 정도로 쉽게 무너진 산채들과 안가에서 본 이백의 무사들의 살육에 대한 기억을 떠올렸다. 더불어 백룡채에서 느낀 무시무시한 기운 또한.

그것은 곧 소지에게 진산이 얼마나 강한지를 떠올리게 만들었다.

'설마 그의 무공이 구룡에 가깝단 말인가!'

더욱더 놀란 것은 천하제일살수인 자신의 이목마저 속였다는 것이다.

소지는 자신을 쫓는 동서무림보다도 진산 하나의 존재가 더 무섭게 느껴졌다. 가증스럽게 자신보고 형이라고 하는 그가 더욱 무서워졌다. 또 조금의 사정도 듣지 않고 일단 패고 보는 그가 두려웠다.

소지는 그에게 뭘 잘못했는지 하나둘 떠올려 보기 시작했다.

만약 진산이 소심한 성격의 마두라면…… 아니, 소지는 그

를 천하에 둘도 없는 마두라 생각하고 세세한 것 하나까지 세
어보기 시작했다.

우드득!

사내의 몸에서 나는 소리가 마치 자신의 것만 같아 가슴 언
저리가 싸해지는 것 같았다.

소지는 슬그머니 뒷걸음질했다. 같이 있다가는 무슨 꼴을
당할지 몰랐다. 곰곰이 생각해 보면 무림공적으로 도망친 자
신을 다짜고짜 중원으로 끌고 온 것도 바로 진산이었다.

부단장이라는 쫄따구를 앞세워 자신을 핍박한 것도 그가
계획한 것이라 생각되었다. 무슨 이유로 자신을 이용하는 거
란 생각이 소지의 머릿속을 울렸다.

다시 본 진산은 악귀였다.

"ㅇㅇㅇㅇ……."

이미 소지에게 진산은 악귀가 되어버렸다. 천하제일살수
라도 살기 위해 발버둥치는 법이고, 고수라고 해서 두려움을
느끼지 말라는 법은 없었다.

소지는 진심으로 두려워했고, 그의 마음을 읽은 두 다리는
정말 조금의 머뭇거림 없이 달려가기 시작했다.

"으아아아아아아!"

진을 벗어나자 내공이 돌아왔다. 내공이 생기자 힘이 생겼
다. 하지만 그의 머리에 심어진 진산에 대한 공포는 더 커져
갔다. 시간이 지날수록 점점 그가 인간의 형태를 벗어났기 때

문이다.

내공이 생기자 소지의 두 다리는 마치 하늘을 날 듯이 달려갔다. 분명 지금 그의 두 다리는 무림공적이 되었을 때보다 더 빠를 것이다.

그러나 소지가 하나 모르는 것이 있었다. 산공독의 효과를 내는 태청무사진이다. 내공이 약해지면 자연히 심력 또한 약해지게 마련이다.

부단장은 이미 진산에 대한 공포가 뼛속 깊이 사무친 사람이고, 삼화의 경우는 부단장이 있어 든든했다. 하지만 소지까지 그러지는 못했다. 그는 혼자 충격적인 진산의 무위와 잔인한 성정을 보았고, 그것은 조금 나약해진 그의 심정에 큰 상처를 남겼다.

단순하게 말하자면 몸이 약해지자 마음이 흔들린 것이다. 그리고 그 틈으로 마음속 깊이 공포가 심어졌다.

아무리 고수라 해도 상황이 이렇게 되면 어쩔 수 없다.

"으아아아아아!"

그러한 사실도 모른 채 소지는 정신없이 경공을 펼쳤다. 그리고 살수답게 그의 신형은 빠르게 합비를 빠져나갔다.

*　　　*　　　*

진산이 사내에게 얻은 것은 아무것도 없었다. 사내는 처음 동의맹에서 왔다고 했다가 은서각에서 시켰다고 했다. 진산에 대한 두려움 때문에 그는 정말로 없는 것도 지어서 대답해야만 한다고 생각한 듯했다.

진산은 허탈한 표정을 지었다. 그가 나서는 것은 본래 여기까지였다. 그 뒤는 대락조 수하들이 도맡아왔었기에 지금은 더 할 수 있는 게 없었다.

"어찌 되었든 은서각이나 동의맹 놈들이 엮여 있다는 거겠지?"

그 일은 조금 더 조사해 보면 알 것이다.

당장 급한 일은 아니었다. 형의 생사를 모르지만, 사망에 가까운 증거가 나왔지만, 진산은 냉정하게 상황을 파악하려고 노력했다. 성급하게 나서서 일을 처리해 좋을 것이 없었다.

툭!

쌍룡곤이 사내의 이마 위에 닿았다.

"자, 이제 헤어져야 할 시간이다."

그것이 사내가 이 세상에서 들은 마지막 음성이었다.

진산의 어깨가 조금 비틀어지며 팔이 원을 그렸다. 뒤이어 손목이 꺾였다. 힘을 받은 쌍룡곤이 진산의 손안에서 거칠게 회오리쳤다.

펑!

사내의 머리에서 작은 폭음이 났다. 수막이 깨지듯 그 속에서 끈적끈적한 붉은 액체가 허공으로 튀어 올랐다.

'벌써부터 내 존재가 알려지기 시작한 것인가?

그리고 형에 대한 것 또한…….

진산은 마음이 급해졌다. 당장이라도 형을 찾고, 형을 음해한 흉수를 찾고 싶었다. 이런 봉이 아니라 검을 뽑아 자신이 왜 악귀라 불렸는지 증명해 보이고 싶었다.

그의 눈이 흉흉하게 빛을 토했다. 붉은 기운은 어느새 가셨지만, 검은자위는 아직도 적색을 잃지 않고 있었다.

"……."

사내의 시체를 묵묵히 바라보던 그가 봉을 탁탁! 털어냈다. 봉에 묻은 피와 뇌수가 떨어졌다. 어떤 절묘한 수법을 썼는지 몰라도 봉은 다시 전처럼 깨끗한 모습을 찾았다.

진산은 고개를 숙여 자신의 옷을 보았다. 그의 옷도 붉게 물들어 있었다. 모두 사내의 피였다.

"흠, 더러워졌군."

진산은 쓰게 웃었다.

그의 시선은 다시 뒤로 향했다. 그 시선이 향한 곳은 장정 셋이 팔을 벌려야 간신히 잡을 수 있는 거암이었다. 정확히는 그 뒤에 있는 부단장과 삼화였다.

그리고 이번엔 다른 곳으로 시선을 옮겼다. 소지가 사라진 방향이었다. 사내에게 신경 쓰느라 소지가 도망가는 것을 막을 수 없었다.

진산은 여유가 있었다. 소지가 제아무리 천하제일살수라 해도 잡을 수 있다는 여유가.

"먼저 이 조잡한 진부터 없애야겠지. 제법 쓸 만한 것 같지만 다른 놈들이 악용할 수도 있으니까."

그 다른 놈들이란 근처에 있는 남궁세가를 이른 것이다.

다시 양 소매를 걷은 진산이 쌍룡곤의 끝을 잡았다. 두 다리를 땅 깊숙이 박아 넣은 그는 허리를 크게 틀었다. 그의 팔이 크게 휘어지는 순간 쌍룡곤이 사라졌다. 어느새 진산의 몸도 제자리를 찾았다.

콰콰콰콰!!

쌍룡곤이 단숨에 숲을 쓸어버렸다. 그 타고난 단단함도 있었지만, 진산이 담은 힘이 만만치 않았다. 쌍룡곤이 닿는 곳이라면 땅이 일어서고 나무가 부러졌으며 바위가 박살 났다.

그것을 진산은 팔짱을 낀 채 바라보고 있었다.

주위의 풍경이 완전히 바뀔 때까지 쌍룡곤의 파괴 행각은 멈추지 않았다.

쾅!

일각가량이 지난 후 사방을 그렇게 휩쓸던 쌍룡곤이 허공으로 치솟더니 바위 뒤에 숨어 있던 부단장의 앞에 뚝 떨어졌다.

그 근처로 흙먼지가 자욱하게 피어올랐다. 쌍룡곤의 무게가 만만치 않았기 때문이다.

“윽!”

부단장은 쌍룡곤 때문에 숨이 멈추는 것 같았다. 하늘로 승천할 것만 같은 쌍룡. 그 두 영물의 눈이 자신을 노려보고 있었기 때문이다.

진산의 신형이 그 거암까지 오르는 데 걸리는 시간은 지극히 짧았다. 찰나를 열로 쪼갠 것과 같은 속도였다.

“그렇게 몰래 보니 재밌더냐?”

진산이 부단장을 향해 이죽거렸다.

부단장은 자신의 뒤에서 들려오는 음성에 안색이 창백하게 질렸다.

삼화라고 다르지 않았다. 진산 덕분에 태청무사진의 효과가 다하여 내공을 모을 수 있다고는 하지만 진산이 보였던 무위에 기가 죽어 있었다.

“어쭈, 몰래 훔쳐보는 것도 모자라 내 말까지 무시하나?”

진산이 으르렁거렸다. 그의 눈이 다시 붉게 빛나기 시작했다.

“다, 당치도 않습니다. 잠시 주공의 뛰어난 무위에 감명을 받아…… 크흑! 다시 한 번 되새기고 있었습니다.”

부단장은 크게 놀라 억지로 눈시울까지 만들어내며 대답했다. 그에게 진산은 하늘 같은 상관임과 동시에 공포의 대마왕이었다.

진산이 피식 웃어 보였다. 부단장과 함께하는 일은 재미있었다. 실제로 대락조의 수하들이 더 믿음직스럽고 편했지만, 그들은 함께 다니기에는 너무 강했다.

먼저 자존심이 강했다. 그들은 조장인 진산과 부조장인 위지선 외에 그 누구도 인정하지 않았다. 그만큼 그들의 무공은 강했기 때문이다.

중원무림인들의 자존심은 그야말로 하늘을 찌른다. 새외 따위는 콧방귀만으로도 무너뜨릴 수 있다 자부하고 있었다. 당장 오대세가만 해도 부단장이 해적을 언급했음에도 해남도를 전혀 연상하지 못했다.

정저지와(井底之蛙).

그들에게 새외란 그런 존재였다.

대락조와 중원무림의 충돌은 그가 원하는 바가 아니었다. 반면 부단장은 적절하게 강하다. 그런 말을 소지나 오호가 들으면 경을 치겠지만 진산은 그렇게 생각한다. 그리고 무엇보다 그는 비굴했다. 진산의 말이라면 죽는 시늉까지 했다. 또 그렇다고 진짜로 죽으라 명하면 도망갈 것이다.

부단장은 그런 사람이었다.

"좋아, 믿지. 하지만 감히 내 뒤를 쥐새끼마냥 몰래 졸졸 따라온 것은 봐줄 생각이 없거든?"

"제, 제발…… 무엇이든 하겠습니다. 시켜만 주십시오!"

부단장이 애처롭게 말했다.

진산은 그 말을 기다렸다는 듯이 입을 열었다.

"천 형이 도망갔어. 내가 무서운가 봐."

진산이 소지가 있던 곳을 바라보며 말했다. 부단장의 얼굴이 와락 구겨졌다. 그 역시 소지가 중얼거렸던 말을 주워들었던지라 그의 전직을 알고 있었다. 그리고 어째서 해남도에 온 지도 알았다.

부단장은 이번 일이 결코 쉽지 않음을 느꼈다.

"그는 토끼는 거 하나는 끝내줍니다. 스스로 천하제일이라고 할 정도입니다. 온전히는 힘들 것 같습니다."

그가 황급히 변명을 했다. 그를 잡아오지 못했을 경우에 진산이 어떠한 처우를 할지 두려웠다.

임무 실패…… 그것에 대해 진산은 봐줌이 없었다. 머리를 단칼에 베어내지는 않았지만, 정말 죽고 싶을 정도로 때린 다음 강등까지 시킨다. 그래서 그가 내린 임무는 누구나 필사적으로 수행했다.

부단장은 자신의 직급이 내려갈 거라 생각하지는 않았다. 이곳은 해남파가 아니기 때문이다. 하지만 그 때문에 바로 목이 댕강 날아갈 것만 같았다.

그가 아는 진산은 그런 사람이었다. 한없이 잔인하고 흉포한…….

"흐음, 뭐든지 한다며? 설마 불가능하다고 말하려는 건가?"

"으으……."

부단장이 작게 신음을 토했다.

그런 그를 노려보던 진산이 갑자기 씨익 웃었다.

"잡아오기만 하면 돼. 몇 군데 부러뜨리는 것은 봐줄게."

"가, 감사합니다!"

부단장이 성급히 고개를 숙였다. 아무리 그라도 소지 정도 되는 고수를 생채기 하나 남기지 않고 잡아오는 것은 무리였다. 그것도 작정하고 도망친 사람을 말이다.

하지만 진산의 허락이 떨어졌다. 그렇다면 그는 그를 잡는 데 망설일 필요가 없었다. 사지를 분질러 버리고 질질 끌고 오면 되는 것이다.

"그는 지금 나에게 간절히 필요한 사람이다. 그를 찾는 것이 늦으면 늦을수록 나는 화가 많이 날 것이야."

"예, 예!"

부단장은 은근슬쩍 살기를 끌어올리는 진산의 말에 곧바로 대답했다.

진산은 고개를 크게 끄덕였다. 그는 땅 깊숙이 꽂힌 쌍룡곤을 쑥 뽑아 흙을 툭툭 털어냈다. 먼지가 다 털어지자 그는 쌍룡곤을 등 뒤에 쿡 찔러 넣었다.

그리고 시선을 삼화에게로 돌렸다. 삼화는 그의 시선을 받고 침을 꿀꺽 삼켰다.

"소저들, 저와 함께 느긋하니 이야기를 나누실까요?"

그녀들은 진산의 아미가 조금 찌푸려지는 것을 보았다. 그의 말은 전과 다를 바 없이 정중했으나, 삼화에게는 그것이 협박으로 느껴졌다.

팽설향이 부단장을 향해 슬쩍 시선을 보냈다. 진은 사라졌다. 그녀가 보기에는 부단장이 훨씬 고수였다. 강자가 약한 자의 밑에 있을 이유는 없었다. 그녀의 눈은 부단장에게 하극상하기를 부추겼다.

그러나 팽설향도 모르는 것이 있었는데, 부단장은 늑대였고 진산은 용이었다. 감히 어쩔 수 있는 수준이 아니었다.

"너, 아직도 안 갔나?"

팽설향의 시선을 눈치 챈 진산이 나직하게 말했다.

"저… 그자를 언제까지 잡아야 하는지……."

부단장이 잽싸게 핑계를 댔다. 그는 늦지 말라고만 했지 딱히 기한을 정하지 않았던 것이다.

그러나 그런 핑계가 진산에게 통할 리가 없었다. 몇 년 동안 수하로 부렸던 그였다.

부단장은 그 사실을 잠깐 잊고 있었다.

"너, 내 밑에서 몇 년을 굴렀냐? 그 정도 굴렀으면 이제는 네가 알아서 해야 하는 거 아니냐?"

부단장은 그의 말에 움찔, 몸을 떨고는 두어 걸음 뒤로 물러섰다.

"예! 최대한 빨리 그를 잡아오겠습니다!"

그는 뒤도 돌아보지 않고 경공을 펼쳤다. 역시 절정고수라

그런지 촌각도 지나지 않아 그의 신형은 더 이상 눈으로 볼
수 없게 되었다.

진산이 다시 삼화를 향해 시선을 돌렸다. 팽설향은 잔뜩 긴
장했다. 그녀만은 부단장 편이었기 때문이다.

그런 그녀에게 조금 여유를 가진 남궁유미나 제갈화린이
동정 어린 시선을 보냈다. 아무리 무공 고수라 해도 부단장은
진산의 수하였다. 그의 장기 말에 지나지 않은 자였다. 그녀
들은 그보다 그 위에 있는 진산을 공략하기로 마음먹었다.

내공이 모조리 돌아오자 자신감이 생긴 남궁유미와 제갈
화린이었다.

그녀들의 눈에는 진산이 맛있는 먹잇감으로 보이고 있었
다.

"그럼 세가로 돌아갈까요?"

진산이 허허 웃으며 물었다. 남궁유미가 화사하게 웃으며
고갤 끄덕였고, 제갈화린은 청초한 표정을 지으며 수줍게 끄
덕였다. 팽설향만이 죄인마냥 땅에 고개를 푹 숙이며 뒤를 따
랐다.

처음 만났을 때부터 시작된 이 기묘한 관계는 더욱 심해져
갔다.

진산의 눈이 차갑게 삼화를 훑었다. 빠르게 움직였는지라
그녀들은 아직 눈치 채지 못했다.

'그들의 눈에 드러난 것은 그녀들 때문이겠지.'

그는 삼화와 함께 남궁세가로 발걸음을 옮겼다. 이제부터 동의맹인지 은서각인지는 몰라도 그 꼬리를 반드시 찾아낼 생각이었다.

그의 눈이 흉흉한 빛을 토해냈다.


그들이 세가에 도착했을 무렵 남궁세가는 비상 체제에 들어가 있었다. 연이은 괴인들의 출현 때문이었다.

그러한 사실을 모르는 진산과 삼화는 여유롭게 대문을 통해 들어섰다. 그녀들은 삼화였고 그는 그 일행이었다. 그것을 아는 세가의 무인들이 감히 그들의 심기를 거슬리게 할 리 없었다.

"조금 시끄럽군요."

진산이 잔뜩 긴장한 세가의 무인들을 보며 중얼거렸다. 삼화는 그의 말에 고개를 끄덕였다. 이 문제가 자신들 때문이라고는 생각하지 않았다.

그들은 조금 더 걸어가 빈객청 앞 비무대에 이르렀다. 원형의 둥근 판으로 빈객청에서 묵는 이들이 가벼운 비무를 하기 위해 만들어진 것이었다.

진산이 그녀들에 앞서 빈객청을 향해 걸어갔다. 오랜만에 땀 좀 흘렸으니 몸을 닦고 싶었다.

"진 공자."

제갈화린이 그를 불렀다.

진산은 말없이 고개를 돌렸다. 방긋 웃는 그의 얼굴에서 방금 전에 보았던 흉신악살의 면모는 볼 수 없었다.

그녀는 식은땀을 흘렸다. 자신을 철저하게 숨길 수 있는 사람이다. 또 그래야만 하는 이유가 있는 사람이었다. 그가 무슨 생각을 가지고 있는지 알 수 없었다.

'위험한 자……'

처음 그를 봤을 때는 단순한 호감, 그리고 그의 지적 능력에 대한 작은 감탄이었다.

지금은 다르다.

그를 보면 등골이 오싹해져 왔다. 아름답다고 생각했던 그의 미소는 차가운 가면을 덧대고 있는 것 같았다. 그리고 그 속에 담긴 것이 그녀의 마음속 깊이 숨어 있는 두려움이란 감정을 꺼냈다.

"무슨 일이시죠?"

제갈화린이 말없이 자신을 바라보자 진산이 되물었다. 그녀는 자신의 실책을 깨닫고 재빨리 입을 열었다.

"아, 하나만 물어봐도 될까요?"

"얼마든지요. 알아서 안 되는 것을 빼고는 성실하게 가르쳐 드리겠습니다."

진산의 말에 제갈화린의 얼굴이 딱딱하게 굳어갔다. 그가 처음으로 자신을 밀어냈다. 누구에게나 정중했고 무엇이라도 들어줄 것만 같은 그였다. 그러나 현재 그는 자신을 밀어

내고 있었다.

제갈화린은 물론 다른 삼화도 긴장한 표정을 드러냈다.

"진 공자, 그대는 강한가요?"

"예, 강합니다."

조금도 주저하지 않고 답하는 진산. 그 때문에 놀란 것은 삼화였다. 그 어떤 무인이라도 함부로 자신이 강하다고 말하지 않는다. 그것은 겸손이 아니라 자기 방어였다. 호승심이 강한 무인들은 그 말에 발끈해 비무를 하기도 하고, 사파나 마도의 경우는 죽이기까지 한다.

진산은 당당했다. 무인들은 스스로가 강하다고 생각해도 함부로 내뱉지 못했지만, 그는 할 수 있었다.

"얼마나 강한지 알 수 있을까요?"

팽설향이 조심스레 입을 열었다. 그녀는 내심 진산의 무공이 부단장의 아래라고 생각하고 있었기 때문이다.

그녀의 그런 질문에 제갈화린과 남궁유미는 아미를 찌푸렸다. 은연중 그녀가 진산의 무공을 깔보고 있다는 것이 눈에 보였기 때문이다.

"음, 그럼 이 정도만……."

꽝!

진산의 손바닥이 비무대의 한 귀퉁이를 강하게 쳤다. 강한 폭음과 함께 그곳에는 진산의 선명한 손자국이 남았다.

삼화는 멍청히 그 모습을 바라보았다. 그의 무위가 무척이나 뛰어나서가 아니었다. 오히려 그 정도는 조금 무공을 익힌 사람이라면 누구라도 할 수 있는 일이었다.

"어라?"

진산은 손자국 외에는 멀쩡한 비무대를 연신 훑었다. 그의 얼굴에는 '이런 게 아닌데……'라는 표정이 걸려 있었다.

"풋!"

남궁유미가 참지 못하고 웃음을 터뜨렸다. 사내를 난폭하게 다루는 그의 모습에 두려웠었다. 그러나 지금 그의 모습은 전과 다를 것이 하나 없었다. 영리한 그녀들은 그제야 그가 그런 모습을 보이는 것은 적 앞에서뿐이라는 것을 깨달을 수 있었다.

조금 멍청해 보이는 이유는 그 때문이라고 생각했다.

"이것이 밀려야 하는데……."

사실 진산은 그녀들에게 그런 모습을 보일 생각이 아니었다. 그는 이 비무대를 빈청객 바로 앞까지 밀어 보이려 했다. 단숨에 박살 낼 것이 아니라 밀어내려는 의도 때문에 손속에 어느 정도 힘을 줄였다.

"후훗!"

이번엔 제갈화린이 미소를 지었다. 보통 강호에서 비무대를 만들 때 그에 수 배에서 수십 배 큰 거암을 땅속에 박은 뒤 깎아 만든다. 고수끼리 비무를 하는데 얄팍한 비무대를 올려 놓았다가는 몇 개가 있어도 힘들다고 판단한 것이다.

　그녀는 진산이 그러한 사실을 알고 있다고 생각했다. 그래서 그의 말이 그녀에게는 농담으로 들렸다.

　'뭐, 상관없겠지.'

　진산은 다시 밝아지는 분위기에 비무대에 대한 생각을 접었다.

　그들은 다시 빈객청 안으로 들어섰다.


＊　　　＊　　　＊


　"쯧쯧, 한심한 놈…… 고수에게까지 그런 방법이 통하리라 생각했는가?"

　야율령이 이제는 핏덩이가 된 사내를 보며 혀를 찼다. 그의 수법은 자신도 익히 아는 것이었다. 하지만 그러한 수법이 통하는 것은 어설픈 고수들뿐이다. 고수가 내공만 강하다고 고수일 수는 없었다. 대부분이 외공도 충분히 강하다. 그것은 야율령 그 자신도 그렇고 진산 역시 다르지 않을 것이다.

　야율령은 진산의 그 싸늘한 시선을 떠올렸다. 조금의 인간성도 느껴지지 않던 혈안……. 그것은 평생을 어둠 속에서 살아온 그조차 두렵게 만드는 것이었다.

　'위험한 자야. 그런 자를 사마 군사는 왜 끌어들이려 하지?'

　야율령은 문득 의문이 들었다. 십오 년 전 맹을 배신하고 온 사내였다. 본 각에 들어 뛰어난 두뇌를 선보였고 그에 뒤지지 않는 무위까지 보였다.

각주는 그를 탐냈다. 그것은 마치 과거 조조가 제갈공명이나 관우에게 보이는 시선과 같은 것이었다.

무엇보다 사마 군사는 계륵이 아니었다. 그는 맹을 배신하고 각으로 돌아선 자였다. 또 군사는 각주에 대한 충성심보다는 맹에 대한 강렬한 분노를 더 가지고 있는 자였다. 조사한 결과 뒤끝도 없었고 능력도 출중했다.

각주는 그를 받아들였다. 무엇보다 맹에 대한 분노가 마음에 들었던 각주였다.

"십오 년의 세월, 그동안 그는 신임을 얻었다. 하지만 그것이 단 한순간의 배신을 위한 사전 작업이었다면……."

야율령은 진산을 데려오는 것을 보류했다. 조금 더 그를 관찰해 볼 것이다. 무엇보다 그의 정체를 알아야 했다.

하지만 그는 각주에게 연락하는 것을 소홀히 하지 않았다. 그 정보를 사마 군사 역시 볼 것이나 그는 머뭇거리지 않았다. 아직 단정되지 않은 상황에서 조직의 머리를 공략하는 일은 할 수 없었다.

"뭐, 그에 대해 더 조사하면 무언가 나오겠지."

야율령의 다시 진산의 뒤를 은밀하게 쫓았다.

＊　　　＊　　　＊

　시훈과 진수는 입을 쩍 벌린 채 말을 잃었다. 그들은 진산의 뒤를 쫓고 있었다. 하지만 감히 남궁세가의 담을 넘지 못하고 근처에서 지켜보고만 있었다. 진산이 나오기를 기다린 것이다.

　그러다가 갑자기 튀어나온 사내와 그 뒤를 쫓는 진산을 발견하고 그 뒤를 따라갔다. 다시 담을 넘는 부단장과 삼화, 소지의 존재를 알 수 있었지만, 시훈과 진수는 몸을 숨긴 채 진산의 뒤를 따라나섰다.

　"진수야, 주위 지형이 완전히 바뀌었어."

　간신히 시훈이 주위를 훑으며 말했다. 진산의 손에서 떠난 쌍룡곤이 만든 장관에 그들은 놀라지 않을 수 없었다.

　그들은 외공 따위가 이런 일을 할 수 있다고 생각하지 않았다. 진산이 펼친 것은 회전의 완급을 주어서 조종한 것이 아니라 말 그대로 이기어봉을 펼친 것이다.

　제법 가까이에 있던 삼화나 부단장, 소지, 야율령은 그 사실을 알 수 없었지만, 멀찍이서 지켜보던 시훈과 진수는 그것을 똑똑히 볼 수 있었다.

　"귀계는 물론 무공까지 초특급인 건가?"

　이기어검과 같은 경지는 거의 전설이다. 구룡 정도가 되면 펼칠까, 아니면 감히 흉내도 내지 못하는 것이 바로 그것이었다.

　시훈과 진수는 진산의 무공이 구룡까지는 아니더라도 그에 준한다고 생각했다. 적어도 십대고수보다는 한두 수 위라고 추측했다.

　그런 생각이 들자 그를 꼭 자신의 조직에 데려가고 싶었다. 원래는 후배가 되지만, 그 정도 실력이라면 상관에 올라앉아도 나쁘지 않았다. 어차피 지금의 대장도 원래 무림에서 잘 놀다가 전대 대장과 그 대의 선배들에게 잡혀서 지금의 대장이 된 것이다.

　"하지만 선배, 그를 끌어들일 만한 묘책이라도 있나요? 저 정도 능력이라면 어지간한 조건에는 콧방귀도 뀌지 않을 텐데……."

　진수는 시훈을 보며 물었다. 그들은 그만큼 진산을 인정하고 있었다.

　"후우. 그래, 쉽지 않을 거야."

　시훈 역시 그의 말에 한숨을 푹 내쉬었다. 짧은 시간이나마 그를 관찰한 결과, 그는 겨우 돈 몇 푼에 움직일 사람이 아니었다. 사실 그 정도 능력을 가진 이가 돈에 의해 움직일 리는 없었다.

　고위직도 크게 다르지 않을 것이다. 또 정치에 대한 야망도 없는 이가 그런 직책에 오를 리도 없었다.

　"하지만 우리는 대장의 명을 받았다. 시도도 해보지 않고 끝낼 수는 없지."

"네, 그렇죠."

둘의 얼굴이 어두워졌다. 진산의 능력이 한 꺼풀 드러날 때마다 그들의 얼굴은 더욱 어두워질 것이다.

시훈과 진수는 다시 남궁세가 근처에 자리를 잡았다.

*      *      *

남궁세가 내 회의실에서 또다시 오대세가의 회의가 시작되었다. 단연 그 주제는 진산의 무공에 대한 것이었다. 삼화가 목격한 것이 진실인지 아닌지, 또 그가 가진 무공이 어느 정도 되는지에 대해 많은 말이 오갔다.

삼화는 태청무사진에서 있었던 것과 갑작스런 진산의 변모, 그리고 길어지는 회의 때문에 피로함을 감내하기가 힘들었다.

반면 그런 그녀들과는 달리 오호들은 무심한 태도로 회의를 진행하고 있었다.

"하아암, 나는 그가 그렇게 강한지는 모르겠는걸?"

팽호성이 늘어지게 하품을 하며 말했다. 그는 진산을 직접 보았고 또 짧지 않은 시간을 같이했다. 하지만 진산에게서 그 어떤 것도 느낄 수 없었다.

그것은 다른 오호들 역시 마찬가지였다.

"그것은 그가 외공을 익혀서 그래요. 그는 무공을 숨긴 것이 아니라 쉽게 드러나지 않는 무공을 익혔어요.”

제갈화린이 팽호성의 말에 반박했다. 그녀는 진산이 무공을 익히기 전부터 총명했다고 생각했다. 대부분의 제갈세가의 사람들이 어려서부터 두각을 나타내니 머리가 좋은 사람은 그것이 당연하리라 믿었다.

머리가 좋았기 때문에 그녀는 진산이 일부러 내공을 익히지 않았다고 생각했다.

‘그러한 가능성이 없는 것도 아니다. 하지만…….’

조그마한 가능성도 무시하지 않는 제갈청이다. 제갈화린의 말에 그는 진산이 일부러 외공을 익혔다고 생각했다. 외공이 일정 수준에 달하면 그것이 상당한 위력을 가지는 것은 분명했으니 말이다.

그러나 제갈청은 진산을 그 정도까지 과대평가하지 않았다. 외공이든 내공이든 어려서부터 익히는 것인데, 아무리 천재라도 그것을 선택할 수 있을 정도로 머리가 뛰어날 리 없다고 생각했다.

대신 그는 진산의 뒤에 있는 배경을 생각했다. 그 뒤에는 수많은 무공이 산재한 황궁비고가 있었다. 뛰어난 내공은 물론 외공도 있으며, 제갈세가에 뒤지지 않는 머리를 가진 이들이 있는 곳이었다.

그러한 생각에 제갈청은 진산이 궁에서 무림으로 파견될 자라는 것을 더욱 확신했다.

"그래 봐야 그의 무공에는 한계가 있다. 외공을 아무리 연마한다고 해봐야 진짜 내공 고수에게는 상대도 되지 않는다."

남궁유성이 싸늘하게 말했다. 그는 요즘 오대세가가 진산에게 관심을 기울이자 조금 자존심이 상해 있었다.

하지만 그의 말은 일리가 있었다. 아무리 겉이 튼튼해도 내공 고수라면 물렁한 내장을 가볍게 주무를 수 있다는 것을 모두 알고 있었다.

열심히 갑론을박하던 명숙들의 회의도 남궁유성의 말에 가볍게 마무리가 되었다. 아무리 외공 고수라 해도 내장까지 단련하는 방법은 없었다. 그래서 진짜 고수라고 불리는 자들 중에서는 외공만을 익힌 고수는 존재하지 않았다.

"하지만 그의 머리는 진짜다."

제갈경은 단호하게 말했다. 머리로 먹고사는 제갈세가다. 머리가 좋은 사람이 늘면 그들의 입지가 줄어드는 것이 아니라 그들을 인정해 주는 사람이 많아진다. 그래서 제갈경은 은근히 진산을 띄워주고 있었다.

하지만 팽영훈은 달랐다. 그는 강한 무공을 중시하는 사람이었다. 그리고 그는 잔머리를 굴리는 사람을 제일 싫어했다.

그의 말에는 그 감정이 고스라니 담겨 있었다.

"흥! 그래 봐야 한주먹도 되지 않는 놈이오."

제갈경의 이마에 주름이 잡혔다. 그가 싸늘한 눈빛으로 팽

영훈을 노려보았다. 그에 팽영훈의 대처는 슬그머니 도병을
향해 손을 움직이는 것이었다. 그것은 일가의 가주답지 않은
처사였지만, 팽가의 무인다운 행동이기도 했다. 제갈경도 그
에 질세라 철붓을 향해 손을 움직였다.

회의실 내 두 고수가 당장이라도 출수할 것 같았다. 둘 다
일가의 가주. 다른 세가의 가주라 해서 그들을 함부로 막을
권리는 없었다.

그때 남궁세가의 가주가 자리에서 일어났다. 회의는 이미
끝났으니 나머지는 그 둘에게 맡기겠다는 것이었다.

그가 자리에서 일어나자 다른 세가의 가주들도, 명숙들도
그 자리에서 벗어났다. 팽가와 제갈가의 사람만 조금 남아 있
다가 결국 그들의 신경전을 기다리지 못해 자리를 떴다.

텅 빈 회의실에 그 둘만이 남게 되었다. 그들은 자존심 때
문에 서로를 노려만 볼 뿐 함부로 병기를 꺼내거나 하진 않았
다. 동맹 중에 칼질을 할 만큼 그들의 머리는 나쁘지 않았다.

'제길, 조금은 말려줄 것이지.'

그것은 제갈경과 팽영훈의 공통된 심사였다.


*　　　*　　　*


문주와 여덟 명의 표정은 침통하다 못해 죽을상이었다. 기
대했던 살수들이 몰살되었다. 개방과 준한다는 그들의 정보

력을 이용했으면서도 살행에 실패했다.

그들은 이제 인정해야만 했다. 오호삼화의 뒤에 있는 자가 얼마나 강한 자인지, 그리고 그는 결코 가벼운 자가 아니라는 사실을 말이다.

문주가 이를 악물었다. 장로들의 입지가 줄어든 것은 좋았다. 하지만 그보다 거대한 적의 등장이 그의 마음을 무겁게 했다.

'빌어먹을, 어디서 그들을 봐주는 것이냐!'

중원 최강의 정보력을 가진 그들조차 알 수 없는 일이었다. 중원 내에서 일어나는 일은 모두 그들의 손안에서 이루어진다고 자부했다. 하지만 오호삼화와 함께하는 이들에 대한 정보는 전무했다.

여덟의 장로는 침묵했다. 수십 년 동안 그들의 자존심을 짓밟아온 것은 많았다. 마교나 팔파일방, 사대세가, 검각, 도림 등등 강력한 무력을 가진 그들에게 기어야만 했던 그들이었다.

하지만 이제는 듣도 보도 못한 놈에게까지 밟히고 있었다. 그러자 반쯤 포기하고 나태한 노후를 보냈던 그들이 조금 달라졌다.

그 기세를 읽은 문주는 무겁게 입을 열었다.

"그들이 죽은 곳이 어딘지 아오? 바로 욕실이었다오. 목욕하는 놈을 습격했는데 다섯 놈이 모두 죽었다오. 일급살수라 불리는 것들이 말이오. 장로들은 지금 이 문제에 대해 어떻게 생각하고 있소? 정말 전처럼 게으름을 피워야 된다고 생각하오?”

과거 그러한 말을 했다면 장로들은 문주를 고립시켰을 것이다. 자신들 대신 일 잘하라고 올린 문주였다. 자신들에게까지 일을 준다면 다시 버릴 패였다. 지금 그런 패가 자신들에게 평생을 함께했던 조직의 존망을 걸게 하고 있었다.

문주 또한 지금 이 말에 자신의 모든 것을 걸고 있었다.

“허허허.”

처음 반응한 것은 곧 우화등선이라도 할 것 같았던 일장로였다. 그는 너털웃음을 터뜨렸다.

그는 과거에 소매치기나 하고 도박장, 기루나 굴렸던 조직을 지금의 위치까지 끌어올린 사람이었다. 그가 발에 땀나도록 뛰어 개방과 준할 정도로 뛰어난 정보 문파로 만들었다.

그런 그가 지금 일어서려고 한다. 그에 대해 이장로 및 다른 장로들이 가만히 있을 리 없었다. 그들은 일장로의 뒤를 충실히 따랐던 수하들. 그가 일을 멈추자 젊은 시절 해보지 않았던 게으름이란 것을 한껏 피웠다.

그러나 그것은 여기까지다. 일장로가 움직였다. 그들은 과거 본 문을 이곳까지 끌어왔던 일벌레로 다시 돌아가려 했다.

“문주, 그동안 심려가 많았겠네.”

문주의 어깨를 두드리며 일장로가 따뜻하게 말했다.

“아닙니다.”

일장로의 그러한 말에 문주가 눈물을 글썽였다. 과거 장로들은 자신의 우상이었다. 그 비대한 몸을 가지고 있음에도 언제나 삼류문파일 수밖에 없었던 그들을 은서각의 한 기둥으로 만든 자들이었다.

이들이 다시 움직이는 것이 단 한 사내 때문이라는 것을 강호는 모를 것이다.

그렇게 대하오문(大下午門)이 무거운 몸을 일으켰다.

*　　　*　　　*

“으음…….”

사마 군사는 야율령이 보낸 정보를 보며 신음을 토했다. 보내온 전서구에는 겨우 네 글자가 있을 뿐이었다.

임무 완료.

각주는 그런 사마 군사의 모습을 보며 미소를 지었다. 야율령이 은근히 사마 군사를 경원시하는 경향이 있다는 것을 알고 있었던 것이다.

물론, 사마 군사는 본 교의 인물이 아니지만, 그는 사마 군사를 전적으로 신뢰하고 있었다.

다른 이는 몰라도 각주는 그의 과거를 누구보다 잘 알고 있었다. 그가 얼마나 동의맹에 대해 강한 적개심을 가지고 있는지 또한.

'그리고 그의 능력은 뛰어나다. 남에게 주기에는 너무 아까워.'

그가 스스로 각주라 하고 남들도 각주라고는 하지만 아직 완전히 각주가 된 것은 아니었다. 그는 은서각에서 가장 큰 세력의 주인이지만, 그것을 인정하지 않는 이들 또한 많았기 때문이다.

자신이 완전한 각주가 되려면 사마 군사의 도움이 꼭 필요했다.

"그래, 그자가 진산이라 했는가?"

"예."

"왜 이런 방법까지 쓰면서 그를 끌어들이는지 궁금하군."

각주는 사마 군사를 바라보며 말했다. 그는 사마 군사로도 충분했다. 또 다른 인재 영입까지는 바라지 않았다. 지금 일도 내키지 않았지만 사마 군사의 말이라 시작한 일이었다.

그러나 사마 군사는 진산에 대해 잘 알고 있었다. 그가 얼마나 무서운 사람인지를.

"저보다 뛰어나기 때문이라고 하면 답이 되지 않겠습니까?"

그는 그때와 같은 답을 내놓았다. 그것은 분명 진실이었으나 각주에게는 거짓으로 보였다.

그러나 사마 군사가 그렇게까지 말하니 각주는 더 이상 말할 수 없었다.

"에잉~"

각주가 의자에 몸을 묻었다.

사마 군사가 그런 각주를 보며 슬며시 미소를 지었다.

어둠 속 대청에서의 일이었다.

*　　　*　　　*

암중대청(暗中大廳)에서 각주와 사마 군사가 야율령에게 서찰을 받을 때쯤 구름과 안개가 드리운 산 절벽 가운데 오두막에도 한 마리의 매가 내려앉았다. 매의 다리에는 전서통이 매달려 있었다.

그것이 호피로 싸인 의자에 몸을 묻은 대장에게 전해졌다.

"…뭐야?"

그의 눈이 매섭게 부라려졌다. 고된 일을 끝내고 간신히 낮잠을 자는가 싶었다. 그런데 수하 한 놈이 다가와 서찰을 건네주었다.

대장은 수하를 열심히 노려보았지만, 수하는 대장의 시선에 아랑곳하지 않고 그의 손에 서찰을 꼭 쥐어주고 자신의 일을 하러 밖으로 나갔다.

“후우…….”

다시 일이 시작되는 것 같아 대장은 한숨을 푹 내쉬었다. 이 일에는 손이 너무 부족했다. 이런 일이었을 줄 알았더라면 전임 대장이 사정사정하며 붙들더라도 허락하는 것이 아니었다.

부스럭!

그는 꼭꼭 봉인되어 있는 서찰을 열어보았다. 그 안에는 시훈과 진수가 진산에 대해 조사한 바가 자세히 적혀 있었다.

“…빌어먹을.”

그의 미간이 깊게 골을 팠다. 진산의 머리가 제법 뛰어나서 데려와 부려먹으려 했는데 그의 무위 또한 가볍게 볼 것이 아니란다. 이거 전대 대장 때마냥 자신도 바짓가랑이 잡아야 하는 것이 아닌가, 고민이 되었다.

그는 시훈과 진수가 보내온 서찰을 자세히 훑어보았다. 진산이 가진 능력이 과거 자신의 젊은 시절에 비교해서 전혀 손색이 없었다. 아니, 오히려 자신이 손색이 있을 정도로 뛰어난 자였다.

“문무를 동시에 갖춘 자라…… 세상에 나만한 인재가 또 있었군. 으하하하!”

대장이 자리에서 벌떡 일어나 호기롭게 웃었으나, 이미 수하들이 다 빠져나간 오두막에는 그 웃음소리만 허하게 메아리칠 뿐이었다.

머쓱해진 그는 헛기침을 하고서는 다시 호피 의자에 몸을 맡겼다.

"이기어봉은 말도 안 되고 회선봉이라도 쓴 거겠지."

대장은 서찰을 읽으며 솔직한 심정을 토했다. 이기어봉을 쓴다는 것은 이미 자신과 동급의 수준이라는 것이다. 이래 봬도 당당히 구룡의 한 좌를 차지하고 있었다. 그런 자신과 동수를 이룬다는 것은 절대로 이해할 수 없었다.

그래서 그는 회선봉이라고 생각했다. 회선봉은 미리 봉의 움직임을 회전으로 조정해 두는 것이었다.

그것만으로도 충분히 고수 소리를 들을 수 있는 실력이었다. 진산의 외모가 이십대 중반인 것으로 보아 앞으로 현 구룡에 뒤지지 않는 고수가 될 수 있다고 그는 생각했다.

대장은 마치 과거의 자신을 보는 것 같아 가슴이 뛰었다. 자신의 뒤를 이어줄 사람이 나타난 것이다.

"좋아, 좋아. 녀석이 내 자리를 꿰차면 나는 바로 퇴임할 수 있겠지? 이제야 편안한 노후를 보낼 수 있겠군."

그는 자신이 취임하면서 앗싸라 좋아하던 전대 대장을 떠올렸다. 그때 그는 전대 대장이 뭘 그리 신나하는지 몰랐다. 하지만 지금은 그의 마음을 충분히 이해하고 있었다.

그 역시 어서 앗싸라 하고 퇴임을 하고 싶었다. 그러기 위해서는 역시 진산을 끌어들여야 했다.

"조금 더 그에 대해 살펴보는 것이 좋겠지."

대장이 빠르게 붓을 놀렸다. 그리고 그는 경공까지 펼쳐서 전서응을 잡았다. 시훈과 진수에 대한 명령이 적힌 서찰을 매의 다리에 묶인 전서통에 넣었다.

푸드득!

그가 손을 휘젓자 매는 절벽 아래로 떨어져 내렸다. 구름 아래로 떨어지자 매는 촤악! 날개를 펴며 날아갔다.

대장은 그것을 지켜보다가 다시 자신의 자리로 돌아갔다. 조금 더 낮잠을 잘 수 있을 것 같았다.

"흐음…… 그런데 정말로 바짓가랑이를 잡고 늘어져야 하나?"

호피 의자에서 뒹굴던 그가 전대 대장이 자신을 끌어들일 때를 상기했다.

그것은 운무에 싸인 어느 절벽에서의 일이었다.

*      *      *

사내가 피떡이 된 장소에서 십 리 정도 떨어진 곳이었다. 부단장이 부단히 발을 놀리고 있었다.

진산의 명이 떨어지자 부단장은 소지의 뒤를 쫓았다. 해남 파의 무인들 대부분이 섬에서 나고 자랐다. 부단장도 예외가 아니었다. 바다를 보고 자랐던 그들은 아무리 멀리 떨어진 배라도 잡아낼 수 있는 시력을 가지고 있었다.

그리고 그것은 진산의 밑에 들어온 뒤로 더욱 발달되었다.

더구나 부단장이 속한 해룡단은 바다에서 적을 쫓아 죽이는 것이 일이었다. 말 그대로 망망대해(茫茫大海)에서 하나의 적을 찾았던 그였다. 소지가 아무리 천하제일살수라고 하지만 그것은 해남파를 생각하지 않고 붙인 별호였다.

부단장은 진산 앞에서 보였던 비굴한 모습이 아니었다. 그는 이미 사냥꾼이 되어 있었다.

'흠, 무식하게 신법을 펼쳤군.'

그는 처음에 어렵지 않게 소지의 흔적을 찾아낼 수 있었다. 소지는 최대한 신법을 펼쳐 진산과 거리를 벌려두는 것만 생각했다. 부단장은 그 흔적을 조금도 놓치지 않고 따랐다.

소지가 천하제일살수라고는 하지만 부단장의 경공 공부도 결코 작지 않았다.

"조금만 기다려라. 흐흐흐."

부단장의 입에서 음흉한 미소가 그려졌다.


＊　　　　＊　　　　＊


삼룡표국 일행은 다시 표국으로 떠나갔다. 삼룡은 진산과 헤어지는 것을 매우 아쉬워했다. 하지만 그녀는 표국이 갑자기 명성을 얻는 바람에 부족한 손을 보태기 위해 표국 일행과 함께 떠났다.

일룡도 진산이 마음에 들었지만, 지금은 표국의 일이 더 중요했다. 그렇지만 그는 진산에게 꼭 다시 삼룡표국에 들르란 말을 하였다. 아직 그에 대한 욕심을 버리지 않았던 것이다.

"조용하군."

그들을 배웅하며 돌아오던 진산이 씁쓸한 표정을 지었다.

빈객청에서 표국 일행이 사라지자 분위기가 싸늘해졌다. 오대세가의 무인들은 그들끼리만 함께했다. 그리고 지금은 이곳에 소지와 부단장도 없었다.

진산은 머리를 긁적이며 다시 자신의 방으로 들어가기 위해 발걸음을 옮겼다. 그는 아직 할 일이 있었다. 더러워진 욕실을 깨끗이 닦아야만 했다. 보통은 하인을 시키지만, 그러기에는 피가 너무 많이 튀었고 시간도 제법 많이 지나 있었다.

그들이 살수라는 사실에 남궁세가는 경악을 했고 한동안 더욱 경계를 강화하고 조사도 해봤지만, 별 소득은 없었다.

시체를 치우고 피를 닦아내는 것까지는 세가의 하인들이 했지만, 도저히 지워지지 않는 얼룩은 어쩔 수 없이 그대로 두었다.

하지만 그 얼룩이 앞으로 목욕을 해야 할 진산에게 얼마나 큰 불쾌감을 주는지 그들은 모르고 있었다.

"젠장."

그가 짤막하게 욕설을 내뱉고는 욕실 안으로 들어섰다. 벽에 묻은 얼룩을 보며 진산은 인상을 크게 찌푸렸다. 피 얼룩

위로 나뭇결이 드러나 사람 얼굴의 형상을 했다.

사람을 아무렇지 않게 쳐 죽인 그라도 기분 나쁜 것은 나쁜 것이었다. 누군가 빤히 지켜보는 듯한 불쾌감에 진산은 내공까지 끌어올려 얼룩을 지우기 시작했다.

내공이 실린 수세미로 박박 긁으니 나무는 대패질하듯 벗겨져 나갔다. 그로 인해 얼룩이 조금씩 벗겨졌다.

반 시진 동안 얼룩을 지우던 진산은 흐뭇한 미소를 지으며 욕실 밖으로 나왔다. 이제 슬슬 식사 시간이었기 때문이다.

땀을 간단히 닦아낸 진산은 식당 안으로 들어섰다. 그가 이용하는 곳은 여전히 삼층이 아닌 일층이었다.

"어? 저 녀석, 아직 안 갔나?"

누군가 삼류표국의 표사였던 진산을 발견했다.

그 소리를 듣지 못했을 리 없었지만 진산은 태연하게 식판을 들었다.

"정말 안 갔네. 이번에 삼룡인가 삼사인가 하는 표국 놈들 다 갔을 텐데……."

그들 무사들은 아직 진산이 오호삼화와 절친한 사이라는 것을 알지 못했다. 또 그가 얼마나 무식하고 흉포한 자인지도 몰랐다.

그것이 죄가 될 리는 없었다.

"하루에 다섯 끼나 처먹는 것을 보아 밥이나 더 먹으려고 남은 거 아니야? 삼류표국의 삼류표사인 놈이 이러한 거라도 먹어본 적이 있을 리 만무하니까 말이야.”

죄가 있는 것은 분명 터진 주둥이다.

배식을 받던 진산의 신형이 우뚝! 멈춰 섰다. 봐주는 것도 한계가 있는 법이다. 그는 그들같이 삼류무사들은 무위를 드러내지 않고도 충분히 혼내줄 수 있었다.

“어라? 저 자식, 우리 말을 들었나 봐. 꼴에 자존심은 있나 본데?”

그의 눈이 흉흉하게 빛을 토하는 것을 그들은 보지 못했을 것이다. 만약 보았더라면 더 이상 아가리를 움직일 리 없을 테니 말이다.

하지만 불행히도 그들은 진산이 어떤 자인지 몰랐고, 그의 눈빛을 보지 못했다.

무엇보다 함부로 놀리는 입이 무거운 죄를 가지고 있었다.

“새끼, 지네 가족도 저러는 걸 알까?”

땡그랑!

진산의 식판이 바닥으로 떨어졌다. 쇠로 된 식판이 떨어지며 요란스런 소리를 냈다. 식당 내의 사람들이 모두 진산을 향해 시선을 돌렸다.

그가 천천히 고개를 돌렸다. 싸늘한 시선이 말소리가 들렸던 곳으로 향했다.

그곳은 오대세가의 무인인 오삼, 육구, 칠사가 있는 곳이었다. 그들은 각각 남궁세가, 제갈세가, 하북팽가의 하급 무사로 감히 세가의 성을 받을 자격이 없는 자들이었다.

그러나 그런 그들이라도 이곳에서는 제법 강했다. 하급 무사에게도 서열이 있었고, 오삼과 육구, 칠사의 경우는 가장 상위에 있는 자들이었다.

"허! 저놈이 우리를 꼬나보기까지 하는데?"

오삼이 육구와 칠사를 향해 이죽이며 말했다.

진산의 행동이 영 마음에 들지 않았던 그였다. 그리고 삼류 표국의 표사가 오대세가의 무인인 자신들과 밥을 같이 먹는다는 사실 또한 마음에 들지 않았었다.

그것은 육구나 칠사 또한 다르지 않았다.

육구가 오삼과 칠사를 보며 입을 열었다.

"저 자식, 왜 여기서 밥을 먹는데? 그냥 얌전히 집에서 가족이랑 처먹지."

진산의 눈이 그들을 향해 강한 살의를 비췄다. 이곳이 어딘지 아는지라 그는 기까지 일으키지는 않았다.

참을 수 있었다. 한 번 굶고 여기서 나갈 수 있었다. 그래야 했다. 지금 여기 온 것은 오대세가와 친분을 만들러 온 것이지 싸우러 온 것이 아니었다.

팔은 안으로 굽는다고 저들이 아무리 하찮은 놈들이라 해도 세가의 무인을 개 패듯 뭉개는 것을 오대세가가 봐줄 리 없었다.

그래서 참아야만 했다.

하지만 그들은 입이 죄였다.

"저 자식 가족새끼들 좀 보고 싶네. 얼마나 집 밥이 안 좋으면 동료가 다 가고도 여기서 이렇게 죽치고 있겠어?"

칠사가 오삼과 육구에게 말했다. 진산이 들으라고는 하는 말이었다.

진산은 더 이상 참지 않았다. 자신의 욕이라면 웃으면서 넘어갈 수 있었다. 하지만 가족이, 형이 언급되면 다르다. 몸이 불편했던 자신을 십 년 넘게 보살펴 주고, 자신 때문에 해남도에서 고생했던 형이었다.

저들 같은 싸구려 무사들에게서 그런 소리를 들을 진천이 아니었다.

"더 지껄여 봐라."

진산이 천천히 그들을 향해 말했다. 사나운 맹수처럼 으르렁거렸지만, 그에게서 조금의 내기도 느껴지지 않았다.

그래서 그들은 진산을 만만히 보았다. 무공은 내공이 전부인 줄 아는 자들이었다. 또 자신들이 진산보다 내공이 훨씬 뛰어나다고 생각하는 이들이었다.

진산이 우습게 보였다. 진산이 자신 같은 고수들에게 덤비는 것이 한심해 보였다.

"내가 너희를 죽이고 오대세가와 관계를 끊는다."

진산은 딱 잘라서 말했다. 조금 시간이 걸리겠지만, 오대세가가 아니더라도 동의맹에는 사대문파와 개방이 있었다. 오대문파와 사이가 나빠지면 그들에게서 신용을 얻으면 된다.

그는 형이 전해준 책을 맹목적으로 믿고 있었다.

"흐흥! 감히 이 몸을?"

"머리가 어떻게 된 거 아니야?"

"하아~ 이런 놈의 피를 봐야 하나?"

오삼, 육구, 칠사가 진산을 보며 차례대로 말했다. 진산은 등에 있는 쌍룡곤을 꺼냈다. 두 마리의 용이 당장이라도 그들의 머리를 향해 추락할 것만 같았다.

그리고 그 결과는 아주 참담할 것이다.

"그, 그만두세요!"

진산이 출수하려는 순간 누군가 힘껏 외쳤다. 진산과 함께 술을 나누려던 오호삼화 중 남궁유미였다.

쌍룡곤이 정확히 칠사의 머리 위에 멈췄다. 묵직한 쌍룡곤이 그의 머리를 어떻게 만들지 몰랐던 칠사는 의기양양한 표정으로 도를 뽑아 그의 허리를 긁었다. 아쉽게도 진산을 괴롭힐 생각에 빠진 그는 남궁유미의 목소리를 듣지 못한 것이었다.

팟!

"윽!"

하급 무사 중에서도 제법 강한 칠사였다. 그의 검은 제법 날카로웠다. 그런 그의 검이 진산의 허리를 베었다.

진산의 허리에서 피가 뿜어져 나왔다. 진산이 한 걸음 움직여 피하지 않았더라면 내장이 토해졌을 것이다.

남궁유미는 물론 다른 오호삼화들도 크게 놀랐다. 진산은 손님이었다. 그리고 눈여겨보던 이였다. 그런 사람에게 세가의 무인이 살검을 날렸다는 것은 상당히 위험한 의미였다.

"무슨 짓이냐!"

팽호성이 대노하며 칠사 앞에 섰다. 고수다운 뛰어난 경공이었다. 칠사는 갑작스런 팽호성의 등장에 깜짝 놀라 도를 떨어뜨릴 뻔했다.

팽호성이 진산을 보았다. 다행히 상처는 그리 깊지 않은 것 같았다. 그러나 진산의 시선이 전과 다르게 차가웠다.

예의 바르고 싹싹했던 사내는 여기에 없었다. 그 대신 싸늘한 시선으로 오대세가의 사람들을 훑어보는 설인(雪人)이 있었다.

"크게 실망했소."

진산이 쌍룡곤을 다시 회수하며 발걸음을 돌렸다. 그의 말투는 전과 달랐고 또 오대세가에 대한 그의 감정 또한 전과 다를 것이다.

팽호성은 이를 악물었다. 지금 그 어떤 말을 해도 진산에게는 변명으로 들릴 것이다.

진산이 지체없이 발을 돌려 식당을 나서려 하자 제갈화린이 그의 팔을 잡았다.

"진 공자…… 기다려 주세요."

“무엇을 말이오?”

그는 지금 초인적인 인내를 발휘하고 있었다. 그것은 여기서 나가고 싶은 마음이 아닌 바로 오삼, 육구, 칠사를 때려죽이고 싶은 마음 때문이었다. 검이 있었더라면 단숨에 뽑았을 것이다.

그랬기에 내심 부단장에게 검을 맡긴 것이 다행이라 생각했다. 오대세가를 피로 물들이면 그는 형에 대한 정보도 잃고 만다.

“진 공자에게 무례를 보인 점 저희가 확실히 처리하겠습니다.”

“확실? 내가 인정할 수 있을 정도의 확실이오?”

“…예.”

잠시 사내를 처단하는 진산의 모습을 떠올린 제갈화린이 힘없이 대답했다. 그녀는 진산을, 아니, 그 뒤에 있는 암중 세력과의 줄을 놓고 싶지 않았다.

그 줄을 유지하기 위해서는 하급 무사의 목 정도는 얼마든지 내줄 수 있었다.

“기대하겠소.”

진산이 식당 출입구와 그다지 멀지 않은 곳에서 앉았다. 제갈화린은 작게 한숨을 내뱉고는 하급 무사들을 향해 시선을 돌렸다. 그녀의 시선은 이미 북풍한설과 같았다.

오호 또한 다르지 않았다. 예의 진산이 마음에 들었던 그들

이었다. 회의 때 하북팽가가 조금 못마땅하게 생각했지만, 그
것은 그때뿐이었다. 진산이 그들에게 얼마나 잘 대하는지 그
들은 잘 알고 있었다.

팔은 안으로 굽는다. 하지만 그 손에 예리한 단검이 들려
있을 수도 있었다. 독이라도 침투했으면 단검으로 자신의 팔
을 째야 하는 상황도 생기는 법이다.

"저, 저어."

"어째서 저희를……."

"히이익!"

그들은 각자 한마디씩 말을 내뱉었지만, 오호삼화는 그들
을 봐줄 생각이 없었다.

자칫 오대세가가 손님에게 검을 들었다는 소문이 날 수도
있었다. 그것은 명예에 큰 흠을 남기게 하는 것이다. 한동안
세가를 찾아오려는 자들의 발걸음이 뚝 끊길 수도 있었다.

"저자가 저희에게 먼저 덤볐습니다!"

칠사가 공포를 이기지 못하고 진산에게 누명을 씌웠다. 하
지만 그의 말에 오호삼화는 콧방귀를 뀌었다.

"설마? 너희가 먼저 시비를 걸었겠지."

팽호성이 자신의 도를 뽑으며 말했다. 진산의 곁에 있던 소
지나 부단장은 몰라도 진산이 먼저 시비를 걸었다고는 생각
할 수 없었다. 강서에서 안휘의 합비까지 오는 동안 그는 진
산의 성격을 알 수 있었기 때문이다.

그것은 다른 오호삼화라고 해서 다르지 않았다.

오삼과 육구는 칠사 때문에 변명할 기회마저 놓치고 말았다.

"너희의 죄는 함부로 입과 검을 놀렸다는 것이다."

남궁유성이 검을 뽑으며 말했다.

하급 무사들의 우상인 오호삼화가 악마로 변모하였다. 남궁유성과 제갈청, 팽호성의 병기가 무분별하게 그들의 몸을 난도질했다.

죽이지는 않았다. 내공을 파하지도 않았다. 그것이 그들의 자비였다.

하지만 그들은 각각 팔 하나씩을 잘라야만 했다. 입과 손을 함부로 놀린 대가였다. 무기를 쓰지 않는 왼팔이라고는 하지만 그래도 무공을 익힘에 있어서나 일상생활에 큰 영향을 미칠 것이다.

그들의 몸에는 여기저기 상처가 깊게 남아 있었다. 마지막으로 팔이 잘렸을 때 나온 피가 두세 바가지는 될 것이다.

"이 정도면 되었나요?"

제갈화린이 조심스럽게 진산에게 다가가 물었다.

진산이 담담히 고개를 끄덕였다. 그의 눈은 어느새 차분히 가라앉아 있었다.

오호삼화는 진산을 향해 정중히 포권했다. 그들은 명문대파의 후예들이다. 엄격한 교육을 받았고, 그 때문에 자신의 잘못을 인정할 줄 알았다.

진산은 그제야 마음이 풀린 듯 빙그레 미소를 지었다. 그런 그의 입이 열렸다.

"조금 출출하네요."

"그럼 위로 갈까요?"

남궁유미가 빈객청 삼층을 가리켰다. 진산이 전과 다름없는 모습을 보이자 부담없이 나선 것이다.

"좋죠!"

진산이 먼저 앞서 갔다. 오호삼화는 어색한 미소를 지으며 그의 뒤를 좇았다.

식당 밖으로 나가던 남궁유성이 문 앞에서 우뚝! 멈춰 섰다. 그의 눈에서 기광이 번뜩였다.

"우리는 오대세가다. 그런 우리가 손님을 핍박해서야 되겠느냐! 잘 명심해 두어라. 손님을 해하는 놈은 개돼지만도 못하다는 것을."

스릉!

남궁유성의 검집에서 검신이 살짝 모습을 드러내고 다시 들어갔다. 하급 무사들은 감히 그를 바라보지 못하고 고개를 푹 숙였다.

그들이 다시 시선을 돌렸을 땐 이미 남궁유성은 보이지 않았다. 진산의 뒤를 좇은 것이다.

하급 무사들은 크게 한숨을 토해냈다.

하지만 그들은 몰랐다. 외공을… 아니, 고수 급의 무공을 익힌 진산이 아무리 남궁유미의 외침에 정신을 놓았어도 겨우 칠사 따위에게 상처를 입을 리 없다는 것을.

'이 정도로 마무리하는 것이 좋겠지.'

계단을 오르던 진산의 허리에는 어느새 상처가 사라져 있었다. 그의 몸속 가득한 내공이 찰과상 정도는 가볍게 치유해 낸 것이다. 하지만 그러한 사실을 아는 자는 누구도 없었다.


흑목을 깎은 식탁 위에 검은 비단천이 깔려 있었다. 길게 식탁들이 이어지고 그 사이에 어른 허리 높이의 벽이 세워져 식당과 주방을 나누었다. 식당에서 음식을 즐기면서 주방의 요리를 지켜볼 수 있는 구조였다. 십여 명의 숙수들이 절도있게 움직이며 요리를 만들고 있었다. 구수한 냄새가 식당 안으로 퍼졌다.

이곳이 바로 빈객청의 삼층 식당이었다.

"어서 오시오."

"허허, 그대의 활약을 오호삼화 아이들에게서 들었소이다."

진산이 삼층에 오르자 기다렸다는 듯이 오대세가의 명숙들이 반겼다.

그들은 간신히 진산과 만날 수 있었다. 그동안 진산이 하급 무사들이 있는 곳에만 다녀서 체면상 직접 나서서 만날 수 없

었던 것이다. 며칠 동안 기다리다 못해 결국 오호삼화를 시켜
그를 삼층으로 불러들인 것이었다.

'이들이 오대세가의 버러지들인가?'

진산이 싸늘하게 주위를 훑었다. 삼십여 명 되는 인원이 각
각 세가를 나타내는 옷을 입고 있었다. 하급 무사들에게서 본
싸구려 마의가 아닌 진짜 비단옷이었다.

그들은 각각 여섯 명씩 모두 서른 명이었다. 아마 본래 그
들의 수는 더 많을 것이나, 남은 이들은 지금쯤 세가를 지키
고 있을 것이다.

"하하하! 강호의 영웅들께서 이렇게 반겨주시니 몸둘 바를
모르겠습니다."

진산이 크게 웃으며 말했다. 이곳에 온 목적은 인맥을 트기
위함이다. 그가 동의맹에 정식으로 입맹하려면 일정한 절차
를 거쳐야 한다. 그러기에는 너무 많은 시간이 걸렸고, 그것
은 진산이 원하는 방법이 아니었다.

강호에도 낙하산 인재라는 것이 있다. 팔파일방 중 사파와
일방과 오대세가가 있는 동의맹이다. 삼류문파의 수련생과
일류문파의 수련생을 같이 취급할 리 없었다. 또 뛰어난 인재
를 데려오는 제도 또한 있었다.

'이왕이면 무사대(武士隊)에 배치되는 것보다는 군사 쪽 자
료를 찾는 것이 좋겠지.'

진산에게 필요한 것은 형의 행방이었다. 그는 명성이나 부

에는 조금도 관심이 없었다. 그리고 그것을 위해 오호삼화 앞에서 능력을 보이는 등의 사전 작업도 해두었다. 여기서 제대로 인맥만 뚫으면 그가 동의맹에서 맡는 직책은 군사부일 것이다.

"허허, 그렇게 점잔 뺄 것 없다네. 남자란 때론 잘난 척도 할 때가 있어야 하는 법이야."

팽가의 장로인 팽가해(彭加偕)가 호기롭게 웃으며 말했다. 하지만 그는 진산이 진짜로 나댔다면 당장에 도를 뽑아 들 인물이었다. 팽가해는 진산의 저자세가 제법 마음에 들었다.

그것은 다른 명숙들도 마찬가지였다. 보통 어린것들이 실력 좀 있다고 나서기를 좋아하는데 진산은 그런 모습을 전혀 볼 수 없었다. 또 그 정도 되는 실력자가 저자세로 나오니 비굴해 보이지 않았다.

소지는 비록 헛소리라고 치부했지만, 진천이 진산에게 남긴 책자가 도움이 된 것이다.

"그래, 그래. 내 청이 녀석에게서 자네가 녹림의 산채를 세 개나 붕괴시켰다는 말을 들었다네. 함부로 산에 불을 지르는 일은 쉽게 결정할 수 있는 것이 아니었는데…… 왜 그렇게 했는지, 다음에 나와 함께 진지하게 토론을 해보세."

제갈가의 장로 제갈성훈(諸葛聖訓)이 눈을 빛내며 말했다. 그는 다른 명숙에 비해 무공 실력이 낮아 이들 중 가장 늙어 보였지만, 눈만은 누구보다도 총명했다.

진산은 정중하게 포권을 취하며 입을 열었다.

"예, 어르신. 언제 시간이 나시면 연락 주십시오. 제가 찾아뵙겠습니다."

"허허, 그러지. 내 반드시 연락하겠네."

제갈성훈은 오랜만에 젊은 친구와 토론을 나눈다고 생각하니 절로 미소가 지어졌다.

그들은 이름조차 나누지 않았음에도 금방 친해졌다. 그만큼 진산의 사교술은 뛰어났다.

그는 먼저 이들이 원하는 것을 보여주고 좋은 감정을 이끌어냈다. 이름을 말하면 외웠고, 말하지 않았더라면 후에 오호삼화에게서 얻을 수 있었다. 그래서 그는 말을 하는 데 있어 정보를 얻기보다는 최대한 그들의 환심을 사도록 노력했다.

명숙들은 그에 대해 많은 것을 궁금해하면서도 의도적으로 질문을 피했다. 은근히 달아오른 분위기를 굳이 무겁게 만들 필요는 없다고 생각한 것이다.

그들은 진산의 정체 따위는 쉽게 알 수 있을 것 같았다. 진산이 십중팔구 황실의 인물이라 생각했기 때문이다.

"자네는 봉술을 익혔는가?"

문득 팽가해가 진산의 등 뒤에 메어 있는 봉을 보며 물었다. 삼화의 말로는 외공 공부가 상당하다고 했다. 비록 가주인 팽영훈이 툴툴거렸지만, 관심이 동한 것은 사실이었다.

갑자기 주위가 조용해졌다. 분위기가 저하된 것이 아니라 모두가 진산의 대답을 기다리는 것이었다.

"아, 아닙니다. 저는 봉술을 익힌 적이 없습니다."

진산이 손을 저으며 말했다. 그는 감추어야 할 것을 제하고는 되도록 솔직하게 답했다. 작은 부분에서 신용을 주면 더 큰 거짓말을 해도 믿어주기 때문이다.

고개를 갸웃한 팽가해가 다시 입을 열었다.

"그럼 자네의 주된 병기는 무엇인가?"

그의 질문에 진산은 난해한 표정을 지었다. 그는 딱히 주된 병기라 할 것이 없었다. 해남도에서 가장 오래 사용한 것은 검이었지만, 그전 지옥도에서 십여 년간은 무기를 가리지 않고 사용해 왔기 때문이다.

몇 년간 도를 사용해 왔고, 맨손 맨발을 이용하기도 했으며, 창을 쓰기도 했고, 부나 퇴 등 손에 잡히는 것은 모두 그의 무기였다.

"주된 병기라 할 수는 없지만 검을 썼을 때가 가장 강한 것 같습니다."

진산이 팽가해의 물음을 어렵게 답했다. 곰곰이 생각해 본 결과 해남도에서 검을 쓸 때가 가장 강했던 것 같았다.

그의 그런 대답에 팽가해는 물론 방 안 모든 이의 얼굴이 기묘하게 일그러졌다. 진산의 말을 굳이 그들 식대로 의역을 해보자면, 검을 사용하되 무기를 가리지 않는 경지에 있다고 하는 것이었다.

그것은 구룡 중 삼왕 정도에 이르러야 가능할 수준이다.

결국 명숙들은 곧 그가 무공을 고루 익혔다고 추측했다. 그렇게 생각하니 아귀가 맞는 것 같았다.

"왜 하필 봉인가?"

제갈성훈이 물었다. 그는 얼마 전까지 진산이 검을 들었다는 사실을 알고 있었다. 하지만 굳이 그가 검을 버리고 봉을 선택한 이유가 궁금했다.

"무의미한 살생은 하고 싶지 않았습니다."

그에 대한 진산의 대답은 산뜻했다. 하지만 봉으로 수차례 사람을 죽였다는 사실을 상기해 보면 그가 봉을 들던 창을 들던 크게 차이가 나지 않을 것이었다. 그것은 직접 눈으로 본 삼화가 가장 잘 이해하고 있었다.

그러나 진산의 흉포한 모습을 보지 못한 명숙들은 그가 생각보다 따뜻한 성품을 가지고 있다고 생각했다.

"자네, 나이에 비해 공부가 매우 깊군. 내가 부끄러울 정도야!"

제갈성훈이 진산에 대해 진심으로 감탄했다.

공자 왈 맹자 왈 하는 자들은 모두가 생명의 존귀함을 가르치고 그것을 실천하려 노력한다. 하지만 험한 강호에서 그것을 행하는 것은 쉬이 이루어질 리 만무했다. 그런 가운데에서 진산이 스스로 검을 버리고 봉을 취했다는 사실에 감탄하지 않을 수 없었다. 그것은 제갈성훈 스스로도 할 수 없었던 일이다.

명숙 중에서 머리가 가장 뛰어나다고 알려진 사람이 바로 제갈성훈이다. 그가 진산의 공부에 대한 깊이에 감탄했다. 그것이 진산의 가치를 더욱 올려주었다.

"과찬이십니다. 어르신께서 그렇게 계속 띄워주시면 제가 부끄러워서 얼굴을 들고 다닐 수 없습니다."

진산이 고개를 저으며 대답했다.

삼층에서의 모임은 모든 것이 진산의 의도대로 굴러가고 있었다. 오대세가의 명숙들과 함께 이야기를 나누고 그들과 친해질 수 있었다. 또 그들은 모두 동의맹에서 제법 높은 직에 있는 자들이라 진산이 동의맹에 입맹하는 것은 그리 어려운 일이 아닐 것 같았다.

'내가 들어가고 싶어서 들어가는 것이 아니다. 그들이 불러서 어쩔 수 없이 가야만 한다.'

전자와 후자의 차이는 그 대우가 다르다. 동의맹에 그냥 입맹하는 것으로는 부족했다. 정보를 얻기 위해서는 조금이라도 더 높은 곳에 올라가야만 했다.

명숙들과의 친목은 그 일을 위한 첫 단계일 뿐이었다.

진산과 명숙들의 친목의 시간은 점차 늘기 시작했다. 새까맣던 어둠이 푸르스름하게 변하기 시작했다.

그렇게 날이 밝았다.

                    *          *          *

　중배는 다시 하오문으로 돌아왔다. 그는 살수들이 실패할
것이라는 걸 이미 알고 있었다. 그러나 그는 그것에 대해 관
심이 없었다. 그의 관심사는 단 하나뿐이었다.

　바로 복수.

　자신의 오른팔에 대한 복수는 가벼운 것이다. 하나 동생같
이 사랑했던 수하들에 대한 복수는 무거운 것이었다.

　그는 복수를 위해 즐기던 술까지 끊었다. 사람과의 관계도
끊었다. 그는 하오문 내 자신의 숙소에서 매일같이 복수를 위
해 상념에 빠졌다.

　'무엇보다 고통스럽고 확실해야 한다.'

　복수라는 것은 같이 죽어서는 안 된다. 나중에 죽더라도 그
는 죽고 나는 살아야 하는 것이다.

　중배는 부단장을 떠올렸다. 하오문에서 어지간한 병력을
차출하기 이전에는 감히 손도 댈 수 없는 무공의 소유자다.
본 문에서 겨우 한 명을 상대로 대병력을 뽑을 수는 없을 터
이니 복수는 자신의 손으로 해야만 했다.

　중배는 지금 자신의 무공 실력을 잘 알고 있었다. 오른팔이
없는 자신의 실력이 얼마나 미천한지를 뼈저리게 느끼고 있
었다.

　그는 부단장의 상대가 되지 않았다.

‘내가 강해져야만 한다. 하지만 어떻게……?’

중배는 혼자 골머리 싸매봤자 소용없다는 것을 깨닫고 하오문의 정보관으로 발걸음을 옮겼다. 문 내에서의 그의 지위는 제법 높은 것이라 누구도 그를 제지하지 않았다.

정보관은 하오문의 모든 정보가 모여 있는 곳이었다. 오랜 시간 모아온 정보가 책이 되어 꽂혀 있었다. 뒤로 갈수록 먼지가 무겁게 깔려 있었다.

중배는 일 개 조직의 대장이었다. 그들의 수가 비록 적었지만 모두 고수였던 것을 상기하면 그의 지위는 제법 높다고 할 수 있었다. 하지만 그런 그라도 보지 못하는 특급 정보도 있었다.

하지만 그 정보라도 때라는 것이 있듯 특급 정보 역시 제법 시간이 흐르면 그도 볼 수 있었다.

과거의 특급 정보, 그런 것은 그 누구도 보지 않는다. 오래된 정보는 존재 가치가 전무했기 때문이다.

“복수를 하기 위해 기연을 바라지 않겠다.”

그의 발걸음이 먼지가 가득한 정보관으로 향하기 시작했다. 그의 보보마다 먼지가 풀풀 흩날렸다.

그 옛날 하오문이 세워졌을 때부터 있었던 자료들을 하나하나 파헤쳐 가볼 생각이었다. 그곳에서 오래된 기인의 비급이라도 하나 찾아볼 요량이었다.

중배는 그날 이후로 정보관 안 오래된 정보가 있는 곳으로

가 몸을 묻었다. 먹고 싸는 것도 아끼며 정보관 내에서 시간
을 보냈다.

그는 기연을 바라지 않았다.

대신 그는 스스로 기연을 찾으려 했다.


*          *          *


소지는 사흘간이나 미친 듯이 달렸다. 산을 몇 개나 넘고
강을 몇 개나 건넜다. 그의 경의적인 신법은 사흘간 조금도
쉬지 않고 달려올 수 있게 하였다.

안휘성 합비에서 겨우 사흘 만에 안휘 북서쪽에 위치한 부
남(阜南) 근처에 도착했다. 말을 타고도 칠 주야는 가야 하는
거리를 달린 것이다.

"헉헉! 이 정도 달렸으면 쫓아오지 않겠지."

소지는 크게 숨을 토해내며 근처 바위에 앉았다. 바위에서
싸늘한 기운이 올라와 후끈 달아오른 소지의 몸을 식혀주었
다.

그는 느긋하게 발걸음을 옮겨 부남 시내로 들어섰다. 부남
은 하남성과 그리 멀지 않은 곳에서 오가는 상인들이 많은 곳
이었다. 또 그런 그들을 위해 숙박업이나 요식업들이 잘 발달
되어 있는 곳이기도 했다.

"젠장, 한 이틀은 잠만 퍼질러 자야지."

소지는 전낭을 뒤적이며 객잔을 찾기 위해 두리번거렸다. 오랜만에 달렸더니 배도 술도 고팠다. 갑자기 돼지고기 삶은 것과 죽엽청이 당겼다.

그는 바쁠 것이 없었다. 합비와 도망친 부남까지의 거리는 그에게나 사흘 거리지 남에게는 칠 주야는 걸릴 거리다. 이틀 정도는 느긋하게 쉬고 하남성으로 넘어가면서 흔적을 지우면 그 누구도 자신을 추격해 올 수 없을 것이다.

또 굳이 진산이 자신을 추격할 것이라 생각하지는 않았다. 그가 본 진산은 형을 찾는 것만으로도 충분히 바빴다. 자신까지 신경 쓸 일이 없을 것이다.

그는 제법 성황인 객잔 안으로 몸을 들이밀었다.

"어이! 점소이!"

소지가 손을 번쩍 들고 흔들었다. 어디선가 점소이가 잽싸게 튀어나와 소지의 앞에 섰다. 그의 눈이 소지의 몸을 빠르게 훑었다.

그의 허리에 묵직한 도가 하나 걸쳐 있는 것을 보고서야 그는 허리를 크게 굽혔다.

"예, 무사님."

소지는 그런 점소이의 태도에 기분이 나쁠 만도 했지만, 가볍게 실소하고는 자리를 부탁했다.

점소이가 사람들 사이를 뚫고 구석진 자리로 안내했다. 경치가 좋은 자리는 모두 다른 손님들이 먼저 차지하고 있었다.

“여기 돼지고기 요리랑 죽엽청 좀 갖다 주게.”

“예. 주문 받았습니다. 돼지고기 요리랑 죽엽청이죠?”

“그래. 되도록 빨리 부탁하네. 이제 막 이곳에 도착해서 그런지 허기가 많이 지네.”

사흘간 굶었다. 진기도 바닥을 드러냈고 몸 어디에도 성한 곳 하나 없었다. 소지는 일단 주린 배를 채우고 피로를 해결할 생각이었다.

점소이가 주방으로 달려가자 소지는 운기를 시작했다. 간단한 소주천이었다.

단전에서 똬리를 튼 내기가 순식간에 그의 혈도를 휘돌았다. 소주천이 끝나자 곳곳에 피로가 뭉쳐져 있던 그의 몸이 조금 풀렸다.

눈을 뜨자 때마침 점소이가 빨갛게 볶은 돼지고기와 죽엽청을 식탁 위에 올려놓고 있었다.

“고맙네.”

“아닙니다.”

점소이는 손사래를 치고는 자리에서 사라졌다. 점소이의 뒤를 보던 소지는 그가 사라지자 정말 걸신들린 듯이 먹기 시작했다. 돼지고기 볶음이 순식간에 제 모습을 감추었고 죽엽청도 그 속을 텅텅 비웠다.

소지의 그런 모습에 주위에서 눈살을 찌푸렸지만, 소지가 눈 한 번 부라리자 그들은 조용히 제 밥을 먹기 시작했다. 그는 십대고수만이 보일 수 있는 살기를 겨우 밥 먹는 데 사용했다.

일, 이각 정도 시간이 지나자 그릇과 술병이 깨끗이 비워졌다. 그 대신 유난히 불러 오른 소지의 배가 눈에 띄었다.

"휴, 이제야 살 것 같네."

소지는 자리에서 일어나 점소이에게 은자 하나를 던져 주었다. 그리고는 점소이의 안내에 따라 방 안으로 들어섰다. 배를 채우니 잠이 왔다. 소지는 조금도 망설임없이 눈을 감고 잠을 청했다. 그는 자신의 경공 공부가 누구보다 뛰어나다 자부하고 있었다. 그렇기에 적요남정과 부단장이 비록 자신보다 무공이 조금 높다고 해도 자신을 쫓을 수는 없다고 생각했다.

"드르렁!"

소지는 금세 코를 골기 시작했다. 사흘 만에 겨우 얻은 단잠이었다.

하나 소지는 모르고 있었다. 그를 쫓는 부단장이 진산에게서 어떤 추적술을 배웠는지, 그리고 그의 경공 공부가 결코 그에게 뒤처지지 않는다는 사실을……

아무것도 모른 채 그는 깊은 잠에 빠졌다.

지금 이 순간 그 무엇보다 달콤한 잠이었다.


천하제일살수의 신법은 분명 뛰어났다. 그것은 내내 그의 흔적을 따라 추적해 온 부단장이 충분히 느낄 수 있었다.

해남도라는 작은 섬에서 굳이 경공을 쓸 일이 무엇이 있는가. 그보다 수영 실력을 조금이라도 갈고닦는 것이 이득이 있을 것이다.

하지만 진산은 생각이 달랐다. 그는 지옥도에서 필사적으로 도망 다녔던 적이 있었다. 어느 날에는 칠 주야를 쉬지 않고 달린 적도 있는 그였다. 그런 그가 경공 공부의 중요성을 모를 리 없었다.

"그것이 이런 데 도움이 될 줄이야."

해남도의 무인들은 단거리 경공에 대한 공부는 뛰어났다. 그래서 그들은 폭발적인 순발력과 그 누구보다도 빠른 발을 가지고 있었다.

하지만 어딜 가든 조금만 달리면 바로 바다가 나오는 섬에서 그들에게 장거리 경공에 대한 공부가 깊을 리 없었다.

진산이 문주와 함께 해남파를 세우고 다른 문파를 허물며 억지로 해남파에 밀어 넣었을 때였다. 진산은 단거리 경공뿐 아니라 장거리를 위한 경공이 필요하다고 생각했다. 그는 해남파가 해남도에서만 통용되는 무인이 되기를 바라지 않았다.

그 뒤로 대락조에 의한 본격적인 수련이 시작되었다. 장거리 경공은 물론, 추적술, 암살술, 독에 대한 내성 등등 지옥 같은 수련이 자행되었고 그중 부단장은 해룡단의 부단장이라는 직책을 맡을 정도로 뛰어난 수련 성과를 보인 자였다.

부단장은 부단히 경공을 펼쳤다. 폭발적인 진기가 땅을 뒤집었다. 그의 신형이 엿가락처럼 죽 늘어져 갔다.

사흘 만에 부단장은 곽구(郭邱)에 도착했다. 소지가 있는 부남에서 남쪽으로 십여 리가량 떨어진 곳의 작은 마을이었다. 부단장이 살수인 소지보다 경공 실력이 조금 부족한 것도 있었지만, 흔적을 쫓으며 왔기에 차이가 벌어졌다.

하지만 부단장은 조금도 조급해하지 않았다. 선명하게 남은 소지의 흔적이 계속 북쪽으로 이어져 있었기 때문이다.

"녀석은 살수니까 잡기 전까지는 최대한 신중해야 해. 그리고 잡은 뒤 잽싸게 주공에게 돌아가면 될 것이야."

부단장이 작게 중얼거렸다. 그는 전문적으로 추적술을 배운 사람이다. 진산이 조금 재촉했다고 무작정 쫓지 않았다.

소지의 흔적이 부남까지 이어진 것을 확인했다. 중간에 길을 틀어버릴 가능성도 배제할 수는 없었지만, 그는 크게 걱정하지 않았다. 그때 일은 그때 가서 생각해도 되었다. 굳이 미리 걱정할 필요는 없었다.

"흐흐흐. 그럼, 오랜만에 여자나 안아볼까?"

진산의 눈 때문에 중원 여자의 맛을 보지 못한 그였다. 그는 해남도에서도 대단한 정력가라고 소문난 사람이었다. 진산이 각 지방의 요리를 먹는 것을 좋아하듯, 부단장은 여자를 탐하는 것을 좋아했다.

그는 주위를 두리번거리며 수질 검사를 시작했다. 여자가 궁하다고 해서 기루에 가는 것은 하책이다. 부단장은 돈으로 살 정도로 굶주리지 않았다.

곽구는 작은 마을이었다. 하남성과 제법 가까웠고 부남과 안휘를 잇는 곳이었지만 그리 큰 마을은 아니었다.

'눈에 확 들어오는 미인은 없군.'

삼화에 길들어진 눈이었다. 중원 전체에서 아름답다고 소문난 그녀들이었다. 지금껏 그녀들을 보다가 작은 마을의 미인들이 눈에 들 리 없었다.

그럼에도 그는 포기하지 않고 눈을 잔뜩 부라리며 목적지인 객잔으로 들어섰다.

그런 그의 모습은 삼류파락호나 다름없었다.

"어라?"

원하던 것을 찾지 못해 잔뜩 인상을 찌푸리던 부단장의 눈에 한 사내가 눈에 들어왔다.

사내는 두건으로 머리를 가리고 있지만 목덜미에 드러나는 흑단 같은 머리카락, 보석을 박은 것 같은 크고 선명한 눈동자, 햇빛을 받지 못했는지 창백한 피부를 가지고 있었다.

허리의 굴곡이나 외모를 보아 여성임에 틀림없었다. 그녀가 남성 무복을 입고 있는 것은 진산이 그 무시무시한 무공을 가졌으면서도 학사풍의 옷을 입은 것과 마찬가지였다. 그 속내를 껍데기 한 장 걸쳤다고 가려지는 것이 아니었다.

'뭐, 주공은 거의 완벽하게 감췄지만서도……'

그는 남 앞에서 자신의 무공을 완벽하게 감추었다. 최근에야 딱 한 번 외공 쓰는 것을 보았을 뿐이다.

하나 부단장 눈앞에 있는 여인은 감추기에는 너무 아름다운 외모를 가지고 있었다. 객잔의 사내들은 물론 여성들의 눈이 그만을 바라보고 있었다.

여인이라고 하기에는 너무 어려 보였다. 아직 소녀티를 벗지 못한 모습이 곳곳에 드러났기 때문이다.

"쯧쯧, 아무리 궁하다고 하지만 어린 소녀를 보면서까지 침을 흘리다니……."

부단장은 그렇게 말하면서 소녀의 앞에 털썩 앉았다. 그의 입가에는 능글맞은 미소가 걸려 있었다.

그의 갑작스런 등장에도 소녀는 차를 홀짝이고만 있었다. 그라는 존재에 대해 아무런 관심도 없다는 듯이.

'콱! 덮쳐 버릴까?'

순간 욕정이 치솟아올랐지만 부단장은 고개를 저었다. 그에게도 몇 가지 법칙이라는 것이 있었다. 그의 외모가 삼십대 중반이라고는 하지만 이미 나이가 마흔 중반에 이르렀다. 그런 그가 건드리는 연령은 이십대 중반에서 삼십대 후반까지였다.

아무리 봐도 소녀의 외모는 십대 중후반 정도로밖에 보이지 않았다.

또 부단장은 덮치는 것을 아주 싫어한다. 정당하게 연애해서 잠자리로 끌고 가는 것이 바로 자신의 철학이라고 생각하는 사람이었다.

"아가씨, 일행은 없는가?"

부단장은 그런 마음을 가지고, 정말 순수한 마음으로 물었다. 그러나 주위의 눈빛이 살기로 물들었다. 지금 그의 모습은 납치범의 모습과 크게 다르지 않았다.

소녀는 찻잔을 슬며시 내려놓았다.

"……."

소녀는 입을 다문 채 열지 않았다. 그것을 부단장은 일행이 없다는 무언의 대답으로 여겼다.

"그럼 이 오라버니를 따라오지 않으련? 이 몸의 무공 실력은 하늘 아래 그 누구도 두려워하지……."

그의 말이 일순 멈춰졌다. 그의 머리에 피를 뒤집어쓴 진산의 모습이 떠올랐기 때문이다. 진산은 당장이라도 자신의 머리를 뽑아버릴 것 같은 기세를 내뿜고 있었다.

그는 재빨리 말을 정정했다.

"아니, 하나만 빼고 그 누구도 두려워하지……."

이번에는 대락조의 다섯 명의 대원이 떠올랐다. 진산의 명에 따라 지옥 같던 훈련을 시킨 조교들이었다. 계속해서 날아드는 몽둥이. 호신강기를 끌어올렸지만 그것은 아무짝에도 소용이 없었다.

그는 다시 한 번 말을 정정했다.

"흠흠! 여섯 명만 빼고 그 누구도 두려워하지 않을 정도로 강한 무공을 가지고 있단다."

미안하지만 해남파의 문주나 해룡단의 단장도 그리 두렵지 않았다.

소녀는 그 보석 같은 눈으로 부단장을 바라보았다. 당장이라도 빠져들 것만 같은 마성이 깃든 눈이었다.

"병신새끼가 꼴에 남자라고……."

"……."

소녀의 입에서 싸늘한 한기가 토해져 나왔다. 그 한기는 부단장은 물론 객잔을 꽁꽁 얼려 버릴 것만 같았다. 그들이 굳어 있는 동안 소녀는 자리에서 일어나 객잔을 나서고 있었다.

일각 정도 북풍한설이 객잔 안을 휩쓸고 있었다.

"찻값이다. 쓰레기 같은 이곳에서도 제법 먹을 만한 차더구나."

소녀는 빳빳하게 굳어 있는 점소이에게 은자 하나를 가볍게 던져 주고는 자리를 벗어났다.

쩌어억 하는 소리와 함께 부단장의 입이 벌어졌다. 소녀에게 말을 걸었을 때 그의 마음은 욕망을 모두 버린 상태였다. 비록 오해의 소지가 다분히 있었다고는 하지만 소녀의 말은 분명 심한 처사였다.

"으아아아아아!!"

　그의 입에서 뜨거운 열기가 터져 나왔다. 그것은 마치 불문의 사자후와 같은 웅혼한 기세였다. 순수한 내력과 섞여 나오는 음성은 차갑게 얼어붙은 객잔의 분위기를 단숨에 뜨겁게 만들었다.

　"우오오오!"

　그의 울음에 마음이 동한 사내들이 같이 고함을 외쳤다. 그것은 무인이나 점소이나 다를 것이 없었다. 터져 나오는 함성에 객잔 안이 쩌렁쩌렁하게 울렸다.

　순간 부단장의 음성이 싹 사라졌다. 시끄럽게 울리던 함성도 쥐 죽은 듯이 사라졌다.

　"젠장!"

　부단장이 결국 참지 못하고 소녀의 뒤를 쫓기 시작했다. 평소에도 진산에게 그렇게 갈굼을 당했던 그였다. 하지만 감히 그에게 대들 용기가 없어서 성질을 누르고 있던 판에 저 꼬마가 자신을 농락한 것이다.

　순간 그는 소지의 추적에 대한 것도, 진산의 당부도 까맣게 잊었다.

　그것이 후에 어떤 결과가 되어 돌아올지 그는 아직 모르고 있었다.

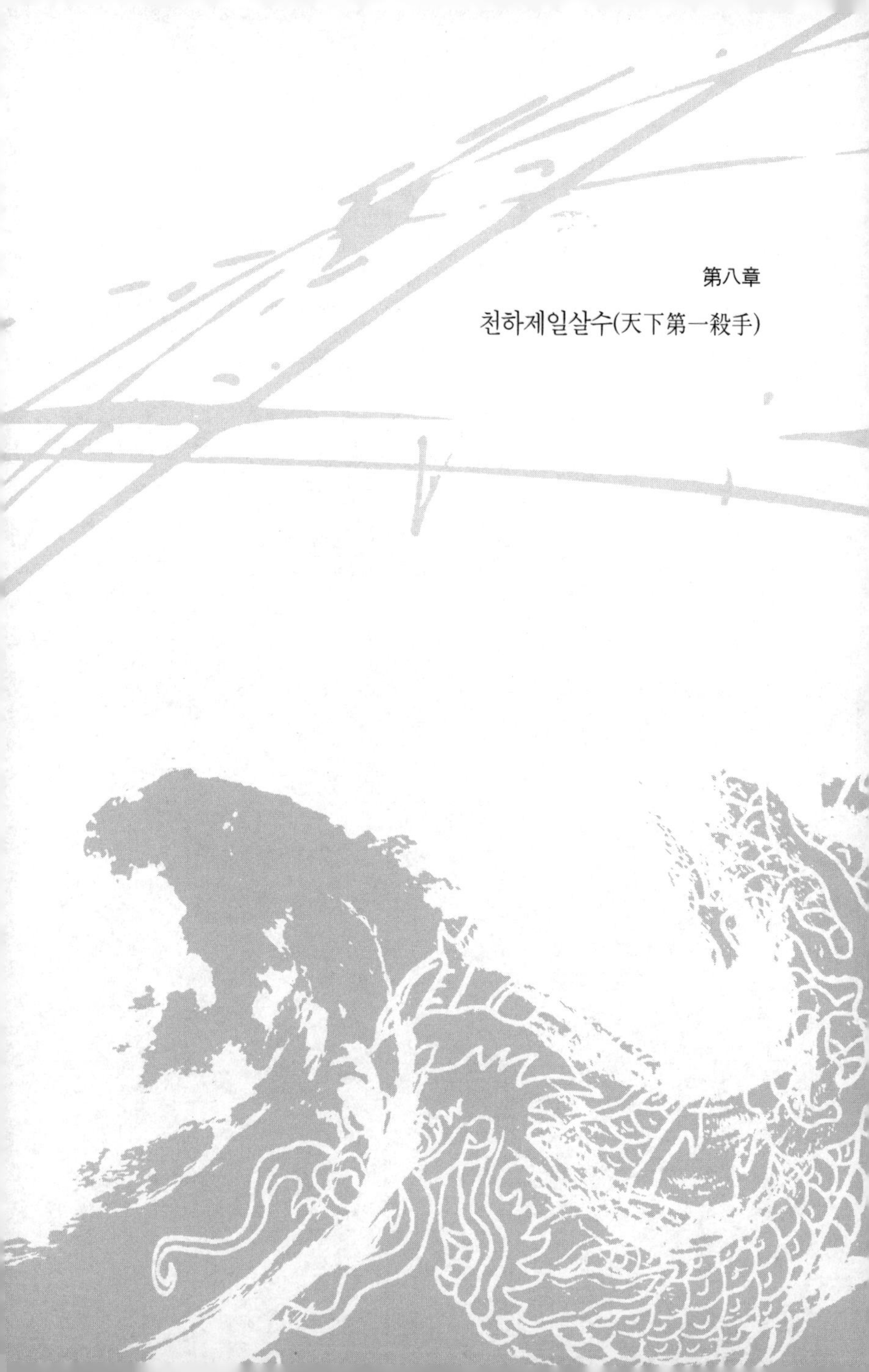



# 천하제일살수(天下第一殺手)

"진 공자, 천하제일 비무대회를 모르신다구요?"

환한 낮, 세가 내 호숫가에서 삼화는 오호와 진산을 초대해 다과회를 열었다. 고급 차와 달콤한 과자가 식탁 위에 올려져 있었다.

놀란 듯이 묻는 남궁유미의 말에 진산은 설레설레 고개를 저었다.

"휴… 그것이, 이번에 맹주께서 동서를 가리지 않고 비무대회를 연다고 선언하셨어요."

"현재 동서무림은 견원지간이지 않습니까?"

진산이 고개를 갸웃하며 물었다. 비무라는 것이 서로가 상하지 않고 실력을 겨루는 것이기 때문에 사이가 좋지 않으면 심각한 상황까지 갈 수도 있었기 때문이다.

그의 그런 뜻을 알았는지 이번엔 제갈화린이 입을 열었다.

"그렇죠. 과거의 정사가 그렇듯이 지금 동무림과 서무림의 사이는 원한 관계를 맺고 있어요. 하지만 맹주께서는 더 이상 동서무림이 피를 흘리는 것을 원치 않기에 원한을 비무대회로서 풀기를 바라신 것이죠."

천하제일 비무대회.

현 동의맹의 맹주이자 삼왕 중 일인인 검왕(劍王) 단우극(丹旿克)이 선언한 대회로 암묵적으로 은서각과 이야기가 끝난 것으로 되어 있다. 동서의 무림이 하나가 되어 그 실력을 겨루자는 취지로 모든 무림인들을 열광케 하는 큰 축제였다.

본 비무대회는 하북의 무한(武漢)에서 펼쳐질 것으로 예상되며 그것을 위해 많은 인구 이동이 있을 것으로 예측된다.

이번에는 동무림과 서무림의 대결 구도로 이어지기 때문에 서쪽 무림인들은 은서각에서, 동쪽 무림인들은 동의맹에서 출전을 신고하고 미리 예선을 치러야만 했다.

비무대회의 특성 때문에 오대세가의 후기지수인 오호삼화도 예선을 치러야만 했다.

"하지만 비무대회만 있는 것이 아니라 군사대회도 있는 것 같았어요."

"군사대회?"

제갈화린의 말에 진산이 되물었다. 군사대회라는 것은 처음 듣기 때문이다.

"진법과 전략 등을 시험하고 대결하는 대회래요. 모형을 이용해서 다투는 것이라는 것 외에는 자세하게 드러나지 않았어요. 하지만 예선을 통과하기 위해서는 상당히 위험한 진법을 뚫고 나와야 한다고 알려져 있어서 그런지 전 무림인들의 관심을 받고 있기도 한 대회예요."

진산의 물음에 제갈화린이 싱긋 웃으며 답해주었다. 그녀는 그가 그곳에 참가하기를 바라고 있었다. 비무대회와 군사대회가 끝나면 상금과 동시에 각각 능력에 맞는 직책이 은서각이나 동의맹 내에 배치된다고 한다.

그가 명성을 얻고 또 그만한 지위를 얻었을 때 자신이 취할 생각이었다.

하지만 그것은 남궁유미 또한 다르지 않았다.

"흐음, 재미있겠군요."

진산이 흥미롭다는 듯이 말했다. 하지만 그가 정말 흥미로운 부분은 군사대회 이후로 동의맹 내에서 얻을 수 있는 신용과 그에 따른 보상이었다.

아마 군사대회라면 적당한 직급과 여러 자료를 볼 수 있는 권한이 주어질 것이다. 반대로 비무대회라면 몇몇 수하를 붙여줄 것이고…….

무엇보다 형을 찾는 데 큰 도움이 될 것 같았다.

"신청은 언제까지죠?"

진산이 남궁유미에게 물었다.

"그리 많이 남진 않았어요. 하지만 걱정 마세요. 저희도 비무대회를 위해 동의맹에 가는 것이니, 저희와 함께 가신다면 늦지 않게 신청을 할 수 있을 거예요."

남궁유미가 오호를 보며 말했다. 그녀의 말에 오호들이 고개를 끄덕였다. 그들은 진산과 제법 친해졌기에 그 정도는 해줄 수 있었다.

또 그가 참가하는 군사대회를 구경하고 싶었다. 그런 대규모 대회에서 오호삼화가 함부로 어딜 다닐 수는 없을 것이다. 하지만 진산이 나갔다는 핑계로 소문의 군사대회를 구경할 수 있을 것 같았다.

"그럼 믿고 맡기겠습니다."

진산이 주먹을 불끈 쥐며 말했다.

"그럼요. 꼭 맡겨주세요."

남궁유미가 싱그러운 미소를 지으며 화답했다. 그와 함께하는 여행은 즐거웠다.

"이번에 부단장과 천 형이라는 사람도 비무대회에 나오는가?"

팽호성이 조용히 물었다. 그 순간 남궁유성의 얼굴이 차갑게 굳어갔다. 그들에게는 빚이 있었다.

그들은 이번 기회에 부단장과 소지와 비무를 하길 원했다.

언젠가 그 오욕을 씻을 기회가 올 것이라고는 생각하지만 좀처럼 그 기회는 보이지 않았기 때문이다.

"그것이 잘…… 두 사람 다 나이가 좀 있는 편이라 나가길 꺼려할 것 같습니다."

"천하제일 비무대회이다. 본 대회는 후기지수들을 위한 대회가 아니지. 그들 정도 실력이라면 이번 대회에서 대단한 명성을 얻을 수 있을 거야."

남궁유성은 그들을 이겨 명성을 빼앗겠다는 말은 쏙 뺐다. 필사적으로 수련도 했고 자신도 있었지만, 입 밖에 낼 필요는 없다고 생각한 것이다.

진산은 곤란한 표정을 지었다. 무림공적인 소지가 나갈 가능성은 전무했고, 또 부단장의 존재 역시 겨우 비무대회 따위로 알려지지 않기를 원했다.

비무대회에서 이겼다고 해서 실력이 확 느는 것이 아니었다. 지역도 다른데 굳이 명성을 취할 필요는 없었다. 그리고 부단장이 자신의 수하인 만큼 그들의 이목은 자신에게까지 쏟아질 것이다. 그렇게 되면 운신의 폭이 줄어든다.

"천 형은 제가 어찌할 수 있는 분이 아니고, 부단장은 한번 말해보겠습니다."

그는 지금 상황에서 자신이 보일 수 있는 최고의 답을 말했다. 물론 말뿐인지라 둘 다 비무대회에 나갈 가능성은 없었다.

그렇지만 그것만으로도 충분했는지 팽호성과 남궁유성의 얼굴에 미소가 걸렸다.

그때 제갈화린이 심각한 표정으로 입을 열었다.

"문제는 은서각이에요. 그들에 대해서 알려진 것은 그리 많지 않거든요. 삼왕 중 마왕(魔王) 동방제(東方帝)을 제외하면 어떤 고수가 있는지 알 수 없어요. 소문으로는 삼왕 중 귀왕(鬼王) 또한 은서각의 고수라고 하던데……."

삼왕 중 마왕과 검왕은 십 년 전 동서무림전쟁 때 나선 고수들 중 최강의 존재들이라 할 수 있는 자들이었다. 그들의 실력은 마치 왕과 같아 그 누구도 범접할 수 없어 강호인들은 동서를 가리지 않고 존경의 마음을 담아 왕이라 칭했다. 남은 왕인 귀왕은 한 사람이 퍼뜨린 소문에 의해 만들어졌다.

오 년 전 오대악인의 수좌인 혈두선인(血頭仙人)이 감히 자신은 바라볼 수조차 없는 고수가 있다고 동서 양 무림에 외치고 다닌 적이 있었다. 그의 귀신같은 강함을 말하며 동시에 두려워했다고 한다.

강호인들은 오대악인의 수좌 정도 되는 이가 아무리 악인이라 해도 거짓을 말할 리 없다고 생각했다. 또 혈두선인은 싸울 때 보이는 잔인한 성품과 항상 오대악인과 함께했기 때문에 오대악인이 된 것뿐이지 평소에는 뛰어난 무인이라고 한다.

그런 그가 인정하는 무명의 고수를 강호인들은 귀왕이라

이름 붙였고 그의 실력은 드러나지 않았다.

"하지만 그 정도 되는 고수가 나오는 일은 없으니 걱정할 것 없지. 정 그들이 나온다면 이쪽에서는 맹주께서 나서면 되고."

제갈청이 그녀의 걱정을 해소시켜 주었다.

현 동의맹의 맹주 직을 맡고 있는 검왕도 삼왕의 일인이었다. 마왕 동방제와 비교해서 조금도 꿇리지 않는 사람이었다.

진산은 그들의 말에 최대한 귀를 기울였다. 특히 삼왕에 대한 이야기는 좋은 정보가 되었다.

'혈두선인? 어디서 들어본 것 같은데……'

하지만 한 번도 중원에 나와본 적이 없는 그가 중원에서 가장 강한 이들 중 하나인 구룡과 만나본 적이 있을 리 없었다.

"아! 그렇게 사이가 나쁜 은서각도 나오는데…… 정말 이번 비무대회에서 아무런 일도 없을까요?"

진산이 걱정스럽다는 표정을 지으며 물었다. 만약 자신이라면 이 대회에 신경 쓰는 동안 동의맹 본진을 쑥대밭으로 만들 것이다.

잔인하고도 난폭한, 그리고 사실 예의라고는 눈곱만치도 없는 진산의 생각이었다.

"뭐야, 걱정되는 거야?"

팽호성이 씨익 웃으며 진산의 옆구리를 쿡 찔렀다. 그는 진산이 겁을 먹고 있다고 생각한 것이다.

"아, 아닙니다."

진산은 팽호성의 말에 난처한 표정을 짓고 있었지만, 속으론 냉정하게 제갈청이나 제갈화린의 대답을 기다리고 있었다. 그들이라면 그의 의문에 대해 확답을 내어줄 것이다.

그의 생각대로 제갈청이 입을 열었다. 그는 물론이고 제갈세가도 그러한 생각을 했기 때문이다. 말을 하면서도 제갈청은 내심 진산의 뛰어난 심계에 대해 놀라고 있었다.

"그 점에 대해서는 문제없어. 동의맹에는 수호무사(守護武士)들이 있고, 우리 제갈세가가 펼쳐 놓은 진법과 함정들도 많으니까."

동의맹은 은서각처럼 몸을 숨기지 않았지만 그 본거지는 그야말로 철벽의 요새였다.

어지간한 경공 공부가 아니라면 감히 오를 수 없는 성벽과 벽을 넘는 순간 펼쳐지는 절진은 순식간에 사람의 생기를 빨아먹는 악마의 진이었다.

그것 말고도 맹에는 수호무사라는 것이 있었다. 맹을 지키는 무사들인데, 그들은 십 년 동안 능력있는 낭인 무사들을 검왕이 직접 키운 인재들이었다. 삼왕 중 일인의 힘을 아낌없이 나누어 받은 그들은 현재 소림의 백팔나한과 비교받을 정도로 뛰어난 자들이었다.

그 밖에도 곳곳에 잠재한 함정과 또 사파일방과 오대세가 그리고 검각의 고수들, 사신무사대(四神武士隊)라 명명되는 동의맹 주력 무력 부대 중 백호대(白虎隊)가 지키고 있다.

은서각의 전력이 와도 쉽게 무너질 전력이 아니었다.

"대단하군요."

진산은 놀라는 척하며 대답했다. 그러나 그의 눈은 여전히 차갑게 가라앉아 있었다.

'사파일방과 오대세가가 맹에 뛰어난 고수들을 남길 리 없다. 고수들은 비무대회나 자신의 안방에 있겠지. 또 사신무사대라고 했으니 나머지 청룡, 주작, 현무 부대가 비무대회를 위해 움직이고 있다는 것이야. 진법이나 함정 따위는 진정한 고수 앞에서는 무용지물이고, 남은 것은 검왕이 키운 수호무사들……. 그들도 은서각이 조금의 희생을 각오한다면 쓸어버릴 수 있다.'

은서각이 아닌 해남파만 나서도 껍데기만 남은 동의맹 정도는 가볍게 점령할 수 있었다. 그 다음에는 뿔뿔이 흩어진 동무림의 무인들을 사냥하면 일은 끝날 것이다.

진산은 품속에 있는 패를 만지작거렸다. 서늘한 금속의 기운이 전해졌다.

"그럼, 비무대회도 안전하겠죠?"

진산이 다시 한 번 물었다. 이번에도 제갈청이 성실하게 대답해 주었다.

"그럼, 비무대회에는 동서무림인들이 한자리에 모이는 곳이니 은서각이 함부로 전쟁을 벌일 리 없다네. 난전이 될 수

밖에 없는 상황에서의 전쟁은 하책 중 하책이지.”

비무대회와 군사대회…… 겨우 전쟁이 끝난 지 십 년밖에 지나지 않았다. 동의맹의 목적이 무엇인지 모르나 친목 따위는 아닐 것이다.

현 맹주는 무언가를 획책하고 있었다.

‘하지만 은서각이라…….’

진산은 은서각에 대한 정보가 아무것도 없었다. 동의맹은 언제나 활발하게 움직이니 어지간한 정보는 객잔에서 술 한 잔 마시면 주워들을 수 있었지만, 은서각은 이름 그대로 그 정보가 너무 부족했다.

마교, 공동, 청성, 아미, 점창, 녹림, 장강, 도림, 당문 등으로 이루어진 거대한 집합체였다. 그들의 힘은 이미 동의맹을 넘었으며, 은밀히 숨어 무언가를 획책하고 있을 것이다.

‘그들의 머리가 하나였더라면 예전에 강호는 하나가 되었을 테지.’

진산은 쓰게 웃었다.

변수가 되는 것은 동의맹이 아닌 그들일 것이다.

＊　　　＊　　　＊

진산이 그렇게 세가 내에서 친분을 쌓고 있을 때 부단장은 소녀를 쫓고 있었다. 자신은 고수였다. 진산은 자신보다 고수이니 그렇다 할 수 있지만, 얼굴만 반반한 것이 자신을 향해 욕을 퍼부었다. 자존심이 상했다. 화가 났다. 꿀밤이라도 한 방 먹일 심사로 소녀의 뒤를 쫓았다.

소녀가 한참 걸어가다가 우뚝 멈춰 섰다. 부단장의 미행을 느낀 것이다.

"왜 따라오시는 거지요?"

"건방진 네년을 혼내주기 위해서다."

부단장은 오해를 일으킨 자신의 죄는 생각하지 않고 일방적으로 소녀를 막았다. 그는 평소 자신이 여자를 지배하는 데 누구보다도 뛰어나다고 자부하는 사람이었다. 그런 자신이 거절당하고 욕을 먹을 줄은 상상도 하지 못한 일이었다. 소녀를 벌하려는 것보다 화가 난 것이었다.

그는 의외로 좀생이였다.

소녀는 그런 그의 모습에 어이가 없다는 표정을 지었다.

"뭐, 실력이 된다면 해보세요."

소녀는 허리춤에 매어진 검을 뽑아 들었다. 하늘하늘한 연검이 허공을 누볐다. 그 검에는 결코 얕볼 수 없는 힘이 담겨 있었다.

스르릉!

소녀의 실력이 예사롭지 않다고 생각되자 부단장은 도를 뽑아 들었다. 그는 십대고수 중 가장 뛰어나다는 적요남정과 비교되는 자였다. 도에 담긴 내력이 만만치 않았다.

“음…….”

소녀는 부단장의 도에 담긴 경력이 심상치 않다고 느껴지자 조금 긴장하는 듯한 표정을 지었다.

부단장은 그것을 놓치지 않았다. 소녀가 겁먹었다고 생각한 그는 더욱 기를 끌어올렸다. 우우웅! 하고 도가 더욱 거세게 울었다. 소녀의 눈이 가늘어졌다.

“당신…… 그 정도 무공을 쌓는 동안 정신 수양은 어떻게 했나요? 당신 같은 변태가 실력이 제법 뛰어나다는 사실을 믿기 어렵군요.”

소녀가 눈살을 찌푸리며 말했다.

“제법이 아니다. 내 실력은 매우 뛰어나 객잔 안에서 말했듯이 내가 두려워하는 사람은 여섯뿐이다. 그리고 변태는 절대 아니야.”

부단장이 두 가지 사실을 부정했다. 후자 쪽을 조금 더 강하게 부정했다. 그는 변태라 불리는 것이 싫었다. 나이가 사십 중반인데 그런 소리를 듣는 것이 심히 수치스럽다고 생각한 것이다. 한 십 년 정도 젊었더라면 웃으면서 넘어갈 수 있다고 그는 생각했다.

물론 그것은 그의 생각일 뿐이었다. 십 년 전 그는 변태라 불리는 것을 끔찍이 싫어했다. 그러나 그의 심한 여성 편력 때문에 그런 소리를 자주 들었었다.

“흥! 두려운 사람이 여섯이나 있다니…… 당신의 강함은 그 정도군요. 저는 두려운 사람이 없답니다.”

“꼬마 아가씨, 중원에서는 구룡이라는 떨거지가 있다며? 나도 그깟 녀석들은 두렵지 않아. 나보다 무공 실력이 조금 높다고는 하나 결국 인간이잖아? 그렇지만 내가 두려워하는 이들은 인간의 껍데기를 쓴 귀신들이야.”

“아가씨가 아니에요!”

소녀는 목청을 높였다. 부단장은 남장을 한 자신의 모습을 연기하려는 것이라 생각했다. 그러나 그것은 그가 생각하는 것처럼 그렇게 간단한 문제는 아니었다.

‘하아, 내가 왜 꼬마 아가씨와 상대해야 하지?

부단장은 싸울 맛이 없어졌는지 도를 다시 도집에 넣었다. 이렇듯 어린 소녀와 말싸움을 하다 보니 자신까지 바보가 되는 기분이었다.

그리고 진산이 자신에게 내린 임무가 떠올랐다. 소녀를 때려주려던 마음이 싹 가셨다. 하루빨리 소지를 찾아야만 했다.

“됐다. 미안하다. 나는 그만 사라져 주마.”

부단장은 발걸음을 돌렸다. 이럴 시간에 잠이나 한숨 청하는 것이 낫다고 생각했다.

그것은 부단장만의 생각이었다. 시비는 있는 대로 걸고 지 맘대로 사라지려는 것을 가만히 보고 있을 정도로 상대는 착하지 않았다.

쉬익!

소녀는 대뜸 연검을 휘둘렀다. 연검의 길이는 제법 길어 멀어져 가려는 부단장의 다리를 베어갔다. 거기서 다리를 잘라 발걸음을 멈추게 하려는 소녀의 잔인한 심성이 드러났다.

'음……'

부단장은 가볍게 땅을 박차 몸을 띄웠다. 몸이 포물선을 그리며 쭉 날아갔다.

"어딜 도망가려고!"

소녀는 흥분을 참지 못하고 그와의 거리를 줄이기 위해 신법을 펼쳤다. 부단장의 짐작대로 소녀의 실력은 뛰어났다. 그리고 그것은 신법에서도 발휘되었다.

단숨에 거리를 좁힌 소녀는 다시 부단장을 향해 연검을 휘둘렀다. 나비가 날갯짓을 하는 것과 같은 움직임이었다.

파라락!

"쳇!"

자신의 몸을 감싸려는 연검을 향해 부단장은 연거푸 발을 찼다. 쇳소리가 나며 부단장의 신형이 공중에서 방향을 바꾸었다. 연검의 공격을 피한 그는 천근추의 수법으로 단숨에 땅에 내려왔다.

그리고 그대로 객잔을 향해 경공을 펼쳤다. 이어지는 소녀의 공격이 도를 뽑을 여유를 주지 않았기 때문이다.

"흥!"

소녀가 가볍게 콧김을 내뿜고는 경공을 펼쳤다. 소녀는 그리 어렵지 않게 부단장의 뒤를 쫓아갔다. 경공 공부만큼은 소지에게 뒤지지 않는 솜씨였다.

부단장은 빠른 속도로 따라오는 소녀를 보면서 한숨을 푹 내쉬었다. 어째 잘못 건드렸다는 생각이 머릿속을 파고들었다.

팡!

그는 뒤로 돌며 단숨에 도를 뽑았다. 좁은 공간에서 신법 수련을 했던 해남파의 무인들만 보일 수 있는 급정거였다.

"윽!"

소녀는 갑자기 속도를 줄이지 못하고 당황했다. 부단장의 도는 매서웠다. 휘두르지 않았음에도 소름이 돋을 정도로 강매한 도였다. 자신의 연검은 날카롭지만 그의 도를 막을 정도로 강하지는 않았다.

소녀에게는 갑자기 멈춰 선 그의 공격을 막을 방도가 없었다.

"에잇!"

소녀는 무작정 초식을 펼쳤다. 연검이 마치 뱀이 맛있는 사냥감을 노리듯 부단장의 심장을 향해 화살처럼 쏘아져 갔다.

부단장은 마치 예상했다는 듯이 도를 크게 휘둘렀다. 그에 따라 거센 선풍이 그의 근처로 불어 닥쳤다.

깡!

쇠가 부딪치는 소리가 강하게 울려 퍼졌다. 부단장의 도에 부딪친 소녀의 연검이 낭창거렸다. 뱀처럼 날카로웠던 기세도 죽어버렸다. 덕분에 그의 심장을 노렸던 연검도 축 늘어졌다. 부단장의 공격에 모든 것이 무위로 돌아간 것이다.

"꺄앗!"

쿵!

소녀의 몸이 부단장의 가슴에 부딪쳤다. 소녀의 몸을 노린 부단장의 연이은 공격은 없었다.

그와 부딪치고 엉덩방아를 찧은 소녀는 풀이 죽었다. 소녀 정도에 그 정도 실력을 가지는 것은 쉽지 않았다. 아마 죽기 살기로 노력했을 것이다. 하지만 그랬기 때문에 그토록 열심히 배웠던 무공이 겨우 변태 따위에게 깨졌다는 것에 크게 실망한 것일 게다.

소녀의 눈에 눈물이 그렁그렁 맺혔다. 그런 소녀의 모습에 부단장이 난감한 표정을 지었다.

"하아, 미안하다. 본래 이러려고 한 것이 아니었는데……."

부단장이 머리를 긁적이며 소녀를 일으켜 세웠다. 어린 소녀가 건방진 말을 조금 내뱉었기로서니 무식하게 달려든 자신이 부끄러워졌다.

이성을 차린 부단장은 소녀의 연검을 주워 손에 쥐어주었다. 그리고 수건을 꺼내 눈물을 닦아주었다.

"우, 우는 거 아니야. 아빠가 남자는 우는 거 아니랬어. 수건 같은 건 필요없어."

"아. 그래, 그래……."

부단장은 건성으로 대답하면서 소녀의 눈가를 닦아주었다. 소녀가 말한 '남자' 라는 소리에 부단장은 조금도 반응하지 않았다.

소녀가 눈물을 그치자 부단장은 다시 객잔을 향해 걷기 시작했다. 빨리 쉬고 다시 소지를 찾아야만 했기 때문이다. 진산이 진짜로 화나게 되면 정말 무서웠다.

"……."

느릿하게 발걸음을 옮기던 그가 뒤돌아 소녀를 살폈다. 소녀는 아직도 고개를 숙인 채 서 있었다.

그의 모습이 불쌍했다. 그러나 부단장은 다시 소녀에게 다가가지 않았다. 그는 일이 있었다. 또다시 귀찮은 일에 관여되는 것은 사양이었다.

그는 그런 면에서는 냉혹한 모습을 보였다.

'그럼, 힘을 비축해 볼까?'

아직 그는 할 일이 많았다.

그가 소녀의 시선에서 사라지자 소녀는 슬며시 고개를 들었다. 소녀의 눈이 부단장이 있던 곳을 향해 요사스런 빛을 토해내고 있었다.

"……."

그녀는 연검을 회수하고는 부단장의 뒤를 쫄래쫄래 따라갔다.

　　　　　*　　　*　　　*

"젠장, 천하제일살수라 불렸던 이 몸이…… 도대체 이게
무슨 꼴이야!"

소지는 부남에서 이틀을 묵고 다시 발걸음을 옮겨 하남성
천중산(天中山)에 도착했다.

부남에서 천중산까지의 거리는 그리 멀지 않았지만 보름
이라는 시간이 소요되었다. 이곳에 오기까지 그는 상인으로
도 변장했고 낭인 무사로도 변장하는 등 신경을 많이 썼기 때
문이다.

어지간한 일류 추격자가 아닌 이상 그의 흔적을 찾기는 힘
들 것이다.

그러나 소지는 조금도 마음을 놓을 수 없었다. 하남은 동의
맹의 본거지가 있는 곳이었다. 현재 그는 늑대를 피해 범의
굴로 들어간 꼴이 되고 말았다.

그는 아직 무림공적이었다.

"뭐, 한 십 년 정도 이 천중산에 숨어 있으면 다시 무림으로
나올 수 있을 거야."

소지는 북해나 서장으로 갈 생각을 포기했다. 해남도에서
겪은 일이 되풀이되지 말라는 법이 없었다. 괜한 텃세로 고생
하는 것보다 천중산에서 조용히 은거해 있는 것도 나쁘지 않

았다. 또 천중산은 과거 살수였을 때 만든 안가가 아직 남아 있었다. 자금도 넉넉하게 숨겨놓았기에 십 년은 물론 이삼십 년을 숨어 살아도 문제가 없었다.

그는 천중산을 올라가면서 최대한 자신의 흔적을 지우기 위해 노력했다. 이곳은 하남성, 동의맹의 코앞이다. 등잔 밑이 어둡다고 하지만 그렇다고 다 드러내고 다닐 수는 없었다.

"다시 재출도하면 반드시 그 해남도의 어린놈과 동의맹에 복수하고 말겠어!"

조심스럽게 발걸음을 옮기는 소지는 다짐했다. 자신을 물 먹인 진산이나 무림공적으로 만들어 뭐 빠지게 도망 다니게 만든 동의맹이나 다 같은 놈으로 보였다.

십 년 정도 무공을 열심히 파면 삼왕까지는 못 돼도 오대악 인까지는 강해질 수 있을 것 같았다. 그리고 그는 살수였다. 오대악인 정도의 실력을 가지고 살수 짓을 하면 그를 잡을 존 재는 그 누구도 없을 것이라 생각됐다.

"기다려라, 무림이여! 진산아!"

"지랄하고 있네."

안가를 향해 발걸음을 옮기던 소지의 움직임이 딱 멈췄다. 누군가 자신의 앞을 막고 있었다. 하나는 그토록 마주치기 싫 었던 부단장이었고 다른 하나는 남장을 한 귀여운 소녀였다.

챙!

소지는 재빠르게 도를 뽑았다. 박투술로는 완벽하게 졌지만 도를 쓰면 도망갈 시간은 벌 수 있을 것이라 생각했다.

그것이 얼마나 잘못된 생각인지는 그 후에나 알 수 있었지만.

"흥!"

스르릉!

부단장이 느릿하게 도를 뽑았다. 그의 도에서 무거운 기가 흘러나오기 시작했다. 그 역시 보름 넘게 그의 뒤를 쫓았다. 소지의 뒤를 쫓는 것은 생각처럼 쉽지 않았다. 과연 천하제일 살수라 불릴 만했다.

그러나 그것은 어디까지나 부단장의 생각이었고 진산까지 그렇게 생각할 리는 없었다. 만약 그가 그 정도 아량이 있었더라면 해남파 무인들이 귀신이라고까지 부르며 그렇게 두려워하지 않았을 것이다.

"비켜 있어."

"응."

소녀는 그들과 조금 떨어져 바위 위에 걸터앉았다. 마치 둘의 싸움을 관람하려는 듯한 자세였다.

"얼씨구! 언제 저런 어린아이까지 건드렸수?"

"건드린 적 없어!"

소지의 말에 부단장은 거세게 고개를 저었다. 소녀에 대해서는 정말 잘못 건드렸다고 생각하는 그였다.

부단장은 도를 축 늘어뜨렸다. 그것이 그만의 자세였다.

오른발을 반보 뒤로 물린 상태에서 소지를 노려보았다. 그는 깊게 숨을 내쉬었다.

"후— 덤벼라!"

소지는 갑자기 바뀐 부단장의 기세에 긴장했다. 그리고 도를 가슴께로 끌어올렸다. 그제야 떠올랐다. 부단장의 실력은 적요남정에 준할 정도로 강하다는 사실을, 그리고 자신은 적요남정과 상대가 되지 않는다는 것을 말이다.

우웅!

부단장의 기운에 의해 소지의 도까지 공명하기 시작했다. 소지는 부르르 떨리는 도신을 가까스로 진정시키기 위해 내기를 끌어올렸다.

그 둘은 서로를 뚫어져라 바라보았다. 조금의 허점이라도 드러나면 단숨에 베어버릴 것만 같은 기세였다.

짧은 시간 둘의 기 싸움이 시작되었다. 부단장의 태양 같은 기운이 소지를 농락했다.

순간 비릿한 것이 목구멍까지 올라오는 것을 느꼈다.

"욱!"

결국 먼저 움직인 것은 소지였다. 그는 가슴께에 있던 도를 하늘로 치켜 올렸다. 그리고 단 일 보, 그림자처럼 조용하게 그의 신형이 움직였다.

우르릉!

마른하늘 벼락이라도 내리칠 것 같은 소리가 귓가를 울렸다. 하늘 높게 쳐올린 소지의 도가 부단장의 몸을 단숨에 쪼개 버릴 것 같았다.

"후우—"

부단장이 소지의 도를 보며 크게 숨을 토해냈다. 그는 순간 도를 거꾸로 돌렸다. 진산이 죽이지만 말라고 한 것이 떠올랐던 것이다.

그때 소지의 도가 떨어졌다. 그 순간 정말 벼락이 내리치는 것만 같은 것이 보였다.

콰콰콰쾅!

일신의 공력을 모은 공격. 짧은 시간이었지만, 거의 반강제였지만 함께한 적이 있었다. 인정을 생각해서 조금 봐주어야 했을지도 몰랐지만, 그랬다간 자신의 몸이 쪼개질 판이었다.

무엇보다 소지는 부단장을 고깝게 생각하고 있었다. 도를 내려치는 데 주저함이 없었다.

"물러."

누런 흙먼지 속에서 부단장의 목소리 들렸다. 소지는 기겁하며 도를 다시 끌어올렸다. 아니, 끌어올리려 했다. 하지만 도는 천근만근이 되는 듯 움직일 수 없었다.

흙먼지가 조금씩 사라지면서 부단장의 모습이 보이기 시작했다. 그는 소지의 일격에서 한 보 정도 떨어진 곳에 서 있었다.

부단장의 도는 소지의 도를 누르고 있었다. 피한 뒤 제압한 것일 게다.

"살수 주제에 이런 공격을 하다니…… 참내."

부단장이 소지를 바라보며 한심하다는 듯이 고개를 설레설레 저었다.

"그리고 공격이 약해. 이렇게 단숨에 죽여야겠다고 생각하고 해야지."

그는 말을 하던 도중 도를 움직였다. 소지의 도를 따라 미끄러지듯이 공격을 감행했다. 가볍게 움직이는 부단장의 도였지만, 거기에는 방금 전 소지의 도를 눌렀던 천근만근의 힘이 담겨 있었다.

부단장은 날이 없는 곳으로 치려 했지만, 그 정도 압력이 담겨 있다면 죽지 않을 수 없었다.

쫭!

"큭!"

소지는 가까스로 도를 끌어올려 막았다. 하지만 급하게 막은 것이라 제대로 내기를 끌어올릴 수 없었다. 내상을 입었는지 입에서 선혈이 튀었다.

부단장은 공격을 멈추지 않았다. 상대가 더 이상 도망칠 수 없는 상태로 만들어야 진산에게 데려갈 때 편했다. 그의 도는 망설임없이 소지를 공격했다.

쫭! 쫭! 쫭!

쇠와 쇠가 부딪치는데 거암이라도 부서지는 듯한 소리가
요란하게 울렸다.

소녀는 어느새 귀를 틀어막고 그 둘의 싸움을 지켜보고 있
었다.

부단장이 공격을 시작한 뒤로는 거의 일방적이었다. 소지
는 막기에만 급급했고, 내상마저 입어 길게 가지 못할 것 같
았다.

"크윽!"

소지는 자신의 처지를 알고 있었다. 이번에 지면 그에게 끌
려가 악마 같은 진산의 손에 떨어진다. 그때 소지가 본 그는
무자비했고 난폭했다.

그의 손에서 살아남을 수 있을 것 같지 않았다.

"좋아, 여기까지."

부단장은 갑자기 공격을 멈췄다. 소지는 공격이 멈춰졌다
는 안도감에 무릎을 꿇었다. 끓어오르는 기혈을 가라앉히려
는 것이었다.

그때 부단장의 다음 말이 이어졌다.

"이제부터는 도망 못 가도록 뒤지게 패볼까나?"

그의 손에는 언제 준비했는지 어린아이의 허리 굵기만 한
몽둥이가 들려 있었다. 희끗한 것이 몽둥이 주위에 맺혀 있었
다.

도기. 아니, 곤기(棍氣)까지 끌어올린 것이었다.

소지의 안색이 파래졌다. 내상을 입은 가운데 그것까지 맞는다면 죽으라는 소리와 다르지 않았다.

"당신 미쳤어? 정말 죽이려고? 진 아우가 나를 죽이라고 시켰단 말이야!"

소지는 등으로 흐르는 식은땀을 느끼며 외쳤다. 그가 아는 부단장은 무식한 사람이었다. 처음 도를 뺏으려 했을 때도 정말 무식하게 때렸다. 뼛속까지 저린 아픔이 무엇인지 그때 깨달았다.

진산은 다를 줄 알았다. 그는 비록 허리에 검을 차고 있었지만 그것은 무인들 속에서 살아가는 서생의 생존 방식이라고 생각했다.

'하지만 이놈보다 더한 놈이었지.'

그가 사내에게 한 행위는 사지를 분지르는 정도가 아니었다. 사람의 뼈를 아예 박살 내고 간신히 숨을 쉴 수 있을 정도로 만들었다.

그리고 죽였다. 그때 분명 그의 입가에는 미소가 그려져 있었다. 그것은 더없이 사악한 것이었다.

"어? 걱정하지 마. 나는 죽이지는 않아."

"죽이지는 않다니? 그럼 어쩔 셈이야!"

소지는 부단장의 말에서 진산이 사내에게 했던 잔혹한 행위를 떠올렸다. 조금의 인성도 없는 피 어린 폭력.

"괜찮아, 도망가지 못하도록 두 다리만 박살 벌게. 나는 주공처럼 잔인하지 않아.”

‘그것도 더럽게 잔인한뎁쇼?’

그렇게 생각은 했지만 말을 내뱉지는 못하는 소지였다. 그는 슬슬 뒷걸음질쳤다. 살수에게 다리는 생명이다. 사람을 죽이고 난 뒤 도주하기 위해서는 신법이 뛰어나야 했다.

소지는 겨우 이런 일로 다리를 잃고 싶지 않았다.

“아, 안 도망갈게! 그러니 그런 무식한 행위는 봐주게나.”

이제는 거의 애원하듯이 말했다. 아무리 봐도 자신은 그의 손에서 도망갈 수 있을 것 같지 않았다. 또 그를 제거할 수도 없어 보였다.

그때 뒤에서 지켜보던 소녀가 소지에게 다가갔다. 눈이 빠지도록 아름다운 소녀였다.

“귀찮게 분질러서 뭐 해요? 그럼 끌고 다닐 수 없잖아요. 그냥 혈을 짚는 것이 더 편할 거예요.”

소녀는 그렇게 말하고는 소지의 다리에 혈을 짚었다. 소지는 시리도록 차가운 기운이 자신의 다리로 스며들자 깜짝 놀랐다. 그저 부단장의 변태적인 취미로 인해 희생당한 소녀라고 생각했는데, 소녀의 손에서 나오는 기운이 자신과 견줄 만했기 때문이다.

다리가 꽁꽁 얼어버릴 정도로 강한 기운이 자신의 다리를 옭아맸다.

“무슨 짓을…….”

"그냥 혈을 짚은 것뿐이에요. 만약 경공을 펼치려고 내공을 주입하는 순간 그 다리를 잘라야 하는 상황이 올지도 몰라요."

그렇게 말하고 소녀는 미소를 지었다. 그런 소녀의 모습은 마치 잔혹한 마녀와 같았다.

"그래? 그럼 이건 필요없겠군."

부단장은 몽둥이를 버렸다. 소지는 나직이 한숨을 토해냈다. 다리병신 되는 것을 간신히 면할 수 있었다.

그러나 그 뒤에 이어지는 행동에 소지는 말을 상실했다.

"어버버……."

그는 튼튼한 가죽 장갑을 손에 끼고 있었다. 다 낀 그의 손에는 몽둥이에서 봤던 기운이 어려 있었다. 권기(拳氣)라는 것일 게다. 몽둥이가 아닌 피륙으로 이루어졌지만 기가 담긴 이상 별 차이가 없을 것이다. 더구나 그와 같은 고수가 넣은 것이니 그 위력은 바위쯤은 아무렇지 않게 가루로 만들 수 있는 힘을 가지고 있을 것이다.

쿵! 쿵!

부단장의 두 주먹이 부딪칠 때마다 무언가 박살 나는 소리가 들렸다. 그가 허공으로 두어 번 주먹을 내질렀다. 공기를 쪼개는 그 소리가 소지의 등골을 오싹하게 만들었다.

"보름이 넘는 시간이 걸렸어. 아마 주공은 왜 늦었냐고 물을 거야. 하지만 나는 네가 천하제일살수라 잡기 어려웠다고 말하겠지. 그리고 주공은 자신이라면 하루, 길어야 삼 일이면 잡을 수 있었다고 할 거야. 그리고 나는 뭐 빠지게 맞겠지.”

부단장은 푸념 섞인 말을 소지 앞에서 내뱉었다. 소지는 그의 말에 담긴 원념을 느낄 수 있었다.

“그러니까 좀 맞자.”

그의 주먹이 허공을 갈랐다.

진산에 대한 두려움과 소지에 대한 분노가 담긴 주먹이었다.


“참, 능력도 좋아. 나이 차이도 스물은 훌쩍 넘는 아리따운 아가씨를 꼬시다니.”

뿌드득!

소지의 발언에 부단장이 이를 갈았다. 분명 자신은 색마(色魔)라 불린다 해도 손색이 없었다. 해남파에서 수많은 여성과 놀았다. 심지어 진산과 함께 중원에 와서도 야한 생각에만 빠져 있었다.

그렇지만 그는 자신만의 철칙이 있었다. 소녀에게는 손을 대지 않는 것! 그것이 눈이 빠질 정도로 아름답다 해도 말이다.

“후우, 후우…… 그만 해라.”

부단장이 터질 것 같은 홍분을 참아내며 말했다. 그에게 무공이 약하다거나 머리가 나쁘다는 것은 욕이 아니었다. 하지만 자신을 어린 소녀를 밝히는 변태로 보는 것은 모욕이었다.

소지는 진산의 명으로 생포한 것이다. 여러 번 자신을 모욕하고 또 자신을 향해 무기를 들었다. 자신의 눈에 보이는 그는 적이었다. 죽이고는 싶었지만 죽일 수는 없었다.

그에게 떨어진 것은 명령이었다.

부단장은 그 명을 거역할 수 없었다.

"젠장!"

몇 대 더 때려주고 싶었지만, 때리다 보면 죽일지도 모른다는 생각이 들었다. 독특한 점혈로 몸은 움직일 수 있으나 기를 끌어올릴 수 없는 상태인 그가 간단히 바위를 쪼개는 자신의 주먹을 견딜 순 없었다.

그때 소녀가 부단장 곁으로 다가왔다. 소녀는 부단장과 처음 만났을 때의 남장한 모습은 더 이상 아니었다.

"그렇게 흥분할 거 뭐 있어요? 이렇게 귀엽고 아름다운 사람이 함께 있는 것은 분명 좋은 거 아니에요?"

'그래그래, 좋았겠지. 네가 남자가 아니라면…….'

부단장은 소녀의…… 아니, 소년의 말을 무시했다. 그는 남장여자가 아니라 진짜 남자였다. 그 아름다운 모습에 손색이 있을 정도로 말이다.

그렇게 여자 취급을 당하기 싫어했던 그가 지금은 여장까지 하고 있었다.

"언제까지 그런 차림을 하고 다닐 거야?"

"뭐 어때요? 이게 더 어울리지 않아요?"

"그야 어울리지만……."

넌 남자잖아! 라고 외치고 싶었지만, 그럴 수 없었다. 엄연히 말하자면 그는 남자라고도 볼 수 없었다.

소년의 이름은 연화랑(蓮花郞)이었다.

부단장은 객잔에서 그를 다시 만났으나 떨치려 했다. 하지만 그의 심기는 자신을 뛰어넘어 몇 번이나 소지를 추적하는 데 실패할 뻔한 것을 만회한 적이 있었다. 지금 소지를 잡을 수 있는 데 그가 많은 공헌을 한 것이다.

그런 일이 몇 번 있은 후부터는 그를 버릴 수 없게 되었다.

'어린아이에게 그런 무공을 익히게 하다니…….'

부단장은 화랑의 입에서 나온 것으로 하나의 무공에 대한 기억을 꺼내보았다.

규화보전(葵花寶典).

과거 궁궐의 환관이 만든 무공이다. 그 안에 담긴 무공에 대한 묘리가 뛰어나나 사악한지라 무림에서는 삼대금공(三大禁攻)이라 불리는 무공 중 하나였다.

그리고 무엇보다 규화보전은 극음의 기운이 서린 무공인지라 익히기 위해서는 먼저 거세를 해야 하는 문제가 있었다.

거대한 힘을 가진 무공이라 하나 이 무공은 익히는 사람이 점차 여성스럽게 변한다는 부작용이 있었다. 수염이 빠지고 몸도 점차 여성스러워진다는 것이었다.

하지만 화랑은 인격이 채 형성되지 않은 나이에 익혔다. 아직도 어리니 남자다움이나 여자다움에 대해서는 잘 모를 때였다.

당연하지만 규화보전을 익힌 자는 후세를 남길 수 없다. 또 규화보전의 특성이 남에게 쉬이 전수할 수 있는 것도 아니었다. 누가 사내를 버리면서까지 강해지려 할까.

아마 그는 누군가의 손에 의해서 손과 발이 될 자로 길러진 것이라 볼 수 있었다.

그리고 이 화랑이 결코 머리가 되지 못한다는 것을 부단장은 알 수 있었다.

"휴우……."

부단장은 절로 한숨이 토해졌다. 귀찮은 것을 주워 버리고 만 것이다.

그가 처음 화랑과 만났을 때 그는 가출 중이라고 했다. 규화보전을 수단으로 사용할 정도로 무시무시한 세력이다. 그들이 진산의 일(형을 찾는 것)에 끼어들면 상당히 골치 아파질 것이 틀림없었다.

"부단장, 그런데 우리 어디로 가는 거요?"

"동의맹이다."

"쿨럭!"

부단장의 말에 소지는 기침을 토했다. 동의맹이 어떤 곳인가는 둘째 치고 그곳은 소지를 무림공적으로 지목한 곳이 아닌가! 그것은 범의 아가리에 머리를 집어넣는 것과 다르지 않았다.

반면 화랑은 즐거웠다. 그가 가출한 이유가 바깥세상을 구경하고 싶었기 때문이다. 그는 집에서 몇 번 정도 들어본 적이 있는 동의맹이 궁금했다.

"주공은 이미 그곳으로 출발하셨다. 가는 도중에는 만날 수 없으니 차라리 동의맹에서 만날 수밖에 없다. 더군다나 우리는 이미 하남이니 동의맹까지의 길이 멀지 않다."

"아니, 내 입장은 생각 안 하오? 내 사정을 알고 있잖소."

소지는 불안했다. 자신의 변장술이 뛰어나다는 것을 동의맹은 안다. 그랬기에 해남도 바로 앞까지 쫓아왔던 것이다. 얼굴 조금 바꾼 정도로는 부족했다. 그들이라면 자신을 쉽게 알아볼 것이다.

그는 다시 한 번 도주를 고려하기 시작했다. 그러나 자신의 몸을 강하게 옭아매고 있는 한기는 만만한 것이 아니었다.

'젠장!'

소년이 보인 것은 매우 독특한 기공이었다. 천하십대고수인 자신의 몸을 이렇듯 꼼짝 못하게 하다니 말이다.

"걱정할 것 없다. 너는 주공을 뵙기 전까지는 절대 죽지 않는다."

부단장이 단호하게 말했다. 여자를 밝히고 진산에게 얻어맞던 그와는 사뭇 다른 모습이었다. 아니, 그 정도 고수라면 본래 이런 모습이 오히려 맞는 것이라 할 수 있었다. 그동안 너무 강한 존재에 눌려 버린 것이다.

소지는 쓰게 웃었다. 믿고 싶지는 않았지만 믿을 수 있었다. 검왕이라도 나타나지 않는 이상, 개인으로 부단장을 상대할 자가 없을 것이다. 그리고 그때가 되면 자신의 혈도도 풀릴 것이니 십대고수 급 고수가 둘이나 되는 것이다. 화랑의 무공도 낮지 않으니 목숨을 보존하는 것은 어렵지 않다고 생각했다.

"자! 빨리 가지."

"예."

화랑이 잽싸게 대답했다. 그는 최대한 빨리 동의맹을 보고 싶었다. 영웅소설에서나 볼 수 있는 웅장함을 직접 보고 싶었던 것이다.

그 둘의 시선이 소지를 향해 돌아갔다. 말 한번 잘못하면 이번에는 진짜로 끌려갈 판이었다.

"뭐, 그럽시다."

소지는 부단장의 실력을 믿었다. 자신 혼자라면 모를까 부단장 정도 되는 실력자가 있다면 몸 하나 지키는 데 무리는 없을 것이라 생각한 것이다.

평소에 자신을 갈구던 그였다. 그의 실력이 자신보다 확실히 상위에 있어 부담스러웠었다. 하지만 지금은 부단장이 믿음직하게 느껴졌다.

등잔 밑이 어둡다고 하니, 빨리 동의맹 그림자 속에 숨고 싶었다.

'주공보다 빨리 도착해야 한다. 그리곤 보름은 더 일찍 왔다고 뻥치는 거야.'

다른 이들이 보내는 시선과 달리 부단장은 진산에 대한 생각에만 빠져 있었다. 그의 분노를 받는 것은 대락조 정도나 할 수 있는 것이었다. 사정없이 터져 나오는 공격을 조리있게 막을 수 있는 능력은 아쉽게도 그에겐 없었다.

미리 도착해 거짓말을 조금 하는 것이 신상에 좋을 것이라 생각했다.

그들은 빠른 속도로 동의맹을 향해 갔다.

*       *       *

진산과 오호삼화는 세가 사람들의 따뜻한 인사를 받으며 세가를 나왔다. 천하제일 비무대회와 군사대회에 참가 신청을 하기 위해 동의맹으로 가는 것이다.

그들은 먼저 말과 마차를 샀다. 보통 이런 공식적인 방문은 세가의 마차를 이용했지만, 대대적인 인원이 아닌 겨우 아홉 뿐인 인원으로는 암습의 표적이 될 수 있었다. 몇 번이나 살수들이 공격을 감행해 왔던 것을 생각한다면 되도록 조용히 움직이는 것이 좋다고 생각했다.

또 삼화 역시 말을 몰 수 있음에도 굳이 마차를 이용한 것
은, 그녀들의 체면을 위함이었다. 수많은 사람들이 모인 동의
맹이었다. 그녀들이 흙먼지를 뒤집어쓰고 말을 타고 들어갈
수는 없었다.

마차 안에서 한가롭게 앉아 있던 진산은 문득 떠올랐다는
듯이 입을 열었다.

"동의맹은 하남에 있지요?"

"예, 동의맹은 하남의 정주(鄭州)에 있습니다. 하지만 그리
가까운 거리는 아니랍니다. 안휘가 하남 지근에 붙어 있으나
실제로 지금 우리가 있는 합비에서 정주까지의 거리는 성 하
나를 건너는 만큼 멀지요."

남궁유미가 성실하게 대답해 주었다.

"그럼 자칫 늦지 않을까요?"

진산이 걱정스럽다는 듯이 말했다.

"걱정 마세요. 마감이 끝나기 전에는 충분히 도착할 수 있
으니까요."

남궁유미가 미소를 지으며 대답했다. 정 늦게 되면 세가의
힘을 빌려 출전 신고를 먼저 하면 될 것이다. 대회를 위한 준
비 기간이 결코 짧지 않으니 그 정도는 문제없을 것이다. 그
러한 사실을 진산은 모르겠지만 남궁유미는 알고 있었다. 동
의맹 내에서의 오대세가의 힘을…….

그래서 그녀들은 여유가 있었다. 애초에 그렇게 늦을 정도

로 멀지도 않았다.

＊　　　＊　　　＊

녹림칠십이채. 산속의 영웅들이 정파의 위선자들과 대항하기 위해 세웠다는 집단이다. 그러나 실제 그들은 정파에 대항하기보다는 그들 손에서 살아남기 위해 뭉친 것이라 보는 것이 맞았다.

그렇게 유야무야 세월이 흐른 지금 그 역사는 제법 깊었고, 조직의 체계도 확고하게 편성되어 있었다.

그곳에 한 노인이 찾아왔다. 하얗게 센 머리카락이 등을 덮었다. 머리카락처럼 길게 난 수염도 그의 앞섶을 가릴 정도로 길었다. 얼굴은 주름이 많았고 눈은 날카롭게 찢어져 있었으며 입은 얄팍했다.

그는 대하오문의 오장로였다. 과거 암기술로 무림을 종횡한 인물이기도 했다.

"오랜만이십니다."

호피를 걸쳐 입은 중년의 사내가 씨익 웃으며 말했다. 건장한 체격과 온몸에 가득한 상처가 인상적인 사내였다. 그의 얼굴에 새겨진 십(十) 자 모양이 그의 인상을 날카롭게 했다.

사내의 인사에 오(五)장로는 무덤덤한 표정을 바꾸지 않은 채 그가 권한 자리에 앉았다.

“오랜만이군. 장군성(張軍星), 아니, 장 총표파자라고 해야
하나?”
　총표파자라 하는 것은 녹림칠십이채를 총괄하는 존재라고
할 수 있었다.
　현 총표파자인 장군성의 권력은 막강했다. 처음 녹림들이
뭉쳤을 때는 여러 채에서 무공이 제법 강한 이를 뽑았지만,
오랜 시간이 흘러 그들의 유대가 더욱 깊어졌을 때는 총표파
자의 권력 역시 깊어졌다.
　“아니, 그렇게까지 말하실 필요는 없습니다. 그냥 옛날처
럼 군성이라고 불러주십시오.”
　장군성이 미소를 지으며 말했다. 과거 피 끓던 시절의 그는
몇 개의 비수로 중원을 종횡하던 오장로에게 비무를 신청했
고 크게 깨진 바가 있었다. 지금 그의 몸을 덮고 있는 상처들
중 제법 많은 것이 오장로의 비도로 인해 생긴 것이다.
　당연하게도 그때 오장로의 무공은 이미 완성 도중에 있었
고, 장군성의 무공은 발전 도상이었다. 하나, 둘 다 완성된 지
금 그 결과는 어떻게 변할지 알 수 없었다.
　그러나 지금 이곳에는 피 끓던 젊은 시절의 장군성은 없었
다. 단지 여기엔 하나의 조직의 우두머리인 장군성이 있을 뿐
이었다.
　시비가 차를 가져왔다. 그녀는 조용히 장군성과 오장로의
찻잔에 차를 따랐다. 턱의 움직임과 목젖을 보아 혀가 잘린

듯했다.

하긴 도둑놈 집에 시비가 있을 리 없었다. 그들은 아마 어디 산채에서 잡아온 노예일 것이다.

오장로가 속으로 혀를 찼지만 겉으로 드러내지는 않았다. 눈앞의 사내는 녹림이라는 거대한 조직의 머리였다. 다른 문파의 장로 된 자로서 함부로 움직일 수는 없었다.

또 몇십 년 전 장군성이 자신에게 된통 깨졌다고 지금 역시 깨지란 법은 없었다.

"그런데 어쩐 일로 오셨습니까?"

차를 음미하던 장군성이 입을 열었다. 그의 눈은 지금 반짝이고 있었다. 오장로의 심산을 꿰뚫어 보기 위함이었다. 짧지 않은 시간 동안 도적 놈들을 데리고 놀다 보니 무공보다 심계가 더 깊어진 장군성이었다.

주위가 조용했다. 후르릅 하고 울리는 차를 마시는 오장로의 소리 외에는 시간이 멈춘 듯 조용했다.

"……."

오장로 역시 침묵했다. 사람은 눈앞의 장군성이나 옆에 앉아 있는 시비뿐이 아니었다. 벽에도, 땅에도, 하늘에도 귀가 있었다.

그 때문에 오장로는 섣불리 입을 열지 않았다. 급기야 입을 다물고 말았다.

오장로의 시선이 은신한 자들로 향했다. 장군성과 그들을 향한 경고였다. 감히 그들이 들을 수는 없는 내용이었다. 오장로의 몸에서 나온 살기가 은신한 이들에게 거대한 압박감을 주었다.

"숨소리가 너무 크군. 조용히 하는 것이 좋겠어."

"하하, 그건 조금 힘듭니다만?"

"내 손을 움직이는 것보다 네 입이 움직이는 것이 더 편할 것이야."

그의 말은 명백한 협박이었다. 그들을 내보내지 않는다면 죽여 버리겠다는.

은신한 이들의 무공 수준은 높지 않았다. 오로지 정보 수집만을 위해 만들어진 이들이었다. 은신 자체는 몰라도 무공 실력이 오장로의 비도를 막을 정도는 아니었다.

인상을 찌푸린 장군성은 손을 저어 그들을 물렸다. 그 와중에서도 오장로는 느긋하게 차를 마시고 있었다.

"설마 그놈들 때문입니까?"

잠시 침묵하던 장군성이 드디어 입을 열었다.

"우리 하오문도 꽤나 피해를 입었지. 그 때문에 문주가 많이 화났어."

하오문은 이번 작전 때문에 제법 타격을 받았다. 산에 틀어박힌 사대문파의 후기지수보다 오호삼화가 비교적 만만하게 보여 암습을 시도했으나 크게 실패했다.

그리고 그에 대한 파장이 대하오문을 덮쳤다. 장로들이 일어나야만 했으니 말이다.

"이 일은 저희의 일입니다. 방해하지 마십시오. 지금 제 눈엔 비무대회 따위는 보이지도 않습니다."

장군성이 딱 잘라 말했다. 그는 오호삼화 때문에 칠십이채에서 육십구채가 되고 말았다. 그중 옥화산의 옥랑채는 자신에게 상납하는 것이 제법 많았다.

녹림총단은 스스로 산적질로 먹고사는 것이 아니라 칠십이 개나 되는 산채의 수금을 통해서 사는 것이다. 만약 이번 일을 제대로 처리하지 못한다면 다른 산채에서 총단에 대한 신용을 잃게 될 것이고 자칫 밥그릇마저 잃고 말 것이다.

"하지 말라는 것은 아니라네."

"그러면……."

"대하오문의 정보를 대주지. 그들이 어디서 무엇을 하고 있는지, 어떤 일을 할 계획인지, 어디로 향하는 것인지까지 전부 말이네."

하오문은 개방과 쌍벽을 이루는 정보 단체다. 오호삼화의 행방 정도는 어렵지 않게 알 수 있을 것이다.

그것 외에 하오문의 도움은 매우 크다. 오호삼화가 있는 곳은 적지다. 동의맹의 지근거리다. 그런 그들을 공략하려면 병력을 이동해야 하는데 하오문이 도와준다면 그 문제는 그리 어렵지 않을 것이다.

장군성은 오장로가 내놓은 패에 군침을 흘렸다. 당장이라도 먹고 싶었다.

"하지만 그것을 어떻게 믿죠?"

같은 은서각의, 같은 사파라고는 하지만 그들은 서로 믿을 수 없었다. 하오문이 말만 그럴싸하게 하고는 뒤를 뺄 수 있었다. 그리고 동의맹에 의해 녹림의 힘이 약해지면 하오문이 녹림을 먹을 수 있었다. 현 하오문은 스스로 대(大) 자를 붙이고도 문제없을 정도로 강했다.

오장로는 지그시 눈을 감았다. 문주는 그의 말을 예상했던가? 녹림총단에 오기 전 그는 자신에게 이번 일을 맡겼다. 처음에는 자신까지 나설 일은 아니라고 생각했지만, 오랜 세월이 흐른 뒤 장군성을 보니 생각이 달라졌다.

"노부가 직접 나서 하오문도들을 지도할 것이라네."

"예에?"

장군성은 그의 말에 깜짝 놀랐다. 하오문의 장로들 하면 게으르기로 유명하지 않은가? 과거에는 하오문을 대하오문으로 만들었다고 하나, 지금 그들은 그야말로 놈팡이 이상이 아니었다.

자신을 만나러 온 것도 놀랄 마당에 그가 직접 움직이겠다고 하니 경악하지 않을 수 없었다.

"그럼, 믿고 맡기겠습니다!"

장군성은 이내 놀란 표정을 지우고 미소를 지었다. 오장로가 나선 하오문은 녹림에 크나큰 힘이 될 것이 틀림없다고 생각했다.

그의 눈에는 오호삼화가 더 이상 다섯 마리의 범과 꽃이 아니었다.

이날부로 그들은 녹림의 사냥감이 되었다.


*　　　*　　　*


점심녘이 돼서야 진산과 오호삼화는 회남(淮南)에 도착했다.

회남은 합비 다음으로 큰 도시였다. 하남, 산동, 강소성 사이에 있는 회남은 안휘로 들어가기 전에 꼭 한 번 들르는 곳으로 상업이 크게 발전한 곳이었다.

또 팔공산(八公山)이라는 산이 회남에서 그리 멀지 않은 곳에 있는데 그곳의 풍경이 매우 좋아 많은 관광객들이 찾는 곳이기도 했다.

"역시 마차는 조금 느리군."

제갈청이 중얼거렸다. 회남까지 제법 시간이 걸렸다. 말로 갔으면 반으로 단축했을 시간이었다. 조금 느긋하게 가도 나쁘지 않은 여행이었지만 이런 식으로 지체할 수는 없었다.

결국 일행은 마차를 팔고 쓸 만한 말을 몇 마리 더 구하기로 했다. 그 일을 맡은 것은 제갈청이었다.

"시장에 가서 처분하고 올 테니 그동안 먼저 방을 잡아

두게.”

“그러지.”

남궁유성이 대답하고는 일행을 이끌었다. 회남에는 발전한 만큼 많은 객잔이 있었는데 남궁유성은 망설임없이 회남에서 가장 큰 객잔을 찾아 들어갔다.

으리으리하게 큰 건물 입구에는 ‘남안객잔’ 이란 현판이 걸려 있었다.

“이곳은 많이 비싸지 않을까요?”

진산이 주위를 두리번거리며 말했다. 객잔이 큰 것에 비해 안에는 사람이 많지 않았다. 있는 손님이라고는 몸에 보석을 주렁주렁 달고 고급스런 옷을 입은 사람들뿐이었다.

그의 말에 남궁유미와 제갈화린이 웃으며 괜찮다고 말했다. 자신들은 중원에서도 알아주는 오대세가의 인물들이었다. 다른 이들보다 이런 고급 객잔에 가장 잘 어울렸다.

“무엇보다 이곳은 괜한 일로 시비가 일어나지 않거든요.”

제갈화린의 말은 쓸데없이 손을 쓸 일이 없다는 것이었다.

누구나 다니는 객잔은 파락호도, 삼류무인도 제법 있다. 그들은 흥분하면 앞뒤 안 가리고 싸운다. 그러다가 상황이 심각해지면 오대세가의 사람인 그들이 나서 말려야 했던 것이다.

돈 있는 사람들은 점잔을 차리니 괜한 이유로 주먹질할 리 없었다.

“그렇군요.”

진산은 고개를 끄덕였다. 분명 밥 먹다가 일 터지면 귀찮다. 싸움 구경과 불구경이 좋다고는 하나 그것도 한가할 때나다. 쉬고 싶은데 누군가 쌈박질이나 하면 짜증이 치밀 것이다.

"어서 오십시오."

오호삼화와 진산이 방을 잡기 위해 중년의 사내에게 다가갔다. 그는 일행에게 정중히 인사했다.

"일인실 여섯 개와 삼인실 하나 주시오."

일행의 대표 격인 남궁유성이 나섰다.

오호와 진산은 따로 묵고 삼화는 만약을 대비해서 셋이 함께하려는 생각이었다. 불평하는 이는 아무도 없었다. 평소에 오호삼화는 함께 다닌 일이 많았으니 이번에 일인실 방 하나 더 주문하는 것 외에는 다를 것이 없었다.

"예."

중년 사내가 곤란하다는 듯이 말했다. 지금 시간이 일러 객잔에 사람들이 많이 있지는 않았지만, 방을 예약한 사람은 제법 많았다.

"그럼 이인실 방도 주시오."

남궁유성이 간단하게 대답했다. 돈은 많았다. 이인실 방을 누군가 혼자 쓴다고 해서 문제는 없었다.

중년의 사내는 그들에게 열쇠를 하나씩 주었다. 열쇠에 달린 패에는 번호표가 적혀 있었다. 방 번호였다.

“제갈청이라고, 일행 한 명이 더 올 것이오. 그때 그에게 주시오.”

남궁유성이 말하며 열쇠 하나를 다시 중년 사내에게 주었다.

중년 사내는 공손히 열쇠를 받고 서랍에 넣었다.

“식사는 그가 온 뒤에 하겠소. 말에게는 여물을 먹이고 잘 관리해 주시오. 앞으로 긴 여행을 해야 할 것이오.”

“알겠습니다.”

중년 사내의 대답을 듣고는 일행은 계단을 올라갔다.

보통 객잔이 그렇듯 일층이 식당과 주방을 겸하고 있었고 이층부터는 숙소였다.

일행은 전부 이층이었다. 이층은 총 아홉 개의 방이 있었는데 제갈청 것까지 해서 모두 아홉 개를 빌렸으니 이층은 그들이 전세를 냈다고 할 수 있었다.

“그럼, 조금 뒤에 식당에서 보지.”

“예.”

남궁유성과 오호가 각자 방에 들어섰다. 진산은 가볍게 대답하고는 삼화를 향해 고개를 돌렸다.

남궁유미가 다가와 진산의 손을 꼭 잡았다. 살짝 붉히는 얼굴에 진산은 어색한 미소를 지을 수밖에 없었다. 알고 보니 자신을 유혹하려는 것이 역력하게 보였다. 남궁유미는 그것을 그가 쑥스러워하고 있다고 생각했다. 남궁유미는 그런 진산의 태도에 유혹을 다음으로 미루기로 했다.

"진 공자, 편히 쉬세요."

"예."

진산이 미소를 지으며 대답했다.

그 뒤로 제갈화린과 팽설향이 인사를 하고는 삼인실 방으로 들어가자 진산만 이층에 덩그러니 남게 되었다.

"시설이 매우 좋군."

진산이 자신의 방 앞에 서서 중얼거렸다. 지금껏 소지와 부단장과 시끄럽게 다니다가 갑자기 그들이 없으니 조금 심심했다.

그는 방 안으로 들어갔다. 삐걱! 하는 소리 하나 들리지 않았다. 문 관리가 잘되어 있었다.

방 안에 들어서자 먼저 조금 열려 있는 창이 시선에 들어왔다. 오후의 뜨거운 햇살이 새하얀 창이 되어 방 안에 들어왔다. 창 앞으로는 나무 침상이 하나 놓여 있었다. 침상 옆에는 작은 화장대가, 그 앞에는 탁자와 의자 네 개가 있었다.

진산은 발걸음을 옮겨 좀 더 안으로 들어갔다.

우측 벽을 따라 시선을 돌리니 나무로 된 문 하나가 보였다. 아마 욕실일 것이다.

"흠, 좋은걸?"

기본적인 구조는 다른 객잔과 크게 다르지 않았으나 구성물이 고급품이라는 것이 달랐다. 화장대나 탁자나 의자 모두 값비싼 것들이었다.

진산은 침상에 앉았다. 창가에서 내리쬐는 따뜻한 햇살이 몸을 태웠다.

"마차를 팔고 말을 사 오려면 시간이 제법 걸리겠지? 오랜만에 운기나 좀 해볼까?"

진산은 침상 위에서 가부좌를 틀었다. 그의 눈이 감기고 동시에 방 안은 무거운 침묵이 감돌았다. 바람이 방 안으로 스며드는 것조차 없었다. 바깥 소리가 이곳으로 들어오지도 않았다.

두근! 두근!

방 안은 진산의 몸속이 되어 있었다.

진산의 가슴이 아주 느리게 조금씩 움직였다.

지금 그는 자신 몸속의 소우주를 보고 있는 것이다. 현재 그의 무공은 신검합일(身劍合一), 아니, 물아일체(物我一體)의 경지에 있었다. 그것은 모든 것이 나와 하나가 되는 것을 의미했다.

검사(劍士)가 신겁합일을 이루었을 때 검과 내가 하나라는 사실을 깨닫는다. 무기가 아니고, 수단이 아닌 내 자신이 검에 담기고 자신에 검이 담기는 것을 느낀다.

물아일체는 자연에 나를 묻고, 내 속에 자연을 묻는 경지다. 모르는 사람들은 흔히들 무림인이 하늘을 날고 벼락을 내린다고 하는데 그것은 바로 이 경지를 일컫는 것이었다. 바람과 하나가 되어 하늘을 날고 벼락과 하나가 되어 벼락을 만든다.

지금 진산은 바다가 되어 있었다.

쏴아아—!

방 안에서 파도 소리가 울렸다. 끼룩끼룩 우는 갈매기 소리도 들렸다. 비릿한 바다 내음이 코를 간질였다.

'벌써 고향이 그리워지는구나.'

사면이 바다인 해남도. 비록 피로 얼룩진 곳이었지만 형과 함께했던 행복한 시절이 있었다. 바다에 나가 수영도 하고 물고기도 낚고…….

소년 시절의 자신이 그 안에 있었다.

파아앗!

순간 바다가 시뻘겋게 변하기 시작했다. 더 이상 바다 내음이 아닌 짙은 혈향이 느껴졌다. 푸르던 하늘은 어둠으로 물들고 갈매기는 시체가 되어서 땅에 떨어졌다. 파도는 더욱 거세지고 소용돌이를, 태풍을 만들었다.

심마(心魔)였다.

그 안에는 청년 시절의 자신이 있었다.

자신 외에는 그 누구도 인정하지 않는 고독한 자의 모습이 자신의 몸속에서 투영되고 있었다.

"후우……."

더 이상 운기는 불가능하다고 생각한 진산은 천천히 눈을

떴다. 진산이 되고, 바다가 되고, 혈해가 된 방은 다시 원래의
모습을 찾았다.

그의 눈은 붉게 물들어 있었다. 몸에서 끊임없이 치솟아오
르는 살기를 그 스스로 억제할 수 없었다.

"아직도 나 자신을 이기지 못하는군."

그 안에 또 다른 자신이 있어 끊임없이 겨루었다. 진산은
그 자신이라는 벽에 막혀 있는 것이다.

"뭐, 어떻게든 되겠지."

똑똑!

그때 누군가 방문을 두드렸다.

"진 공자? 청 오라버니가 왔어요. 함께 식사하러 가요."

남궁유미였다.

'그럼 가볼까?

그는 자리에서 일어났다. 그의 몸은 땀에 흠뻑 젖어 있었는
데 한순간 심마에 들어섰기 때문이다. 진기를 다시 끌어올리
자 땀이 순식간에 증발했다.

진산이 방문을 나섰다.


＊　　　　＊　　　　＊


녹림의 혈랑대(血狼隊)라 하면 모르는 이가 없다.

녹림의 대표적인 전투 부대로 그들의 위맹은 중원을 쩌렁

쩌렁하게 울린다고 한다. 개개인의 뛰어난 무공도 무공이지만 산적의 것이라 볼 수 없는 체계적인 공격, 그리고 몸을 사리지 않는 공격으로 유명했다.

녹림이되 산적이 아닌 광포한 살인 부대.

그것이 바로 혈랑대다.

"그깟 애송이 몇 놈 상대하는 데 혈랑대까지 나서다니……."

혈랑십이대의 대원 문윤(門允)이 중얼거렸다. 그는 자신이 혈랑대라는 사실을 무척이나 자랑스럽게 여기는 사람이었다. 아니, 혈랑대에 있으면서도 혈랑대가 자랑스럽지 않은 대원은 없었다.

흉포하면서도 강력함, 그것은 도적을 천시하는 무림인들조차 빠질 만한 매력을 가지고 있었다.

그런 그들이 겨우 아홉의 어린아이를 잡으러 간다는 사실이 고까울 것이다. 그러나 혈랑대의 대원으로서 총표파자의 명을 어길 수는 없었다.

그들은 지금 상인들로 변장하고 안휘성 와양(渦陽)으로 가는 중이었다. 목표가 지금 회남에 있어 미리 하남으로 가는 길을 막고자 함이었다.

와양은 안휘에서 하남으로 가는 길목 중에 있는 마을로 회남으로 길을 잡았으면 들러야 할 곳이었다.

혈랑대는 낮에는 말로 텅 빈 수레를 끌고 밤이 되면 수레를 분리하여 빠른 속도로 이동했다. 본래 혈랑십이대가 동의맹의 눈을 피해 섬서에 잠복해 있었기 때문에 안휘까지 오는 데 그리 긴 시간이 걸리지 않았다.

안휘의 와양에 들어선 혈랑십이대는 오호삼화를 제거하기 위한 계획을 짜기 시작했다.

둥근 탁자 위에 혈랑십이대 서른 명 모두가 앉아 있었다.

"정면 돌파가 어떻습니까?"

문윤이 물었다. 그들은 모두 고수였다. 아홉뿐인 애송이들을 잡는 데 이러저러한 작전은 필요없다고 생각했다.

"불가(不可)! 오호삼화는 고수다. 그들이 맞서 싸운다면 그런 방식도 나쁘지 않겠지만, 그들이 도주한다면 문제가 된다. 또 눈먼 칼에 대원들이 다칠 위험도 있다. 서른 명이 아홉을 상대하는 데 피를 흘릴 수는 없다."

혈랑십이대 대장인 강정(剛正)은 고개를 저었다. 그들은 오대세가의 소(小)대표들이다. 머리는 비상하고 무공 또한 약하지 않다. 아무런 준비 없이 잡을 수 있는 자들이 아니었다.

또 그런 식으로 잡을 수 있었더라면 백호채, 백룡채, 옥랑채가 무너지지도, 하오문의 암습도 실패하지 않았을 것이다.

"암습 또한 좋은 작전은 아닌 듯싶습니다. 본 대의 성격이 문윤이 말한 것처럼 저돌적인 모습이 많기 때문입니다. 익숙하지 않은 암습은 좋지 않다고 생각합니다."

"그래, 그렇지."

부대장인 규영(叫璧)의 말에 강정은 고개를 끄덕였다. 문윤의 말대로 정면 돌파가 그들에게는 가장 맞는 성격일 것이다.

하지만 강정은 대장이다. 부하가 희생될 것이라는 것을 알고서도 같은 작전을 쓸 수는 없었다. 더군다나 적의 수는 겨우 아홉. 백이나 이백이면 희생을 감수하는 작전을 쓰지만 겨우 아홉이라면 조금 더 머리를 굴려 부하를 살리는 것이 좋았다.

강정은 무장이면서도 지장이 되어야만 했다.

"먼저 그들이 묵을 객잔 곳곳에 기름을 발라두고 짚을 놓는다. 그리고 불을 지른다. 안에서 튀어나오는 이들은 모두 밖에서 포위한 우리 혈랑대가 제거한다."

"하지만 오호삼화가 어떤 객잔을 쓸지는 어떻게 알죠?"

문윤이 강정의 작전에 대한 의문을 표했다.

그것은 가장 큰 문제였다. 그들이 알아차리기 전에 포위하고 또 불을 지를 준비를 하려면 그것이 가장 중요했다.

"간단한 거다. 그들이 여행 다닐 때 돈이 부족할 리는 없다. 그들이 호화로운 생활을 하던 그들이 굳이 싸구려 삼류객잔에 묵을 리도 없다. 그리고 와양에는 고급 객잔이 많지 않다. 다른 곳은 우리가 선점해 두면 그들은 우리가 지정한 곳에 묵게 될 것이다."

강정은 문윤의 질문에 자세히 답변해 주었다. 이는 지금부터 다른 대원들이 준비해야 할 것이기 때문이다.

“알아들었나!”

“예!”

그의 말에 대원들은 큰 목소리로 대답했다. 실내가 쩌렁쩌렁하게 울릴 정도였다.

“그럼, 이제부터 작전을 시작한다. 부대장은 자리 선점, 함정 설치, 포위망 구축 준비를 시작하라!”

“예!”

부대장 규영은 서른 명의 대원을 데리고 밖으로 나섰다. 이제 각 대원들에게 임무를 나누어주고 작전 준비에 나설 것이다.

방 안에 홀로 남은 강정이 턱을 괸 채 앉아 있었다.

‘아홉 번째 등장인물이라⋯⋯.’

의외의 수라면 바로 그일 것이다. 그가 범일지 견일지는 아마 작전이 실행되면 알 수 있을 것이다.

그리고 이미 범과 꽃을 잡기 위한 작전이 실행되고 있었다.

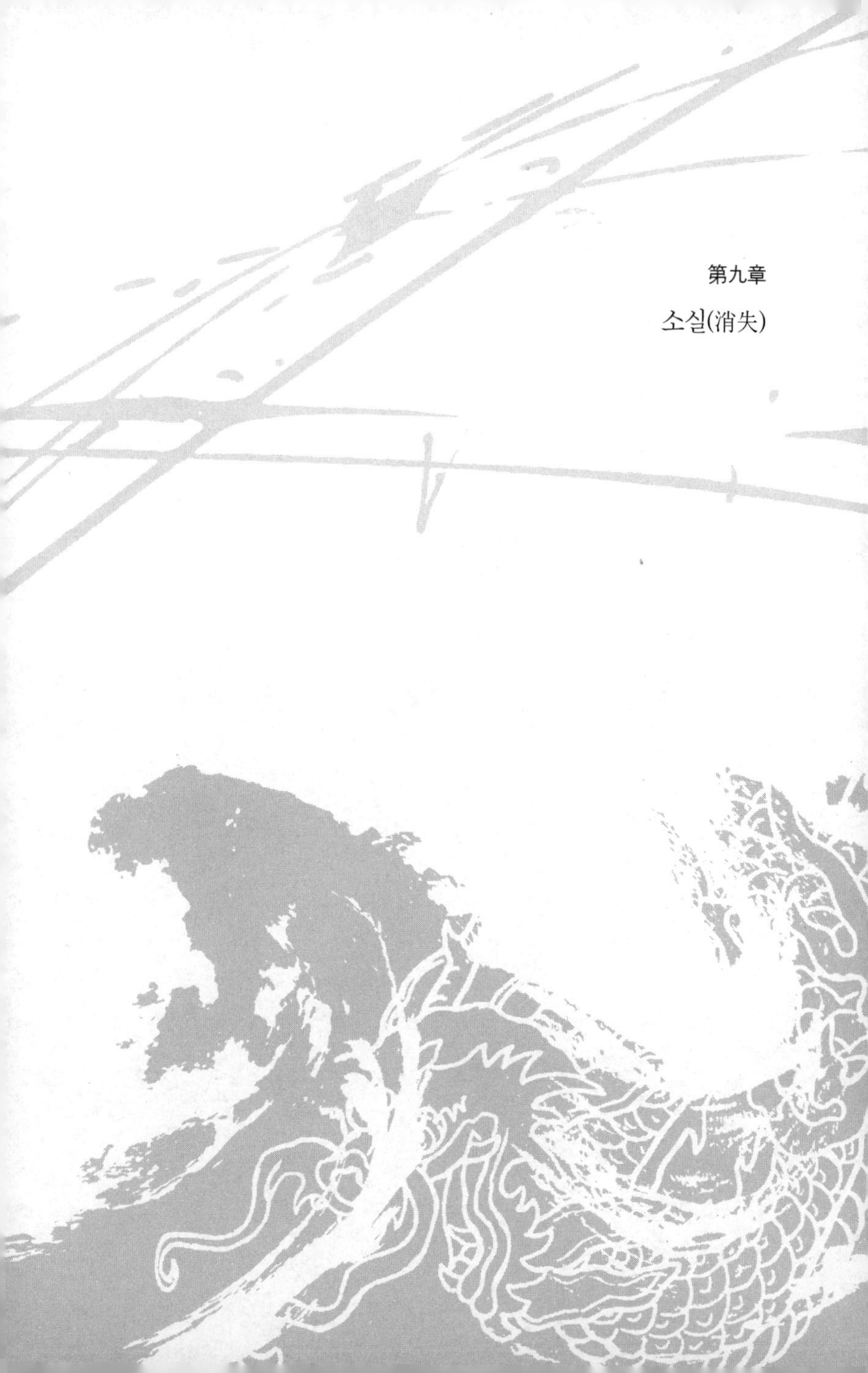

第九章
소실(消失)

오호삼화는 진산의 실력을 알지 못했다. 다만 그의 몸에서 그 어떤 기세도 느끼지 않아 외공을 익혔다고만 추측할 뿐이었다. 내공을 익히면 약하든 강하든 기가 드러나게 마련이기 때문이다.

반박귀진이라는 경지가 있다. 내공을 극성으로 익혀 그 기세마저 자유자재로 조절하는 경지를 말하는 것이다. 현 구룡이 그와 같은 경지를 이룩했고 진산 역시 그와 같은 경지에 이르고 있었다.

그러나 오호삼화는 진산이 구룡과 같은 수준이라고는 생각하지 않았다. 그의 외모는 이십대 중반. 자신들보다 두세

살 많은 자가 까마득한 경지에 이르렀다고는 생각할 수 없었기 때문이다.

진산이 그들이 그렇게 생각하도록 만든 것이다.

일행은 몽성(蒙城)을 지나 와양을 향해 가고 있었다. 와양으로 가는 길은 그리 멀지 않았다. 강길을 따라 쭉 올라가면 와양이 나타날 것이다. 옆으로는 숲이 펼쳐져 있어서 길을 잃기는 쉽지 않았다.

몇 시진 동안 그렇게 달리던 그들은 말고삐를 잡았다. 시뻘겋게 타오르던 태양이 산속 너머로 머리를 집어넣고 있었다. 오호삼화나 진산 같은 고수가 밤이 되었다고 해서 시야가 어두워지지는 않았다. 한 줌의 달빛만을 의존한 채 하염없이 달릴 수 있었다.

하지만 말은 그렇지 않았다. 그들은 벌써 지쳤는지 숨을 헉헉 토해내고 있었다.

"숲으로 들어가 야영을 준비하지."

남궁유성이 말에서 내리며 말했다. 강 근처에서 야영을 할 수는 없었다. 아침녘이 되면 뿌연 안개가 낄 것이고, 또 한기가 몸으로 침투할 것이다. 질척한 땅도 야영을 하기에는 좋지 않았다.

그들도 말에서 내렸다. 일행 중 숲에서 무턱대고 말을 타는 어리석은 사람은 없었다.

쿵!

아니, 한 사람 있었다. 아직까지도 말이 익숙하지 않은 진산이었다. 그는 다른 사람이 다 말에서 내릴 동안 멍하니 앉아 있다가 봉변을 당한 것이다.

좁은 해남도에서 말을 탈 일이 무에 있겠는가? 그저 타는 법 정도는 알고 있었으나 딱 그 정도뿐이었다.

말이 나무에 머리를 처박자 진산의 신형이 허공을 날았다. 삼 장 가까이 되는 높이였다. 진산 정도라면 낙법을 하고도 남았지만, 오호삼화의 눈을 의식한 그는 그대로 땅에 처박혔다.

"으으으!"

자칫 목이 부러질 판이었다. 그러나 진산은 몰래 내공을 끌어올려 목을 보호했다. 그래도 목이 얼얼했다. 제법 높은 곳에서 떨어진 것이다.

깜짝 놀란 제갈화린이 경공까지 펼치며 진산에게 다가왔다.

"괘, 괜찮아요?"

"아! 예, 뭐⋯⋯."

진산은 쑥스럽다는 듯이 목을 긁적이며 자리에서 일어났다.

낙법도 하지 않고 머리부터 떨어진 그가 죽을 줄 알았다. 아무리 그들이라도 그 정도 높이에서 낙법을 쓰지 않고 머리부터 떨어진다면 죽는다. 진산이 아무렇지 않게 일어나자 그들은 그가 외공을 익힌 덕분에 몸이 단단하다고 생각했다.

"말은 어떻습니까?"

진산은 말이 나무에 머리를 크게 부딪친 것을 기억했다. 가뜩이나 말을 모는 것이 익숙하지 않은 그였다. 제법 순한 말을 골라 탔는데 그마저 잃으면 그는 오호나 삼화의 등 뒤에 매달려 타야 했다.

자존심 강한 오호나 또 이성인 삼화와 같이 타고 싶은 마음은 없었다.

"괜찮아요. 기절한 것으로 보이지만 딱히 큰 외상은 없어요."

진산이나 말 모두 괜찮다는 사실을 알고는, 일행은 다시 야영 준비를 시작했다. 와양에 이르면 그 다음 하남으로 넘어갈 수 있을 것이다. 하남을 넘어 조금 가다 보면 녕릉(寧陵)에 이르는데 동의맹이 있는 정주와 그리 멀지 않았다.

삼화는 간단한 요깃거리를 준비했고 오호들은 그들의 잠자리를 위해 나무를 잘라 바람이 통하지 않게 만들었다. 진산은 마른 장작을 줍기 위해 움직였다.

"후우…… 아직도 목이 결리는군."

삼 장 높이라면 상당한 높이다. 그런 높이를 머리부터 떨어졌다. 인간인 이상 죽어야 정상일 것이다. 제아무리 고수라 해도 그렇게 떨어지면 죽기 십상이다. 진산이 기를 끌어올려 보호하지 않았더라면 그라고 다르지 않았을 것이다.

그는 느긋하게 발걸음을 옮겼다. 마른 장작 같은 것은 쉽게 마련할 수 있었다. 생 나뭇가지를 뚝 부러뜨린 뒤 화기를 끌어올려 말리면 되었다.

그렇게 한 아름 만들어둔 장작을 나무줄기로 단단하게 묶어두었다.

"오랜만이군. 한동안 시끄럽게 다녀서 그런지 이런 기분은 처음인 것 같군."

진산은 오호삼화와 조금 떨어진 곳에서 여유를 만끽하고 있었다. 무공을 숨기는 일이란 여간 힘든 일이 아니었다. 할 수 있는 일도 못하는 척해야 하는 것이 그에게는 쉽지 않았다.

진산은 쌍룡곤을 뽑아 들었다. 한 번은 내공을 끌어들이지 않은 채 신나게 뛰어놀았다. 또 다른 한 번은 내공만을 극성으로 끌어올려 몸에 뭉친 찌꺼기들을 제거했다.

어찌 그것만으로 충분할까?

온몸이 근질근질거렸다. 몇 번이나 근육에 힘을 주어 부르르 떠는 것을 하는 것도 하루 이틀이다. 당장이라도 폭발할 것 같은 힘을 주체하기 힘들었다.

"가볍게 운동 좀 해볼까?"

그는 내기를 끌어올렸다. 병 속에 물이 차 오르듯 오랜만에 흐르는 내공은 그의 몸 안에서 출렁거렸다.

콰아아아!

조금 시간이 흐르자 내기가 봇물 터지듯이 온몸을 휘저었
다.

"크크크크."

충만한 내공이 몸속을 휩쓸자 기분이 좋아졌다. 그는 쌍룡
곤을 땅에 던졌다. 묵직한 쌍룡곤이 땅속으로 푹 파고들었다.

그의 신형이 나무를 타고 그 끝에 올라섰다. 족히 삼십여
장은 될 법한 높이였다. 저 멀리에서 오호삼화가 준비를 마쳐
가는 것을 볼 수 있었다.

"휴우…… 그럼, 일각만 뛰어볼까?"

툭!

그의 신형이 나무 아래로 미끄러지듯이 떨어져 내렸다. 방
금 전 말에 의해 날아간 높이의 열 배쯤은 되는 곳이었다. 그
의 신형이 떨어지면서 점차 가속도가 붙었다. 천근추의 수법
을 펼쳐 그의 몸은 더욱 무겁고 빠르게 떨어져 갔다.

일 장쯤 되는 거리에서 진산의 몸이 핑그르르 돌았다. 머리
부터 떨어지던 그의 몸이 어느새 지면에 닿았다.

꽝!

무언가 폭발하는 소리와 함께 그의 몸이 땅속으로 푹 파고
들어 갔다. 땅거죽이 일어서고 동시에 진산 근처의 나무들이
옆으로 눕기 시작했다.

"하앗!"

그의 기압성이 허공을 부쉈다. 동시에 그의 주먹이 뻗어나

갔다. 그 뒤로 그는 연거푸 주먹질과 발길질을 했다. 패도적인 기세도, 매끄러운 형식도 없었다. 일정하지 않은 투로를 그리며 움직일 뿐이었다.

그러나 그 주먹에는 절제된 기운이 숨 쉬고 있었다. 거대한 힘을 고도로 압축한 힘이 그 속내를 드러내지 않은 채 진산의 손에서 조용히 폭발했다.

어느새 그의 몸에서 땀이 흘러나왔다. 일각이라고 생각했던 시간이 어느새 한 시진을 훌쩍 넘고 있었다.

"휴우~"

호흡을 가다듬은 진산은 전과 다르지 않은 모습으로 돌아왔다. 몸에 가득 찬 내공이 독 깨진 항아리마냥 쑥쑥 빠져나갔다.

한차례 움직였더니 시원해졌다. 더 뛰놀고 싶었지만 시간이 없었다. 진산은 땅속 깊이 파고든 쌍룡곤을 아쉬운 표정으로 바라보다가 이내 다시 등에 찔러 넣었다. 그는 마른 장작을 들고 일행이 있는 곳으로 갔다.

그가 떠나고 한참의 시간이 흘러서야 두 사내가 모습을 드러냈다. 땅속에 파묻혀 있었는지 그들은 흙먼지를 털어내며 나타났다.

"어디, 저런 괴물이 또 있어!"

"젠장! 저런 놈이 오호삼화 곁에 있다면 임무는 쉽지 않아."

그들은 땅속에 숨어 있던 광견조(狂犬曹)였다.

광견조는 혈랑대와는 다른 성격의 전투 부대였다. 혈랑대가 명예를 중시하는 역전의 용사라면, 광견조는 이기기 위해서는 그 어떤 방법도 가리지 않는 부대였다. 그들의 성격은 부대명처럼 미친 개였다.

지금 광견조는 혈랑대의 수하에 지나지 않았다. 지금도 와양으로 들어오는 그들을 감시하라는 명에 나온 것이었다.

그러나 그들은 혈랑대에 앞서 오호삼화의 목을 따버리려고 했다. 광견조는 혈랑대보다 더 큰 신용을 얻기 위해 일을 벌일 준비를 한 것이었다.

땅속 깊이 매복해 있다가 그들에게 독을 풀고 공격할 심산이었다. 그 수가 열이었다. 비록 혈랑대에 비해 무공이 높지도 않았고 수도 적었지만, 계책이 수십 가지다. 독, 암기, 화약 등등 그들을 제거할 무기가 산더미 같았다.

이를 갑자기 등장한 한 사내 때문에 실패한 것이다.

땅속에 묻힌 이들은 진산의 발에 밟혀 그대로 즉사했다. 더불어 화약까지 폭발해 근처에 있던 동료까지 매장당했다. 그들 둘은 제법 떨어져 있었기에 살아남을 수 있었다.

"젠장, 저런 놈이 있으면 이번 작전 쫄딱 망한다. 우리는 왜 하오문이 몇 번이나 시도한 작업이 실패되었고, 산채 몇 개가 날아갔는지를 떠올려야 했어!"

사내 중 하나가 욕지거리를 하며 경공을 펼쳤다. 제법 고수

티가 나는 경공이었다.

그 사내는 먼저 경공을 펼쳐 일행이 있는 곳으로 달리다가 일순 멈춰 섰다. 같이 살아남은 동료가 따라오질 않았다.

"어서 따라와!"

"흐응, 어딜?"

사내의 귓가에서 끈적끈적한 목소리가 들려왔다. 그는 본능적으로 몸을 굴려 거리를 벌렸다. 자리를 다시 잡은 그는 목소리의 주인을 향해 시선을 돌렸다.

사내의 눈앞에는 진산이 서 있었다.

그는 일행에게 가는 척하면서 그들이 모습을 드러내길 기다린 것이다. 그의 손에는 어느 틈에 뽑았는지 쌍룡곤이 들려 있었다.

"너는 어떻게 우리가 있는 곳을……."

"네놈들의 몸에서 나는 썩은 내를 어찌 모를 수 있겠느냐? 땅속 깊이 처박혀 있다 해도 내가 느끼지 못할 것 같더냐?"

사실 진산은 몸을 풀기 위함은 진실이었다. 그들이 어찌나 땅속 깊은 곳에 몸을 숨겼는지 흥분해 있던 진산도 그냥 모르고 지나칠 뻔했다.

하지만 그가 나무 위에서 떨어진 것이 그들에게는 운이 없었던 것일 게다. 거대한 힘이 충돌하면서 땅속이 출렁거렸다. 그 와중 한 놈이 죽었고 그 덕분에 진산은 그 안에 있던 불순물을 느낀 것이다.

화약까지 터졌다. 땅속에서 강렬한 화기가 후끈 달아올랐
는데 그것을 모르겠는가? 폭음 또한 그러했다. 그는 손발을
휘두르며 그들을 관찰했다.

한 시진이나 지났음에도 그들은 귀식대법을 시전하며 땅
속에서 나올 생각을 하지 않으니 그는 결국 방법을 바꾼 것이
다. 그 덕에 광견조원들이 기다렸다는 듯이 튀어나와 모습을
드러냈다.

"그는 어떻게 된 것이냐?"

자신 외 살아남은 다른 사내를 묻는 것일 게다. 그러나 사
내는 진산의 쌍룡곤 끝에 묻은 혈흔을 보아 그의 행방을 알
수 있었다.

머리가 깨지거나 심장을 꿰뚫렸을 것이다. 그 정도 고수가
두 번이나 손을 쓸 일은 없었다.

"뭐 하는 놈이냐?"

진산의 입에서 싸늘한 한기가 흘러나왔다.

"큭!"

사내가 신음을 토했다. 그의 입에서 한줄기 검은 선혈이 흘
러내렸다.

광견조원은 조금도 머뭇거리지 않고 독단을 깨물었다. 입
에서 검은 피가 계속해서 토해져 나왔고 눈이 뒤집어졌다. 몇
차례 몸을 부르르 떨더니 이내 천천히 쓰러져 갔다.

그는 진산이 행할 고문이 두려웠기도 했지만, 적에게 동료

를 팔아 살고 싶지 않았다.

"목표는 내가 아닌 오호삼화인가?"

진산은 제법 멀리 서 있었지만 그들의 말을 들을 수 있었다. 그들의 입에서 오호삼화가 나왔다. 전에 형의 얼굴을 쓰고 나온 이와는 다른 조직에서 온 자들인 것이다.

그렇다면 그의 관심거리가 아니었다.

그의 관심은 오로지 형을 노린 이들뿐이었다.

진산은 지체없이 발걸음을 돌렸다. 일행이 그를 기다리고 있었다.


일행은 저녁이 다 돼서야 와양에 도착했다.

하나 일행의 분위기는 전과 달랐다. 평소 언제나 미소를 보였던 진산이 딱딱한 표정으로 침묵을 지키고 있었기 때문이다.

"오라버니, 그날 진 공자한테 무슨 일이 있었나요?"

남궁유미가 남궁유성을 바라보며 물었다. 남궁유성은 시간이 지나도 오지 않는 진산을 찾으러 간 오호 중 유일하게 찾아온 사람이기 때문이었다.

남궁유성은 그녀의 물음에 미간을 찌푸렸다.

"무언가 싸움이 있었나 봐. 폭음이 일어난 곳에는 갈기갈기 찢어진 시체들과 가슴이 훤하게 뚫린 시체가 있었지. 그리고 조금 더 떨어진 곳에서 독단을 깨물어 자결한 녀석과 진 공자가 있었다.”

남궁유성이 그때의 상황을 떠올리며 말했다.

남궁유성은 갑작스런 폭음에 뒤늦게 진산이 있는 곳으로 향했지만, 이미 상황은 끝나 있었다.

그 일 이후로 진산은 일행과 일체 대화를 하지 않았다. 무언가 고심하는 듯 그는 인상을 찌푸리고 있었다. 그때의 사건이 원인이라고 오호삼화는 단정 짓고 있었다.

“무슨 일이 있었던 거죠?”

이번엔 제갈화린이 물었다. 그녀는 차갑게 변한 진산의 모습이 왠지 두려웠다. 전에 보였던 광기 어린 모습을 다시 드러낼 것만 같았다.

남궁유성은 기억을 곰곰이 짚어보고는 입을 열었다.

“그때 진 공자의 말로는 잔인하게 죽은 이들은 화약에 의해 자멸했다고 했다. 그의 말대로 근처에는 화약과 같은 폭발력이 아니면 볼 수 없는 뒤집어진 땅과 쓰러진 나무들, 까만 재들이 보였다. 그리고 두 사람은 자신을 노려 죽였다고 하는데…….”

“그들이 진 공자와 관련이 있었던 자인가요?”

제갈화린이 재차 물었다. 하지만 남궁유성은 고개를 저었다. 그 이상 아는 바가 없기에 대답은 할 수 없었던 것이다.

진산은 그들의 말을 들으면서도 상념에 빠져 있었다.

‘그들이 아직 필요한가?

솔직히 말해 그들은 짐이었다. 이미 오대세가의 명숙들에게 인심을 얻었다. 그것은 군사대회에서 어느 정도 성과를 보이면 엄청난 대가로서 돌아올 것이다. 그 대가는 형에 대한 정보가 될 것이고, 그러면 형을 찾기 한결 수월해질 것이다.

오호삼화는 더 이상 필요가 없었다. 하지만 그렇다고 그들과 떨어질 수도 없었다. 그들을 거부하면 곧 오대세가를 거부함과 같은 것이었다.

'그들을 지켜주어야 할까?

그럴 의무는 없었다.

하지만 오호삼화가 죽어가는 가운데 자신 혼자 살아남으면 그 모양새 또한 이상하다. 제법 많은 사람들이, 특히 오대세가의 사람들이 자신을 의심 어린 눈으로 바라볼 것이다.

그것은 동의맹 내 정보를 얻는 데 큰 지장이 될 것이 틀림없다.

'또 그들을 지킨다고 무공을 드러낸다면……'

패도적이고 잔인한 무공이다. 정도의 중심을 걷는 동의맹과는 궤를 달리하는 무공이었다. 그리고 그 강함이 상식을 넘어서니 그들은 다시금 진산을 의심할 것이다. 재수없으면 은서각에서 보낸 첩자라고도 생각할 것이다.

진산은 계속해서 그 일에 대해 생각하고 있었다. 마음 같았으면 전에 백룡채를 제거했던 것처럼 은밀히 그들을 제거했겠지만, 정보 좀 캐려 하면 자결까지 하는 것으로 보아 그것이 쉽지 않아 보였다.

"진 공자?"

남궁유미가 진산을 불렀다.

그러나 진산은 그녀의 목소리를 듣지 못한 듯 반응이 없었다.

'중원에만 가면 모든 일이 생각대로 풀릴 것만 같았는데…… 일이 쉽지 않다.'

변수까지 계산해서 짠 계획이 어느 순간부터 틀어지기 시작한 것이었다.

"진 공자?"

남궁유미가 다시금 그를 불렀다.

"아, 예?"

진산은 그녀가 재차 부르자 간신히 깨닫고는 얼떨떨한 표정으로 대답했다.

"객잔에 도착했어요. 일단 조금 쉬죠. 무슨 생각을 그리 골똘히 하시는지는 모르겠지만, 한 번씩 쉬어줘야 해요. 아니면 몸 상한다고요."

남궁유미가 싱긋 웃으며 말했다. 그녀의 말대로 일행은 벌써 객잔 앞에 도착해 있었다. 여느 때와 다름없이 이 마을에서 가장 고급스러운 객잔이었다.

그들은 말을 맡기고 안으로 들어섰다. 구수한 음식 냄새가 코를 스쳤다. 그제야 딱딱하게 굳어 있던 진산의 표정도 풀어졌다.

"그러고 보니 요놈의 배가 고프다고 시끄럽게 울고 있네요."

여느 때처럼 남궁유성이 주인에게 가 방과 음식을 주문했다. 그동안 다른 일행은 자리를 잡기 위해 움직였다.

둥근 탁자에 일행 모두가 둘러앉자 기다렸다는 듯이 점소이들이 움직였다.

"왜 이리 사람이 없지?"

팽설향이 시원한 냉수와 간단한 요깃거리를 가져오는 점소이에게 물었다.

고급 객잔이라 하여 함부로 들어오지 못하는 곳은 아니었다. 만약 그렇다면 그들은 쫄딱 망할 것이다. 대부분이 마을의 사정에 맞추어 그 수준을 조절하는 법이다.

"그것이… 며칠 전 객잔을 전세 내신 손님이 계셨는데 오늘 오후에 갑자기 취소하셔서…….

점소이가 머리를 긁적이며 말하고는 자리를 떴다.

일행들은 냉수를 마시거나 요깃거리로 나온 육포를 씹었다.

그 무렵 진산의 눈이 반짝이며 빛을 냈다. 얼마 전 광견조를 만났을 때 무언가 있을 것이라 생각했다. 일이 생긴다면 지금쯤이 아닌가 싶었다.

그는 천천히 오감을 끌어올렸다.

수상한 그림자를 보았다.
정련된 발소리가 들렸다.
불타는 냄새를 맡았다.
삼십여 명의 기척이 느껴졌다.
시큼한 독극물의 맛이 났다.


"산공독이군."
진산은 자리에서 벌떡 일어났다. 그의 말에 오호삼화 역시 자리에서 일어났다. 그들은 진산의 말에 내공을 끌어올리기 시작했다.
오호삼화의 얼굴이 동시에 찌푸려졌다.
"크윽, 내공이 전혀 모이질 않아!"
팽호성이 성난 음성을 토했다. 말은 하지 않았지만 다른 오호삼화 역시 상황은 같았다.
누구인지는 모르나 일을 철저하게 짜두었다. 점소이가 내온 물이나 육포에는 물론, 객잔 곳곳에도 산공독을 발라두어 먹는 순간 독이 오르게 만들어두었다.
"크, 큰일이에요."
제갈화린이 주위를 둘러보며 말했다. 어느새 불길이 치솟아 주위를 시뻘겋게 물들였다.
객잔에 불이 빠르게 번지는 것으로 보아 곳곳에 기름을 발라두었을 것이 틀림없었다.

오호삼화의 안색이 어두워졌다. 산공독에 당하고 말았다. 내공이 있다면 이러한 상황쯤은 가볍게 뚫고 나갈 수 있었다. 그러나 산공독에 중독된 그들은 근력이 남들보다 조금 더 나은 수준일 뿐이었다. 불길에 갇힌 지금 상황에서 할 수 있는 것은 없었다.

지금 상황은 전에 진산이 당했던 태청무사진과는 달리 독이었다. 일정 시간이 지나지 않으면 효과는 사라지지 않았다.

'어떻게 할까?

진산은 그 와중에도 고민에 빠졌다. 이들을 도와줄 것인지, 아니면 혼자 몸을 빼야 하는지…….

그런 그의 모습을 오호삼화는 지금 상황에서 그가 무언가 방법을 만들어내려 하는 것이라 생각했다. 진산 또한 그들과 다르지 않은 상황이었다고 믿었기 때문이다.

'먼저 설정한 실력 정도는 드러내는 것이 좋겠군.'

그들이 나가야 하는 출입구는 이미 막혀 있었다. 아마 그들이 불을 붙이면서 가장 먼저 그곳을 폐쇄했을 것이다.

진산은 쌍룡곤을 꺼내 들었다. 객잔의 벽은 나무로 되어 있다. 황실처럼 토벽으로 되어 있는 것이 아니다. 아니, 토벽이라 해도 그의 쌍룡곤이 부수지 못할 리 없었다.

그의 손을 따라 쌍룡곤이 출수했다. 내공 따위는 조금도 느껴지지 않는 거친 움직임이었다.

진산은 쌍룡곤으로 문 옆의 벽을 강하게 때렸다.

꽈꽝!

거대한 폭음과 함께 일순 불길이 사라졌다. 벽에 큰 구멍이 생기며 순간 객잔이 기우뚱했다.

"어서 나가요!"

진산의 외침에 오호삼화는 정신없이 뛰었다. 그들은 객잔을 나오고 십여 보 정도 걷다가 이내 멈춰 섰다.

불길 속에서 마지막으로 진산이 나왔다. 그 역시 열 걸음도 채 걷기 전에 발걸음을 멈춰야만 했다. 등 뒤에서 아직도 객잔이 활활 타오르고 있었다.

"이 녀석들은 뭐야!"

팽호성이 주위를 둘러보며 말했다. 그들의 주위로 삼십여 명의 무사들이 피처럼 붉은 옷을 입은 채 포위하고 있었다.

진산은 쌍룡곤을 거두지 않은 채 그들을 노려보았다.

"오라버니, 상대는 혈랑대예요."

"그래. …쉽지 않을 것 같구나."

제갈화린이 그들의 정체를 알아챘는지 작게 중얼거렸다. 그녀의 말에 제갈청 역시 짐작하고 있었다는 듯이 고개를 끄덕였다. 그러나 그의 모습은 더욱 힘이 빠진 듯했다.

혈랑대라는 말에 오호삼화의 얼굴이 핼쑥해졌다. 녹림 최강의 전투 부대를 그들이 모를 리 없었다.

"처음 뵙소! 나는 혈랑십이대를 이끌고 있는 강정이라

하오."

무사들 사이에서 중후한 인상을 지닌 사내가 걸어나와 일행 앞에 모습을 드러냈다.

강정이 모습을 드러내자 오호삼화의 안색은 더욱 좋지 않았다. 혈랑대의 대장까지 나타난 것이다. 혈랑대 대장은 오호삼화들이 산공독에 중독되지 않았어도 상대할 수 없는 자였다.

"이딴 시답지 않은 일을 벌인 이유가 무엇이오?"

오호삼화가 침묵하고 있자 진산이 앞으로 나서며 물었다. 혈랑대에 대해 모르는 그는 당당하게 나섰다. 아니, 알고 있다고 해도 그는 지금처럼 당당하게 나섰을 것이다.

강정은 진산의 그런 모습을 한낱 객기라고 치부했다. 진산은 아직 젊어 보였고, 그래서 무공이 고절해 보이지 않았다. 더구나 산공독을 중화시킬 정도로 내성이 뛰어나 보이지 않았다.

"내가 볼일이 있는 자들은 오호삼화, 그대들이오. 순순히 따라오겠소?"

살릴 수 없으면 죽이는 것이 낫겠지만, 생포가 가능하다면 하는 것이 좋다. 미래의 오대세가 주인인 오호삼화라면 녹림이 잃은 세 개의 채와 하오문이 지금까지 잃은 고수들보다 더 값진 것을 받을 수 있었다.

물론 오호삼화를 죽여도 큰 이익이었다. 다음 대 오대세가의 힘이 대폭 축소되니 말이다. 하나 그러면 다시 동서무림의 전쟁이 시작된다. 은서각 내에서 하오문이나 녹림은 마교와 사대문파에 눌려 입지가 적었다.

아마 그들의 허락도 받지 않고 일으킨 동서무림 전쟁에 대해 양 조직이 얻는 피해는 매우 클 것이다.

"빌어먹을!"

남궁유성이 목청을 높였다. 하남을 눈앞에 둔 상황에서 그들의 손에 잡혀간다는 것은 비무대회를 포기해야 한다는 것이었고, 자신들 때문에 오대세가는 녹림에게 많은 양보를 해야 할 것이다.

당장이라도 죽고 싶었다. 명예를 잃고 치욕을 얻었으니 무림인으로서는 그보다 더 고통스러운 것은 없었다.

"흐음…… 어쩔까나?"

진산이 주위를 둘러보며 중얼거렸다. 마치 제삼자인 듯 그는 까마득한 높이에서 지금 이 상황을 주시하고 있었다.

'내, 냉철한 자…….'

제갈청이 속으로 읊조렸다.

등 뒤로는 불에 타는 객잔에, 앞으로는 삼십여 명의 고수가 포진하고 있음에도 그에게는 여유가 있었다.

혈랑대의 검이 조금 단단한 진산의 몸을 서슴없이 갈라 버릴 것이라는 사실을 아는지 모르는지 그는 무언가를 고민하는 것을 멈추지 않고 있었다.

“아아, 역시 안 되겠어요.”

진산이 고개를 휘휘 내저었다. 몇 번이나 되풀이해 봤지만 그가 선택해야 할 상황은 단둘뿐이었다.

양자택일(兩者擇一)의 상황!

그리고 진산의 손에서 그 결과가 나왔다.


*　　　*　　　*


비가 내리고 있었다.

천중산에서 소지를 만난 일행은 정주와 하루 거리에 있는 동굴 속에서 비를 피하고 있었다.

“하늘에 구멍이라도 뚫렸나? 정말 많이도 오는구먼!”

소지는 하염없이 내리는 비를 보며 투덜댔다. 동굴 안에는 소지 말고도 부단장과 화랑이 있었다. 소지가 열심히 하늘을 향해 씨부렁거리는 동안 부단장과 화랑은 조용히 눈을 감고 있었다.

한참 바깥을 보던 소지가 그들을 향해 시선을 돌렸다. 여정 동안 그들은 매번 티격태격했다. 남자라느니 여자라느니, 어리다느니 성숙하다느니 서로가 앙숙이라도 되는 듯 성을 냈다.

하지만 지금 그들은 서로가 머리를 기대고 잠을 청하고 있었다. 삼십대 중반의 건장한 청년과 십대 후반의 수려한 소녀―사실은 남자지만―가 그러니 제법 그림이 되었다.

　"나이 많은 형씨와 보쌈당한 소녀인가~ 흐흐흐……."

　소지가 끌끌거리며 말했다. 사실 그들의 모습은 조금 나이 차가 있는 남매처럼 보였다. 물론, 부단장의 외모가 화랑에 비해 많이 떨어졌지만 푸근해 보이는 인상이 오히려 그와 더 잘 어울렸다.

　부단장이 눈을 감은 채 오른손을 움직였다. 왼쪽에 낮게 코를 골며 자고 있는 화랑을 깨우지 않기 위함이었다.

　파앙!

　찢어지는 파공음과 함께 소지의 눈을 향해 돌멩이 하나가 맹렬하게 날아들었다. 소지는 기겁하며 뒹굴었다.

　"죽을래?"

　부단장이 작게 씨부렁거렸다. 소지는 그의 말에 깨갱 비명도 지르지 못하고 구석에 조용히 처박혔다.

　"……."

　말없이 앉아 있던 소지의 눈동자가 이리저리 굴려졌다. 그의 눈동자는 동굴 깊은 곳으로 향했다. 이곳에 들어올 때 썩은 내가 나서 다 들춰낸 곳이었다.

　그의 신형이 은밀하게 움직였다. 동굴 안에만 있으니 답답해서 그냥 의미없이 몸을 움직이고 싶었던 것이다.

　"심심하군."

　소지는 가볍게 투덜거렸다. 살수로 살면서 인생을 짜릿하게 즐기던 그였다. 그런 그가 무림공적이 되고, 지금은 이리 치이고 저리 치이고 있었다.

동굴 깊이 들어간 그는 제법 단단해 보이는 돌을 들어 한 구절 한 구절 무언가를 남기기 시작했다.


본좌는 천하제일인 마왕 동방제님의 수하 금강신(金剛神)이다! 정마대전에서 심한 내상을 입고 여기서 명을 달리하니 내 모든 것을 이곳에 남기노라.


그렇게 시작한 무공구결이 동굴 벽 한구석을 모두 메웠다. 물론 여기 남은 구결은 모두 거짓이었다. 간간이 삼류무공을 섞어내고 자신의 심득이나 사부가 했던 말 등을 마구 섞어 적어냈다.

누군가 이 글을 본다면 미친 듯이 연구를 하거나 익혀서 폐인이 되거나 할 것이다.

'아마 동의맹 근처이니 맹의 녀석들이 볼 일이 많겠지. 그놈들, 병신 좀 돼봐라. 크크크.'

심심해서 적은 것이었지만, 그것이 어떠한 영향을 끼칠지 모르는 소지였다.

소지는 구결을 다 쓴 뒤 가볍게 문질러 족히 십 년은 되었음 직하게 보이게 했다. 살수 짓 하면서 남을 속이는 데 이골이 난 그의 솜씨는 확실히 뛰어났다.

그러나 그것도 시큰둥해졌는지 그는 다시 부단장과 화랑이 있는 곳으로 가 쭈그려 앉았다.

"이봐, 부단장. 진 아우는 어떤 사람이지?"

수차례 하고 싶었던 질문이나 그가 두려워 묻지 못하고 있었다. 비 오는 날이라 꿀꿀해서 그랬는지, 동굴 안이라서 울적해서인지 알 수 없었다.

갑자기 꼭꼭 숨겨두었던 의문이 저도 모르게 툭 하고 튀어나왔다.

"지존(至尊)."

"응? 뭐라고?"

간결한 부단장의 대답에 소지는 이해하지 못하고 되물었다. 인간이라는 것이 그렇게 쉽게 정의가 내려졌던가? 소지는 부단장의 말을 놓치지 않고 듣기 위해 귀를 활짝 열었다.

부단장은 무언가 고민하는 듯 미간을 접더니만 이내 다시 입을 열었다. 이번에는 조금 더 길었다.

"하늘 아래 그분보다 위에 존재하는 이가 없으며, 강력한 지도력으로 무수히 많은 수하들의 존경을 받는 분이시며, 그 누구보다 고독한 절대자이시기도 하다."

그는 자기가 한 말에 감동을 받았는지 부르르 떨었다. 그는 그렇게나 맞고 두려워했지만, 내심 진산을 존경하고 있었다. 그것을 겨우 세 치 혀로 옮기려 하니 쉽지 않았다. 부단장은 그것을 제법 그럴듯하게 표현했다고 생각했다.

그러나 소지의 생각은 조금 달랐다.

"시라도 쓰냐? 뭐가 그리 어려워?"

소지가 원한 것은 그런 것이 아니었다. 무공 수위야 자신이 가늠할 수 없으면 구룡 정도 되는 고수라 생각하면 그만이다. 사실 구룡과 십대고수가 서열상으로는 한 끗발 차이지만 그 사이에 존재하는 수준은 천양지차였다.

그것보다 그가 알고 싶은 것은 진산이 중원에 온 진짜 이유와 어떠한 성격을 가진 사람인지, 그의 가족사 등 소소한 것이었다.

그것을 부단장이 한껏 부풀려 대답한 것이다.

"그럼 무엇이 알고 싶은 건데?"

"뭐, 일단은 녀석의 무공부터 살아온 인생과 중원에 온 이유 정도?"

그 정도만 알면 다시 진산을 대하는 데 크게 힘들이지 않을 것 같았다.

사실 전에는 진산의 잔혹한 면모와 제법 뛰어난 무공 때문에 놀랐지만, 다시금 생각하니 살수로서 수행을 겪었던 그에게 그 정도는 크게 놀랄 것은 아니었다. 그때는 순한 양 같던 진산과 그때의 모습이 너무 차이가 컸고, 또 태청무사진 때문에 기가 약해져 심적으로도 영향을 받았기 때문이다.

"무공은…… 모른다. 주공이 무엇을 얼마만큼 익히셨는지 어느 정도의 성취를 이루셨는지 전혀 알 수 없다."

"어라? 너, 그의 심복이 아니었어? 중원에 나올 때 끌고 온 것으로 보아 제법 많이 사랑받는 거 아니야?"

부단장의 맥 빠지는 말에 소지가 놀라 되물었다. 그가 본 진산과 부단장의 사이는 정말 아량이 깊은 주군과 충실한 심복이었다.

그러나 그의 말에 부단장은 힘없이 고개를 저었다.

"해남파에서 그분의 수발을 들 수 있는 분은 대락조 부대장 위지선님뿐이시다. 그 외에 대락조 다른 네 분의 대원도 한 수 정도는 거들 수 있을 정도의 실력을 가지셨지. 주공의 심복은 그들뿐이다."

"어, 너는?"

소지는 새로운 인물의 등장에 대해 놀라는 것보다 부단장의 위치가 궁금했다.

"나? 나는…… 글쎄, 너를 제어할 수 있었기 때문이지 않을까?"

"응?"

"그날 너는 나에게 공포를 느꼈지. 정말 사정없이 쥐어 터졌으니까. 나라도 그 정도 맞으면 그런 기분이 들었을 거야. 그래서 주공은 중원에서 정보통이 될 너와 너를 통제할 나를 선택하신 거다."

부단장은 그때의 일을 생각하며 말했다.

조금 더 생각해 보면 그 이유 외에 다른 것이 더 있을 수도

있었다. 진산은 냉혹해 보이지만 꽤나 감정적인 부분도 많았
다. 그것은 형을 찾아 겨우 수하 하나 이끌고 온 것을 보면 알
수 있었다.

"그럼 대략…… 조인가? 그들이 나를 잡았더라면 그중 하
나가 올 수도 있었다는 건가?"

"아니, 주공은 혈혈단신 중원으로 갔을 것이다."

대략조는 대문파괴용 병기라 할 수 있었다. 진산을 포함하
여 겨우 여섯밖에 없는 조였지만, 그들이 해남파에서 차지하
고 있는 전력 비중은 육 할이 넘었다.

거의 완벽해진 지금의 해남파가 순수하게 진산의 대략조
와 붙으면 깨진다는 것이다.

그 정도로 그들은 강했고 또 진산의 아래서 일해온 만큼 조
금의 인정도 없었다. 철저히 파괴만을 하기 위한 기계라 할
수 있었다.

"헤에, 그 정도로 강해? 네가 말하니까 거짓말이 아닌 것
같아서 왠지 더 기분이 나쁘군."

강호인이라면 그 누구라도 구룡에 버금가는 고수가 해남
도라는 작은 섬에 여섯이나 있다 생각하고 싶지 않을 것이다.

그러나 이는 사실이다. 중원에서 빠져나간 독들이 해남도
에서 지독한 고독(蠱毒)을 만들어낸 것이다.

'그리고 진 아우가 그 중심이 있다!'

지금 강호에 가장 지독한 독이 침투했다.

　　　　　　*　　　　　*　　　　　*

　진산은 쌍룡곤을 들고 오호삼화 앞에 섰다. 서른 명의 사내들이 일행을 향해 눈을 부라리며 대기하고 있었다.

　"뜰 힘은 있습니까?"

　그는 미소를 잃지 않은 채 오호삼화에게 물었다. 이런 상황에서 여유를 보이는 그의 모습에 취한 그들은 얼떨결에 고개를 끄덕였다.

　씨익!

　진산의 입가에 맺힌 미소가 짙어졌다. 그가 몸을 크게 비틀었다. 꾸국! 하는 소리와 함께 그의 몸이 접혔다.

　조금씩 조금씩 진산이 몸을 비틀었다. 그것이 최고에 이른 뒤, 그는 몸을 팽이처럼 돌렸다. 그의 회전이 극에 다다르자 쌍룡곤이 그의 손에서 떠났다.

　팽그르르—

　모두의 시선이 허공으로 날아가는 쌍룡곤을 멍하게 쳐다보았다.

　"푸!"

　누군가 풍선처럼 입을 크게 부풀렸다.

　"푸하하하하!"

　누구라고 할 것 없이 혈랑대 전원이 웃음을 터뜨렸다. 갑자기 무기를 버린 그의 태도가 한심했던 것이다. 반면 오호삼화의 얼굴은 당황으로 물들었다. 엉뚱한 진산의 행동에 정신이 없었던 것이다.

그렇게 양분된 분위기 속에서 허공을 찢는 소리가 그들의 귓가를 울렸다.

콰콰콰콰콰!

굉음(轟音)이라고 해도 좋을 것이다. 거대한 폭음을 내며 집 나갔던 쌍룡곤이 다시 진산을 향해 날아들었다. 그 안에 담긴 기운이 너무도 강해서 혈랑대는 저도 모르게 몸을 숙였다.

무시무시한 굉음을 내던 쌍룡곤은 진산의 어깨를 살짝 지나쳐 뒤의 객잔을 향해 뛰어들었다.

꽝! 꽝! 꽝! 꽝!

쌍룡곤이 가는 곳에는 길이 생겼다. 활활 타오르는 불벽이 뻥뻥 뚫리는 것이다.

"어서 가세요."

진산이 오호삼화를 보며 말했다.

오호삼화는 진산을 바라보았다. 언제나 왜소하게 보았던 진산의 등이 갑자기 크게 보였다. 검게 그슬린 학사풍 옷은 마치 영웅의 망토처럼 보였다.

"시간이 없습니다. 오래 버틸 것 같지 않거든요."

산공독에 당한 이들 중 가장 강한 자는 외공을 익힌 진산이었다. 누군가 뒤를 막는다면 그가 나서야 하는 것은 당연하다고 볼 수 있었다. 하지만 오호삼화의 발은 쉬이 떨어지지 않았다.

그들은 동무림에서 알아주는 고수였고, 미래에 오대세가를 떠받들 주인이었다.

그놈의 자존심이 발목을 잡았다.

"당신들은 살아야 합니다. 지금 헛되이 죽을 바에는 후에 복수를 하는 것이 현명한 선택이라는 것을 상기하세요."

진산의 말에 무언가 확 트이는 것을 느꼈다. 발을 묶고 있던 자존심이란 놈도 더 이상 그들을 잡지 않았다. 오호삼화는 쌍룡곤이 만든 길을 향해 뛰어들었다.

오호삼화가 사라지자 혈랑대는 그제야 상황을 파악하고 그들의 뒤를 따르려 했다. 그러나 그 앞에는 진산이 서 있었다.

"잠깐만 기다려 주세요."

진산의 말에 혈랑대는 말 그대로 잠깐 동안 기다렸다. 그의 말에 어떤 사술이 걸렸는지 몰라도 몸이 절로 멈춰 선 것이다.

휘리릭!

어디선가 바람 소리가 들려왔다. 허공에서 무언가 붕붕 돌아가며 이곳으로 다가오고 있었다. 혈랑대의 모든 시선이 그곳을 향해 돌아갔다.

꽝!

그것은 진산의 앞에 깊은 자국을 내며 그 모습을 드러냈다.

“그, 그것은?”

문윤이 깜짝 놀라 입을 다물지 못했다. 그가 가리킨 것은 오호삼화들에게 길을 만들어주고 어느새 돌아온 쌍룡곤이었다.

진산은 경악하는 문윤을 향해 씨익 웃어주었다.

“자, 이제 피의 축제를 시작해 볼까?”

그때 하늘에서 부슬부슬 비가 내리기 시작했다.


오호삼화는 있는 힘껏 땅을 박찼다. 다행히 객잔의 뒤는 강가와 그리 멀지 않았다. 아마 고급 객잔이다 보니 처음 세울 때 경치 면도 생각했던 것일 게다.

그들의 눈앞에 노를 젓고 있는 뱃사공이 보였다. 오호삼화는 강가에 채 닿기도 전에 목청을 높였다.

“이보시오!”

“……”

가장 목청이 좋은 팽호성의 목소리가 노인의 귀에 들렸다. 노인은 무심한 시선으로 그들을 바라보았다.

오호삼화는 다시 입을 열었다. 어서 강을 타고 혈랑대의 손에서 벗어나야 했다. 그래야 진산의 희생이 헛되지 않을 것이다.

"배를 타려 하오! 이 근처에 배를 대줄 수 없소?"

그들은 노인의 배를 따라 달렸다. 혈랑대 중 누군가가 그들의 목소리를 들을지도 몰랐지만, 그런 것을 생각할 여유는 없었다. 그들은 지금 한 줌의 내공도 끌어올릴 수 없는 처지였다.

노인이 그들의 말을 들었는지 배가 천천히 강가로 다가왔다. 그곳을 향해 오호삼화는 미친 듯이 뛰었다.

출렁! 하는 느낌과 함께 그들은 간신히 배에 탈 수 있었다. 작은 배였지만 그들 여덟이 타기에는 충분했다.

"어서! 어서 출발해 주시오!"

제갈청이 불타오르는 객잔을 바라보며 말했다. 때마침 혈랑대원 몇몇이 객잔 밖으로 튕겨지듯 나왔다.

노인은 그들의 모습에 의문을 느꼈으나 그다지 신경 쓰지 않고 힘껏 노를 저었다. 노가 강 길을 따라 빠르게 움직이기 시작했다. 혈랑대원들이 경공을 펼쳤으나 거리도 거리거니와 흐르는 강의 속도도 제법 빨라 쫓을 수 없었다.

그들에게서 멀어져 가자 오호삼화는 깊게 한숨을 토해냈다.

"휴우~ 간신히 벗어난 것인가?"

제갈청이 주위를 둘러보며 말했다. 하지만 혈랑대의 추적은 집요할 것이다. 동의맹이나 다시 세가로 돌아가지 않는 이상 이러한 위험은 계속될 것이 틀림없었다.

하지만 한숨 놓았다는 사실에 그들은 안도했다.

"하지만 진 공자는……."

문득 남궁유미가 울적한 표정을 지으며 진산을 떠올렸다. 그는 자신의 거대한 등을 내보이며 그녀들을 위해 그곳을 고수했다.

진산이 제법 뛰어난 외공의 고수라 하지만 혈랑대를 상대로 살아나기는 불가능할 것이다.

"그를 위해서라도 우리는 하루빨리 동의맹에 도착해야 한다. 그리고 그것을 위해서 우리는 이례없는 단결력과 전과 다른 힘을 보여야 해!"

남궁유성의 말이 오호삼화를 하나로 뭉치게 했다.

남궁세가의 두 검과 제갈세가의 두 머리, 팽가의 두 도, 신창양가의 창, 황보세가의 주먹까지, 개성 강한 오대세가의 후기지수들이 하나가 되는 순간이었다.

"강해지자……."

그들은 작게 흐느꼈다.

아마 이것은 그들이 흘리는 마지막 눈물이 될 것이다.


*          *          *


"가라. 이자는 내가 맡겠다. 너희는 오호삼화를 추적해라."

그것이 대장의 마지막 말이었다.

그들은 강정을 신용했다. 진산의 몸에서 풍기는 기도가 심상치 않았지만, 그보다 강정을 믿는 마음이 더 컸다. 무엇보다 혈랑십이대 중 그보다 강한 사람은 없었다.

그들 중 몇몇은 불타는 객잔을 향해 몸을 날리고, 다른 이들은 좌우로 갈라져 객잔 뒤로 가기 위해 달렸다.

거기에 문윤도, 규영도 끼어 있었다.

그것이 대장의 생전 마지막일 줄은 꿈에도 생각하지 못했다.

"이, 이게 무슨……."

그렇기 때문에 문윤은 지금 상황을 이해할 수 없었다.

그의 눈앞에는 자신의 형과 같았던, 상관이었던 사내가 누워 있었다. 그러나 그의 상태는 좋지 않았다. 사지는 기이한 각도로 꺾여 있었으며 입은 턱이 빠져 쩍 벌려져 있었는데, 그 안에 있어야 할 이빨이 밖으로 쏟아져 있었다.

무엇보다 그의 가슴에는 뻥 뚫린 구멍이 하나 있었다.

"대장!!"

문윤이 강정의 죽음을 깨닫고 목이 찢어져라 비명을 질렀다.

그의 비명 소리에 오호삼화를 추적해 갔던 혈랑대원들이 그 앞에 속속히 모습을 드러냈다. 용맹하기 그지없던 문윤의 비명 소리에 놀라 달려온 그들은 강정의 죽음에 순간 움직임을 멈추었다.

"어째서… 어째서 대장이 죽은 거야!"

부대장 규영이 싸늘하게 식은 강정을 보며 물었다. 이해가 가지 않는다는 표정이 역력했다.

사실 그럴 만한 것이, 강정은 혈랑십이대 제일고수였다. 거친 대원들을 지도하려면 강한 무력이 필요했고, 혈랑대의 대장은 언제나 그 대에서 가장 강한 이가 선발되었다.

강정은 혈랑십이대의 대주다. 제아무리 날뛰더라도 오호삼화 따위와는 비교되지 않을 정도로 강했다. 그런 애송이 여덟 정도 죽이는 것은 일도 아니라 생각했다. 하지만 강정이 죽었다. 게다가 상대는 오호삼화도 아닌 산공독에 중독되어 내공도 쓰지도 못하는 애송이였다.

대장의 죽음은 있을 수 없는 일이었다.

혈랑십이대는 슬픔을 채 삼키기도 전에 재빨리 그들이 묵고 있는 곳으로 강정의 시신을 옮겼다.

강정의 시신이 그들이 회의했던 탁자 위에 올려졌다.

"대장도 방심하고 만 것이겠죠."

대원 중 이일(李日)이 씁쓸한 표정을 지으며 말했다. 그는 대원 중 가장 이성적이어서 감정이 없는 괴물이라고까지 놀림을 받던 자였다.

그런 그의 얼굴에서도 한줄기 슬픔을 읽을 수 있었다.

"대장이 방심할 성격이냐! 그는 혈랑대의 대장 중 가장 냉정한 자란 말이다!"

문윤이 대뜸 성부터 냈다. 아직도 그의 죽음을 인정할 수 없었다. 뛰어난 무공에 냉철한 이성으로 무장한 강정이었다. 언제나 수하를 먼저 생각했고 그 때문에 대원들에게 존경받는 대장이었다.

그는 혈랑십이대를 끌고 갈 수 있는 유일한 사람이었다.

"그럼, 방심이 아니라 기습이라고 볼 수 있겠죠."

이일이 결과를 정정했다. 생각해 보니 강정은 매사 조심하는 성격이었다. 산공독에 내공을 다 잃었다고 해도 전에 보여준 봉술을 보아 결코 방심할 일은 없어 보였다.

진산의 갑작스런 기습이라 추정했다.

"말이 되냐! 그 정도 되는 고수가 암습도 아니고 기습 따위에 당하게!"

문윤이 다시 한 번 화를 토했다. 강정은 대장임과 동시에 그들 중 가장 강한 이였다. 그런 자가 겨우 애송이 따위에게 질 리 없었다.

"아니, 문윤. 이일의 말을 좀 더 들어보게."

이일을 때려죽일 듯 노려보자 규영이 나섰다. 문윤은 강정 다음가는 고수였고 혈랑대에서 규영 다음가는 최고 고참이었다. 이일은 그를 감당할 수 없었다.

"대장님께서 그자에게 실력으로 졌을 리 없다고 생각합니까?"

“당연하지!”

문윤이 외쳤다. 그를 다시 규영이 제지해야만 했다. 하지만 규영도 인상을 찌푸리며 이일을 바라보았다. 강정의 강함은 혈랑십이대의 대원이라면 누구라도 인정하는 것이었다.

하지만 이일은 고개를 저었다.

“제 생각은 다릅니다.”

그들이 살포한 산공독은 매우 독한 것이었다. 제아무리 천하제일 내공 고수라 해도 삽시간에 내공을 잃을 독성을 가진 것이었다.

그 때문에 이일은 그가 외공의 고수라 짐작했다. 외공의 고수에게 산공독은 별다른 영향을 줄 수 없기 때문이었다.

“아무리 외공의 고수라 해도!”

“그만 해! 지금 너는 그렇게 성질을 부려야 하는 것이 중요한가? 대장의 원수를 갚는 것이 중요하단 말이다!”

문윤의 화풀이를 규영이 더 이상 참지 못하고 버럭 화를 냈다. 그 역시 강정의 죽음은 믿기 힘든 일이었다. 하지만 죽어버렸다. 그것은 어떻게 바꿀 수 없는 진실이었다.

문윤은 피가 나도록 이를 악물었다. 규영의 말이 맞았다. 그는 이일의 실력을 잘 알고 있었다. 혈랑대가 누구를 추적하는 임무에 나서면 항상 앞서던 그였다. 혈랑십이대에서 정보를 분석하는 데 그만한 자가 없었다.

“…부러진 대장의 검을 보시면 그의 실력이 결코 낮지 않다는 것을 알 수 있습니다."

이일은 증거 자료로 박살 난 강정의 검을 가리켰다. 그의 철봉이 제법 단단해 보였지만, 내공이 담긴 검을 이렇게 부순 다면 어지간한 외공의 고수가 아니고서는 불가능했다.

대원들의 시선이 부러진 검을 향하곤 얼굴이 파랗게 질렸 다. 강정의 검에서 그가 진산의 일수를 막지 못했다는 것을 알 수 있었다.

"그가 외공의 고수라도 이러한 힘을 낼 순 없습니다. 아마 그가 가진 철봉에 무언가 있음이 틀림없습니다."

신검, 마검 등의 무기들은 예전에도 많이 언급되었다. 지금 도 그와 같은 것이 마교나 소림사, 황실 등에 있다고 한다.

이일의 말에 그들은 놀람을 감출 수 없었다. 욕심 많은 강 호 속에서 이십여 세의 애송이가 들고 다니기엔 매우 위험한 것이었다.

"하긴, 그때 객잔을 박살 낸 것은 외공만으로 보일 수 없는 신위였지."

규영이 오호삼화를 위해 포위망을 뚫는 진산을 떠올리며 말했다. 혈랑대원들 역시 그때의 진산을 회상하고 있었다. 자 신만만한 표정, 여유로운 태도 등으로 그가 가진 철봉이 신병 이라 믿었다.

이일이 강정의 시신을 보며 힘겹게 마무리했다.

"애병을 잃은 무사의 말로는… 뻔하죠."

대원들의 눈이 붉게 물들었다. 그들은 강정의 죽음을 뚜렷하게 기억하기 위해 눈을 부릅뜨고 있었다. 반드시 진산을 그렇게, 아니, 그보다 더하게 만들어주겠다는 복수심이 그들의 마음을 지배했다.

그 뒤로 그들은 아무 말도 없이 움직이기 시작했다. 관을 사서 강정의 시신을 담곤 녹림총단으로 이동하기 시작했다.

아직 그들은 복수가 이르다는 사실을 알고 있었다.

불같던 혈랑십이대는 얼음처럼 싸늘하게 변해갔다.


녹림총단에서는 벌써 혈랑십이대에 대한 정보를 받았다.

'오호삼화 대책회'라 쓰인 현판이 회의실 문 앞에 걸려 있다. 그 안에서는 하오문의 오장로와 녹림의 주인 총표파자 장군성, 그리고 혈랑대의 대대장인 고인석(固刃石)과 광견조의 대대장인 마경(魔瓊)이 있었다.

그들의 안색은 그리 좋지 못했다. 자멸한 광견조나, 임무를 실패한 혈랑대나, 일을 계획한 오장로나, 실행한 장군성이나 모두 책임이 있기 때문이었다.

"……."

광견조의 대대장 마경은 변명은커녕 숨 쉬기도 힘든 상황이었다. 장군성과 오장로가 뿜어내는 기운에 기가 죽어 입을 꾹 다물고 있었다.

"……."

혈랑대의 대대장 고인석은 강정의 죽음에 속으로 흐느끼고 있었다. 거의 말석인 혈랑십이대의 대장이었지만, 그는 정말 무사다운 자였고, 또 녹림을 위해 게으름 피우지 않고 열심히 일한 자였다.

그는 속으로 강정을 애도하느라 입을 다물었다.

"……."

대하오문의 대표 오장로는 어이가 없어 말이 나오지 않고 있었다.

그들의 계획이 손에 들어왔을 때는 '이렇게까지 해야 할까?'라는 의문이 들 정도로 완벽한 계획이었다. 그런데 결과는 그의 생각을 가뿐히 넘었다. 이런 식으로 공격하면 자신도 무사하지 않을 것 같았다.

이제는 오호삼화를 지키는 이들이 두렵기까지 했다.

"……."

녹림칠십이채의 총표파자 장군성은 폭발할 것 같은 성질을 꾹 참고 있느라 말을 할 수 없었다. 그의 주먹이 떨리고 있었다. 혈랑대가 어떤 부대인지 남들은 모른다. 산적들 중에서 고르고 골라 뽑은 녀석들을 다시 무지막지한 금력으로 갈고 닦아 냈다.

뼈를 깎는 수행, 피를 말리는 임무로 엄청난 금액의 돈을 퍼부으면서 만든 녀석들이었다.

그중 대장의 가치는 단연 최고였다. 혈랑대 대장과 일개 대원의 차이는 하늘과 땅만큼이나 컸다. 들어붓는 액수가 다르기 때문이다.

사 인의 침묵은 제법 오래갔다.

"오장로님, 오호삼화의 추적을 부탁드려도 되겠습니까?"

한참 동안 침묵을 지키던 장군성이 드디어 입을 열었다. 그는 아직도 끓어오르는 분노를 참지 못하는지 얼굴 근육이 부르르 떨리고 있었다.

"지옥 끝까지라도 추적하겠다."

오장로가 간단하게 대답했다.

장군성은 고개를 끄덕였다. 하오문의 실력이라면 믿을 수 있었다.

"광견조는 그들을 남쪽으로 압박한다. 최대한 동의맹과 그들 세가에서 멀어지게 하고 광동성으로 유인한다."

"예!"

광견조 대대장 마경이 짧게 대답했다. 추격은 광견조 전문이었다. 이제 오호삼화는 끈질기게 물고 늘어지는 광견들의 압박으로 광동성으로 갈 수밖에 없을 것이다.

장군성이 오호삼화를 남쪽으로 미는 이유는 남쪽에는 이렇다 할 문파가 없기 때문이었다. 이상하게도 광동성과 광서성에는 강대한 문파가 들어서질 않았다. 대신 소금을 파는 염상이나 바다를 주 무대로 하는 무역상들이 많이 있었다.

오호삼화를 제거하는 데 그만한 곳이 없었다.

“혈랑대는 십삼 대 이하 세 개 대 모두 투입하여 그들을 공격한다.”

“예!”

혈랑대 대대장 고인석이 크게 대답했다. 이곳 총단과 광동은 제법 먼 곳이었으니 부리나케 달려야 했다.

오호삼화의 뒤처리는 이만하면 될 것이다. 이제 그 다음으로 논해야 할 것은 진산 일행에 대한 것이었다. 진산이라는 자와 부단장, 그리고 천 형이라는 자 때문에 입은 피해가 적지 않았다.

“광견조는 오호삼화에 집중하고, 혈랑대 중 구, 십, 십일 대는 진산이라는 자를 노려라.”

장군성은 진산에게 무엇이 있음을 느꼈다. 그를 중심으로 부단장과 천 형이라는 걸출한 고수가 있었다. 그가 먼저 사라지면 일은 비교적 수월하게 끝을 맺을 것 같았다.

그래서 그는 과감하게 혈랑대 세 개 대를 보내는 것이다. 그의 말에 고인석은 물론 오장로나 마경도 놀랐지만, 이내 담담한 표정으로 대답을 했다.

“네.”

변수는 사라진 부단장과 천 형의 소재인데, 이는 오장로를 통하면 어렵지 않게 알 수 있을 것이다.

“회의는 이것으로 끝내겠소.”

회의라기보다는 일방적인 명령이었지만 그에 대해 그 누

구도 불평하지 않았다. 심지어 오장로도 그저 순순히 대답만
하고는 끝을 맺었다.

그들이 받은 충격은 컸다.

그들은 더 이상 천하제일 비무대회를 생각하지 않았다.


*　　　*　　　*


운무가 가득한 산 중턱, 천애절벽 가운데 조그마한 오두막
이 하나 세워져 있다. 당장이라도 부서질 것만 같아 보이는
오두막은 사실 그 내부 구조가 단단한 강철 기둥으로 되어 있
었는데 그를 짚 몇 단으로 가리고 있었다.

대장은 여전히 호피에 몸을 파묻은 채 일을 하고 있었다.
홀로 중원 전체를 관리하다 보니 하루 열두 시진 중 쉬는 시
간이 거의 없었다.

만약 그가 중원에서도 가장 뛰어난 무공을 소유했다는 구
룡이 아니었다면 며칠도 못 가 쓰러졌을 것이다.

그런 그의 손이 바르르 떨리고 있었다.

"젠장! 그놈의 산적 놈들이!"

시훈과 진수에게 온 서찰을 보며 그는 이를 갈았다. 서찰
안에는 혈랑대의 갑작스런 움직임과 진산을 습격한 사실이
적혀 있었다. 녹림이 진산을 적으로 선포한 것이었다.

대장은 녹림을 한번 갈아엎어야 할 필요성을 강하게 느꼈

다. 그놈들은 죄없는 양민들의 피를 빨아먹는 기생충 같은 것
들이었다. 잡기도 힘들고 세력도 제법 되어 오냐오냐하고 봐
주었더니 하늘 높은 줄 모르고 까불고 있었다.

"필문(必刎)!"

"예, 사부님."

대장의 부름에 그의 앞으로 사내가 모습을 드러냈다. 마치
유령과 같은 신묘한 경공이었다.

"네가 나서 시훈과 진수를 도와라."

"그놈들 실력 좋아요. 혈랑대 정도는 활 몇 방 날리면서 놀
아주면 둘이라도 문제없을 겁니다."

그는 자신의 등에 메인 궁을 가리키며 말했다. 시훈과 진수
도 오랜 세월 군인으로서 십팔반무예를 배웠고, 대장에게 선
사받은 무공의 수준도 결코 낮지 않았다.

필문의 말대로 그 둘이라면 혈랑대 일 개 대 정도와 싸워도
무리가 없을 것이다.

"그래, 그럼 그 녀석 데려오는 거 포기하고 이 자리를 네가
이어라. 나도 그게 훨씬 편할 것 같다."

대장이 딱 잘라 말했다. 제자가 사부의 직책을 잇는 것은
당연했다. 능력도 필문 정도라면 자신만큼은 못해도 무리없
이 굴러가기는 할 것 같았다.

그 정도만 돼도 대장은 만족할 수 있었다.

"후후… 사부님, 저 녹림 놈들에게 피에 사무치는 원한을

가진 거 잊으셨습니까? 당장이라도 날아가겠습니다."

필문이 안색을 싹 바꾸며 말했다. 그는 어려서부터 사부인 대장이 하는 일을 보았던 사람이었다. 하루를 열둘이 아니라 스물네 조각으로 쪼개도 시간이 부족했다. 사부가 어떻게 자신에게 무공을 가르쳤는지조차 의문이 들 정도로 일이 많았다.

그런 일은 절대 물려받고 싶지 않았다.

"쳇. 고놈, 싱겁기는……."

대장은 필문에게 그동안 시훈과 진수가 보낸 서찰의 필사본을 건넸다. 먼저 사태를 파악해 두라는 뜻이었다. 필문은 내키지 않았지만 사부의 뒤를 잇지 않기 위해서는 어쩔 수 없이 일을 받아들였다.

"하아, 정말 일하기 싫은데……."

필문이 한숨을 푹 내쉬며 말했다.

그는 문무에 뛰어난 면모를 보였지만, 그놈의 게으름만은 고쳐지지 않았다. 성실한 사부와는 확연히 다른 모습이었다. 대장은 그가 어떻게 무공을 익혔는지 의문이었다.

"하나만 말하겠다."

"예, 사부님."

필문이 갑자기 똘망똘망한 눈빛으로 사부를 바라보았다. 그 안에는 '제발 더 이상 일을 시키지 말아주세요'라는 애원이 담겨 있었다.

대장은 그러한 그의 모습에 속으로 작게 탄식하고는 입을
열었다.

"진산을 데려오지 않으면 후계는 너다."

"예?!"

대장의 말에 필문의 얼굴이 와락 구겨졌다. 대장이 맡은 일
은 그와 같은 게으름뱅이가 할 수 있는 일이 아니었다. 하루
에 한 시진 자기도 벅찬 일정을 수십 년 동안 반복하는 일상
이었다.

필문의 얼굴에는 난생처음으로 절망이라는 것이 떠올랐
다. 항상 유복하게 잘살던 그가 하늘이 노래 보인다는 말을
실감하기는 오늘이 처음이었다.

"꼭! 반드시! 필히! 그자를, 아니! 그분을 데려오겠습니다.
믿어주십시오!"

더 이상 게을러 터진 그의 모습은 온데간데없었다. 이제 정
말 그는 필사적으로 진산을 찾아 그를 회유할 것이다. 전대가
그렇게 했듯이 바짓가랑이라도 잡고 울고불고할지도 모른
다.

대장은 덕분에 한결 수월하고도 편하게 후계를 인수할 수
있을지도 몰랐다.

'뭐, 실패하면 정말로 필문이 녀석에게 맡기면 되겠지.'

대장은 필문이 필사적으로 해서 안 되는 것을 자신이라고
되겠냐는 심보였다.

그리고 원래 정식 후계자는 필문이었다. 그로서는 어떤 결과가 나오든 나쁘지 않은 일이었다.

"그럼 다녀오거라."

"사부님! 제가 그놈… 아니, 그분을 데려오기 전까지 꼭 기다려 주시길 바랍니다. 최대한 빨리 납치…… 아니아니, 모셔 오겠습니다!"

그러고는 필문은 쌩 하는 소리와 함께 오두막을 뛰쳐나갔다. 그의 신형은 한 마리 매와 같았다.

대장은 덕분에 오랜만에 아무런 걱정 없이 느긋하게 일을 처리할 수 있었다.

운무가 가득한 산속에서의 일이었다.

*　　　*　　　*

"사마 군사, 이거 큰일이 아닌가?"

각주는 자신에게 온 서찰을 보며 중얼거렸다. 거기에는 진산과 오호삼화 일행이 혈랑십이대와 충돌한 일이 언급되어 있었다.

혈랑대라면 중원에서 알아주는 전투 부대다. 그들 일 개 부대가 나서면 어지간한 문파들은 가볍게 뭉개 버릴 수 있었다.

"걱정 마시길 바랍니다. 그가 외공을 익혔다는 사실이 조금 의외이긴 하지만, 이미 도주한 이상 문제는 없을 것입니다."

“그래도 혈랑대가 나섰단 말일세. 그들은 정말 피에 미친 늑대들이야. 목표를 정하면 반드시 피를 보고 마는 이들이지.”

사마 군사의 말과 다르게 그는 걱정이 되었다. 각주는 자신이 눈독 들이는 인재가 겨우 이런 일로 사라지는 것을 원치 않았다.

뛰어난 인재들을 한데 모아 더욱더 강한 세력을 확고히 하고 싶었다. 당장 진짜 각주가 되고 무림의 지배자가 되고 싶었다. 그를 위해서는 무엇보다 사마 군사나 진산같이 머리가 잘 돌아가는 자들이 꼭 필요했다.

그렇다고 녹림의 일을 대놓고 방해할 수도 없었다. 그들이 자신의 산하에 있다고는 하지만, 언제라도 나갈 수 있는 입장이었다. 자신이 각주가 되기 위해서는 더러운 도적 놈들의 손이라도 필요한 마당이었다.

“정 그러시다면 야율령을 이용하는 것이 어떻습니까? 그는 아직도 진산을 인정하지 않고 감시하고 있는 것 같은데…….”

매일같이 계속해서 날아오는 정보로 보아 야율령이 진산과 그리 멀지 않은 곳에서 지켜보고 있다는 사실을 알 수 있었다.

그의 무공 실력과 은신술은 매우 뛰어나니 지금 진산에게 큰 도움이 될 것이다.

"아! 그래, 그런 수가 있었군."

각주는 손뼉을 딱 치며 자리에서 일어났다. 진산을 회유하기 위해서만 굴릴 생각을 했지, 직접적으로 그를 이용해 진산을 구할 생각은 하지 못했다.

그는 다시 사마 군사와 같은 머리가 자신에게 필요하다고 곱씹었다.

"그럼 당장 그에게 서찰을 보낼까?"

"각주님이 옥새를 찍어주신다면 더욱 좋겠지요."

각주의 옥새는 절대명령권을 가진다. 그 아래 존재하는 이들은 그 누구라도 그의 명령을 거부할 수 없는 것이다.

사마 군사는 각주에게 이를 쓰라 조언했다. 처음에는 진산이 전혀 걱정되지 않는다고 말했으면서 지금에서는 반드시 야율령을 이용하려 하고 있었다.

"좋아, 그럼 어서 전서구를 준비하게."

"예."

각주는 진산을 얻기 위해 옥새를 품에서 꺼냈다. 당장이라도 하늘로 승천할 것만 같은 흑룡이 새겨져 있는 도장이었다.

사마 군사가 쓴 서찰 아래 하나의 도장 자국이 선명하게 드러났다. 피 같은 붉은 인이 서찰 위로 도드라진 것이다. 단 세 글자였지만 그 안에 담기는 의미는 무거웠다.


동방제(東方帝).

드디어 마교가 움직이기 시작했다.

*       *       *

야율령은 진산 일행이 남궁세가를 떠날 때부터 계속해서 미행하고 있었다. 그러면서 진산이 얼마나 놀라운 존재인지 거듭 깨닫고 있었다.

저 멀리 떨어진 존재의 기척도 순식간에 감지하고 그들이 적인지 아닌지를 식별한다. 야율령 역시 그의 눈에 몇 번이나 걸린 적이 있었고, 그때마다 심장을 졸여야만 했다. 다행히 매번 다른 차림으로 분장하여 그의 눈을 속이고는 있었기에 망정이지 아니었다면 귀신도 모르게 그의 손에 의해 사라졌을 것이다.

그처럼 그의 손에 의해 사라진 이들은 많았다. 분명 적이 아님에도 조금이라도 의심되는 이들을 진산은 철저히 제거했다.

'전에 보표를 했던 것일까?'

보표라 함은 호위무사를 말한다. 그들은 언제나 살수들을 경계하여 끊임없이 긴장하면서 살아간다.

그러나 진산이 보표일 가능성은 없어 보였다. 그러기에는 그의 손속은 너무 잔인했다.

그는 사람을 죽일 때 먼저 두 다리를 부러뜨려 상대방이 도망치지 못하게 만든다. 그리고 두 팔마저 박살 내 저항조차 할 수 없게 했다.

그 뒤는 깨끗한 살인이다. 머리를 날리거나 심장을 부순다. 정확하고 깔끔하게, 마치 잘 정련된 기계처럼 그는 사람을 죽였다.

합비를 지나 와양에 이를 때까지 그의 그러한 살행은 조금도 멈추지 않았다.

'그는 분명 악마야……'

마도 출신 주제에 악마 같은 그의 모습이 두려웠다.

야율령은 생애 처음으로 두려움이라는 감정을 느낄 수 있었다.

'하오문의 추적을 따돌릴 수 있을까?'

혈랑대는 더 이상 진산을 추격하지 않았다. 그 대신 하오문이 그의 뒤를 쫓기 시작했다. 그것은 합비를 떠나 와양에 갈 때까지 조금도 쉬지 않았다. 또 그 때문에 진산은 언제나 쌍룡곤에 피를 묻혀야만 했다.

하오문은 끈질기게도 떨어지지 않았다. 그들은 가장 밑바닥 인생을 살아오는 자들이기 때문에 작은 일에도 목숨을 건다.

진산은 지금 그러한 자들에게 잡혀 있었다.

"혈랑대를 상대로 그가 살아남을 수 있을까?"

야율령은 아직도 그의 실력을 모르고 있었다. 하오문에서 나온 이들은 대부분 무공을 익히지 않은 자들이었고, 혈랑십이대의 대장인 강정과의 결전에서 실력을 조금 보여주었으나 그것만으로는 부족했다.

그때 잔신은 여느 때와 같이 강정의 두 다리를 부러뜨렸다. 거기에 있는 진산은 오호삼화에게 보였던 따스한 표정은 보이지 않았다. 마치 얼음으로 된 가면을 쓴 것처럼 그의 얼굴은 표정이 없었다.

두 팔을 부러뜨리고 입 안을 꿰뚫었다. 그리고 죽어가는 그에게서 무언가 몇 마디를 들은 진산은 강정의 심장을 찔러 확실하게 죽음을 보여주었다.

매번 답답하리만큼 똑같이 공격했다. 하수든 고수든 그의 공격은 다르지 않았다. 하지만 그것을 그 누구도 막지 못했다.

'젠장, 이번 일은 쉽지 않겠어.'

이런 인간에게 회유라는 것이 통할까? 자칫 터져 버리기 직전의 폭탄을 건드리는 것 같아 두려웠다. 그때 사마 군사가 주었던 얼굴 가죽을 그가 보았을 때, 그는 정말 무서운 면모를 보였다.

진산은 그 사내에게 뼈라는 뼈는 모두 부수고 이 세상에서 느낄 수 있는 고통은 모두 보여주었다.

고문이 아니었다. 일방적인 폭력이었다.

"그는 무사가 아니야."

야율령은 작게 중얼거렸다.

그런 그의 말에는 왠지 모를 씁쓸한 감정이 묻어 나왔다. 아마 그는 진산에게 무언가를 기대하고 있었는지도 몰랐다. 그리고 그에 대해 진산은 배신했던지 아니면 충실하게 답해 주었을 것이다.

야율령은 계속해서 멀어져 가는 진산의 뒤를 따라가고 있었다.


나무 위를 휘휘 날아다니는 사내가 있었다. 사내는 특이하게도 여기저기 불에 그슬리고 찢어진 옷을 입고 있었다. 전에는 학사들이 입었을 법한 모양을 가지고 있는 듯했는데, 그가 절정에 다다른 경공을 펼치는 보아 학사는 아닌 것 같았다.

그는 이틀 전 와양에서 혈랑대를 상대하느라 오호삼화와 떨어진 진산이었다.

"여러모로 일이 귀찮아지는군."

혈랑대를 확 쓸어버리는 수도 있었지만, 자칫 그랬다가는 자신의 무위가 중원 전체에 떠들썩하게 소문이 날 것이다. 지금 뒤를 따라오는 녀석도 한둘이 아니었고…….

지금은 어떤 방식으로든 그러한 주목을 받아 좋을 것은 없었다. 더군다나 무공으로 눈에 띄었다가는 일을 크게 그르칠 수도 있었다.

'그 정도 힘은 보여도 상관없는 거겠지?'

강정 정도는 조금 손봐줘도 문제 없을 것 같았다. 그 피에 전 늑대 놈들 중 한 마리만 잡은 것은 눈에 띄지 않을 것이다.

무공도 그가 보기에는 별 볼일 없었다. 해남파에 들어서면 대장 자리는커녕 평생 졸개로 있을 실력이었다.

그래서 그는 강정을 해치운 것에 대해 별다른 감정이 없었다.

"문제는 오호삼화들인가? 동의맹에 잘 가야 하는데……."

그래야 자신도 동의맹에 들어가 한껏 유세를 떨며 형에 대한 정보를 얻을 수 있을 것이다.

마음 같아서는 당장 동의맹으로 가고 싶었지만, 자신이 먼저 들어가게 되면 그들을 버렸다는 인식이 강해질 것 같아 그만두었다.

"음, 일단 하남으로 가서 몸을 숨기는 것이 편하겠지. 동의맹 근처에서 정보도 좀 얻고, 귀찮은 늑대 녀석들이나 파리들이 꼬일 일도 없을 터고 말이야."

그는 생각이 들자마자 급격히 진로를 바꾸었다. 호북으로 향했던 그의 신형이 다시 하남으로 자리를 잡았다.

그의 신법은 표홀하여 어지간한 말보다도 빨랐다. 나무 위를 성큼성큼 뛰어다니던 그는 어느새 계수(界首)에 이르렀다.

계수는 와양에서 삼 일 정도 떨어진 도시로 거의 하남과 인접해 있어 부남만큼 많은 사람들이 찾는 곳이었다.

진산은 되도록 사람들 눈에 띄지 않게 이동했다. 오호삼화를 만나기 전이나 후에는 고급 객잔에서 숙식했지만, 이번에는 객잔에서조차 묵을 수 없었다.

그는 뒷골목으로 슬며시 발걸음을 돌렸다. 마을이 발전하면 자연히 이런 뒷골목 역시 발전하게 마련이다.

'먼저 내 뒤를 쫓는 이가 누군지 알아야겠지.'

하남에서 몸을 숨기기 전에 해야 할 일이 바로 그것이었다. 그들이 어떤 자들인지 알고 그들의 눈을 속이거나 제거해야 했다.

앞으로도 계속 꼬리를 달고 다닐 수는 없었다.

"자, 그럼 한바탕 뛰어볼까?"

그는 뒷골목 깊숙이 몸을 집어넣었다.

＊　　　＊　　　＊

하오문의 초랑(抄浪)이라는 자가 있다. 그는 뒷골목에서 태어나 뒷골목에서 자랐다. 그래서인지 남들보다 배짱이 좋았고 인간의 욕망에 대해 밝았다. 또 남들보다 인내심도 많아 강한 적의 숨통을 끊는 데 몇 년을 기다릴 줄도 알았다.

이런 그의 능력을 눈여겨본 하오문의 오장로는 그를 제자로 맞이했다.

그는 오장로의 비도술을 이십 년 이상 익혀왔다. 처음에는 하나도 날리기 힘들었던 것이 이제는 열여덟 개를 동시에 날릴 수 있는 실력이 되었다.

어미 뱃속에서부터 무공을 익힌 오호삼화와 견주면 조금 꿇리는 감이 있었지만, 그래도 그의 실력은 매우 뛰어나 고수 취급을 받았다.

그런 그가 가장 뛰어난 면모를 보이는 부분은 추적과 사냥이었다.

오장로는 그에게 진산을 쫓는 임무를 맡겼다. 그는 끈질기게 진산의 뒤를 쫓았다. 처음에는 두세 시진 거리에서 쫓다가 그가 혈랑대의 대장을 죽였다는 소식을 듣고서는 하루 거리를 두고 쫓았다.

"이대로 가면 계수인가?"

계수는 그가 잘 아는 곳이었다. 뒷골목이 많이 성행해 있었고, 그 덕분에 동의맹의 눈을 피해 하오문의 간섭이 깊은 곳이기도 했다.

뒷골목 출신인 초랑은 몇 번이나 계수에 다녀간 적이 있었다.

"흠… 안으로 들어가 좀 더 자세히 살펴보는 것이 좋지 않을까?"

계수라면 그의 시선에 띄지 않고 숨을 곳이 많았다. 오히려 그를 제거할 방법도 만들어낼 수 있었다. 계수에는 초랑이 은밀하게 빼둔 독이나 암기가 제법 있었다.

그는 은밀하고 조용하게 움직이던 모습을 버리고 어깨와 허리를 쭉 펴고 당당하게 발걸음을 옮겼다.

'나는 계수 뒷골목의 건달패다. 나는 계수 뒷골목의 건달패다. 나는 계수 뒷골목의……'

끊임없이 자기 암시를 걸며 그는 계수 안으로 들어섰다. 워낙 사람들이 활발히 지나다니는 곳이라 그를 막는 사람은 없었다. 마을 안으로 들어선 그는 진산의 뒤를 쫓기보다는 뒷골목으로 발걸음을 옮겼다.

진산의 눈에 띄었다가 죽어간 하오문도가 제법 많다는 것을 상기한 것이다. 그는 최대한 진산을 신경 쓰지 않고 계수에 있는 하오문 비밀 분타로 향했다.

'나는 그놈들처럼 멍청하지 않아. 나는 사냥꾼이다. 사냥을 시작하면 절대 실수하지도, 실패하지도 않는다.'

뒷골목에는 건달들도 있고 거지도 있다. 대부분 하류층의 인간들이 뒷골목으로 빠져든다. 과거 초랑이 그랬고, 하오문이 그랬다. 그런 인간들이 있었기 때문에 이 뒷골목은 초라하고 더러운 곳이었다.

하지만 초랑은 오히려 이곳이 정겨웠다. 자신이 태어나고 자란 곳이었기 때문이다.

"형님, 오랜만이십니다."

누군가 초랑을 반겼다. 예전에 봐주었던 건달패의 두목이었다. 초랑은 씨익 웃으면서 그의 환대를 받았다. 평소 같았으면 간단히 손짓하고 끝냈을 사람이었지만, 어딘가 있을 진산을 의식했다.

고수의 시야는 매우 넓었다. 아니, 시야보다는 감각이라고 하는 것이 더 어울릴 것이다. 그들은 자신의 영역에 누군가 들어왔다는 사실을 보지 않고도 느낄 수 있었다. 초랑은 아직 그 정도 수준은 아니지만, 살짝 그 경지를 맛본 적이 있었다.

하오문도가 몇 번이나 봉변을 당한 이유는 그 고수의 감각 때문이었다. 그래서 초랑은 잘 기억도 나지 않는 동생의 환대를 반겼다.

"그래, 요즘 사정은 어떤가?"

초랑은 말을 하면서도 계속 신경을 썼다.

어디선가 진산이 보고 있다는 것을 생각하면 식은땀이 흘렀다. 묘한 압박감 때문에 머리가 지끈지끈거렸다.

"뭐, 언제나 똑같죠."

건달 녀석이 하는 말이 하나도 귀에 들려오지 않았다. 스스로 만든 진산이라는 압박감에 너무 굳어 있었다. 아마 이때 진산이라도 본다면 그는 비도 하나 날리지 못하고 당할 것이다.

초랑은 건달의 뒤를 따라 그들 건달패들이 머무는 곳으로 갔다.

건달은 자신의 거점이 남에게 드러나지 않게 하기 위해 이리저리 골목을 헤집고 다녔다. 초랑의 눈에 피골이 상접한 거지나 이른 시간부터 영업을 시작한 건달들이 보였다.

"들어가시죠."

"그러지."

안에 들어선 그는 쓰러지듯이 의자에 누웠다. 밖이라면 몰라도 여기까지 진산의 시선이 닿을 리 없다고 생각했다. 그는 긴장이 풀려서인지 탁자 위에 다리를 툭 하고 엎어둔 채 의자에 몸을 파묻었다.

주위 건달패들의 눈은 조금도 신경 쓰지 않았다. 어차피 그들은 주먹질 좀 하는 것 외에는 할 줄 아는 것이 없는 쓰레기들이다.

"야, 이런 놈을 찾아 감시해라. 최대한 멀리서 지켜보고 반시진마다 아이들을 바꿔라."

"예, 형님."

건달패 두목에게 초랑은 하오문에서 나온 진산의 초상화를 건네주었다. 자신이 직접 나서는 것보다는 이곳 토박이인 그들이 움직이는 것이 훨씬 효과적일 거라 생각했다.

초랑은 건달패 두목의 방으로 몸을 옮겼다. 오랜 추적으로 지친 몸을 쉬게 하고 싶었다.

방 안에 들어선 그는 다른 것은 눈에 들어오지 않았고 오직 침상만이 눈에 띄었다. 제법 고급 목재로 만들어진 탁자나, 글자도 모르면서 걸어놓은 족자 등을 그대로 무시하고 침상 위에 몸을 던졌다.

"동생아, 형님은 조금 자련다. 그 자식 쫓아다니느라 며칠을 자지도 못했다. 그 녀석을 잘 지켜보고 있어라. 그리고 내가 일어날 때까지 깨우지 말고."

"예, 알겠습니다. 형님."

두목은 고개를 숙이며 인사하고는 방을 나갔다. 밖에서 그놈의 목소리가 쩌렁쩌렁하게 울렸다. 아마 건달패들에게 진산을 감시하라 명한 것일 게다.

조금쯤은 눈을 붙일 수 있을 것 같았다.

*　　　*　　　*

야율령은 진산을 따라 계수에 들어섰다. 그는 초랑과 달리 은신술에 자신이 있는지라 그와는 그리 멀지 않은 곳에서 움직였다. 어둠 속에 몸을 묻은 그는 뒷골목으로 향하는 그를 주시했다.

'몸을 숨기는 것인가?

뒷골목에서는 외인이 나타는 것을 금방 알아차릴 수 있었다. 텃세가 심한 것도 그렇고, 거지들의 동냥질도 한층 더 심해지기 때문이다. 무엇보다 구질구질한 하류층의 인간들과 외인과의 구분은 선명하게 나타났다.

야율령은 진산의 뒤를 따라가려던 발걸음을 멈추고 계수에서 가장 큰 건물 위에 올라섰다.

‘거지와 뭐 하려는 거야?

하나둘 옷을 벗은 진산은 인피면구와 소지품 몇 개를 제외하고는 거지에게 모두 주었다.

그는 다시 거지의 옷으로 갈아입었다. 머리와 얼굴에 진흙을 바르고 땅을 몇 번 구르자 그는 거지가 되었다. 진산은 번쩍이는 무언가를 거지에게 건네고 다시 발걸음을 옮겼다.

진산은 이를 몇 번이나 되풀이했다. 다른 거지의 옷으로 갈아입고 진흙을 발라 모습을 바꾸었다. 또 가끔은 건달패들을 쥐어 패 그들의 옷을 빼앗아 입고 다시 거지로 분장하기를 되풀이했다.

야율령은 건물 위에서 최대한 엄폐물 뒤에 몸을 숨기며 진산의 뒤를 쫓아갔다.

그러나 진산의 뒤를 쫓는 자는 야율령뿐만이 아니었다. 그가 지붕 위에서 진산을 관찰하고 있다면, 초랑은 건달패들을 부렸고 시훈과 진수는 낭인 무사로 가장해 그의 뒤를 밟고 있었다.

그들 모두가 진산을 주시하고 있는 상황이었다.

진산이 작은 개울가로 가다가 갑자기 건물 사이의 좁은 골목으로 몸을 집어넣었다. 위에서 보던 야율령도 뒤를 쫓던 시훈과 진수에게도, 주위에서 얼쩡거렸던 건달패들도 아주 잠시 그를 놓쳤다.

‘젠장!’

그들 모두가 빠른 속도로 그가 돌아선 골목으로 움직여 갔다. 그중 야율령의 신형은 단연 최고였다. 건물과 건물 사이를 날아다니던 그는 어느새 진산이 사라진 골목의 건물 위에 올라서 있었다. 그 뒤를 따라 시훈과 진수가 골목으로 들어섰고, 골목 반대편에서는 건달패들이 모습을 드러냈다.

'없어!'

가장 먼저 온 야율령의 생각이었다. 골목 사이로 들어서던 그의 모습은 이미 사라져 있었다.

"어디로 사라진 거지?"

"썩을!"

진산이 들어갔던 쪽에서 나타난 시훈과 진수였다. 그들은 진산의 뒤를 졸졸 쫓아다녔는데 어느 순간 그 뒤를 놓치고 만 것이다.

"씨방, 어디로 간 거야!"

"형님, 그것이 저쪽에서 들어가는 척하면서 그냥 빠져나간 것이 아닐까요?"

"등신아! 저놈들이 안 보이냐? 저놈들도 그놈을 쫓은 거 같은데 이곳을 바라보잖아!"

주변에서 진산을 주시하고 있었던 건달패들이었다. 그들은 제법 멀리 떨어진 곳에서 진산을 슬쩍슬쩍 보다가 진산이 골목으로 들어가는 것을 보고 재빨리 반대쪽으로 넘어간 것이다.

　줍은 골목이라 그 거리는 그리 길지 않았다. 하지만 그들이
도착했을 때 이미 진산은 없었다.
　진산이 사라진 것이다.

第十章

사마휘진(司馬暉珍)

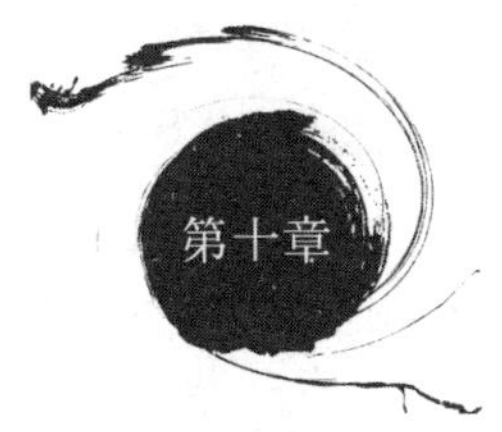


강호에는 기연이라는 것이 있다. 노고수가 우화등선을 앞두고 자신의 심득을 두었다든지, 아니면 심한 상처를 입은 고수가 한이 맺혀 자신의 모든 것을 남기고 죽었다는 등의 일이다.

그것 말고도 과거 동서무림이 나눠지기 전인 정사대전이나 최근의 동서무림 전쟁으로 인해 유실된 문파의 무공 또한 있었다. 그러한 기연은 대체로 거의 모든 문파에 있게 마련이다.

그것은 하류인생을 사는 이들로 이루어진 하오문이라고 해서 다르지 않았다.

하오문의 총단.

대문에는 용사비등한 필체로 '대하오문' 이라 쓰인 현판이
장식하고 있었다.

그 안으로는 들어서면 좌우에 하나씩 문이 있는데 좌측의
문으로 들어서면 정보를 담당하는 백호전(白虎廛)이 있었고,
우측의 문으로 들어서면 하오문의 무사들이 수련하고 숙식하
는 청룡전(靑龍廛)이 있었다.

다시 그 두 곳을 지나면 각각 철문이 있는데, 이는 문주 및
장로들이 기거하는 주신전(主神廛)이었다.

중배는 매일같이 청룡전을 나와 백호전의 정보관에서 수
없이 많은 서책들과 씨름을 하고 있었다. 수십 일을 그렇게
보냈지만 그가 원하는 정보는 단 한 줄도 볼 수 없었다.

"빌어먹을!"

그는 참지 못하고 정보가 담긴 서책을 벽에다 던져 버렸다.
몇백 년 전부터 근래까지의 정보를 모두 훑어보았지만 딱히
영양가있는 정보는 없었다. 대부분의 기연은 이미 사라져 있
었고, 기연이 있을 법한 곳에 대한 정보는 상세하게 기록되어
있지 않았다.

그래도 그가 본 기연 중 제법 가능성이 보이는 것이 하오문
의 초대 문주가 남긴 비급인데, 몇백 년 전부터 지금까지 발
견되지 않은 것이었다.

"이럴 것이 아니라 무공을 다시 익힐까?"

하지만 그것은 불가능했다. 이미 자신보다 월등히 강한 고수를 능가하기 위해 얼마나 많은 시간을 투자해야 할지 상상이 가질 않았다. 또 자신이 강해지는 만큼 그 또한 강해지는 것이니 가능성이 기연을 찾는 것보다 없어 보였다.

중배는 한숨을 푹 내쉬었다. 죽어간 수하들의 모습이 눈에 아른거렸다. 잘린 오른팔이 쿡쿡 쑤셔왔다.

진산 일행에 대한 복수심만 없었더라면 당장이라도 미쳐버릴 것만 같았다.

"으아아아아!"

텅 빈 정보관에서 그는 미친 듯이 고함을 내질렀다.

정보라는 것이 언제나 새로운 것만이 가치가 있었기 때문에 이곳으로 빠지는 인원은 없었다. 가끔 시효가 지난 정보를 정리해 놓는 시동 외에 정보관에는 거의 사람이 없었다.

꽝!

중배의 주먹이 강하게 벽을 때렸다.

동시에 희뿌연 먼지가 주위로 퍼져 나갔다. 그 속은 나무로 정교하게 만들었을지는 몰라도 안쪽 벽은 진흙으로 몇 번 바른 벽이었다. 중배 정도 되는 고수가 때렸으니 벽이 무너졌을 것이라 생각했다.

"하?"

하지만 먼지가 가라앉고 드러난 것은 그의 주먹 자국이 선명하게 남은 철벽이었다.

중배는 무언가 있다고 생각하고 벽에 발린 진흙을 내공을 실어 털어냈다. 두텁게 바른 진흙이 그의 손이 지날 때마다 먼지를 잔뜩 토해내며 그 본연의 모습을 드러냈다.

"서, 설마……."

그는 몇 개의 책장을 밀어내고 진흙을 털어내기를 반복했다. 몇 번을 그렇게 하자 거대한 금고가 그의 눈에 들어왔다. 무엇이 들어 있는지는 몰라도 벽 속에 통째로 묻어둔 것이다.

중배는 재빨리 금고 앞으로 다가갔다. 금고 문에는 거북이 등껍질만 한 손잡이가 보였다. 그는 하오문 밑바닥 출신답게 일각도 지나지 않아 쉽게 문을 열었다.

쿠우우웅!

금고가 열리자 그 안에서 묵은 먼지들이 정보관 안을 가득 메웠다.

중배는 크게 손을 휘둘러 소용돌이를 만들었다. 먼지가 중배가 만든 소용돌이에 빨려 들어가더니 그의 손을 따라 문밖으로 날아갔다.

그의 눈에 하나의 서책이 들어왔다. 제법 두툼한 것이 성인 남자의 손 한 뼘 정도 되는 두께였다.

"크ㅎㅎㅎㅎ!"

중배는 의미심장한 미소를 지었다. 금고 안에는 자신이 그토록 원하던 것이 있었다. 중배는 조심스럽게 그 안에 있는 내용물을 꺼내 들었다. 손에서 묵직한 비급의 무게가 느껴졌다.

그는 먼지를 털어내 표지를 보았다.


적화보전(敵火寶典).


그의 눈이 빛났다.

그것은 하오문의 초대 문주가 남겼다는 비급이었다. 수백 년간 그 누구도 찾지 못한 것이었다. 하긴 하오문에서 찾을 수 없었던 이유가 있었다. 그 누가 이미 지나간 정보를 보려 하겠는가.

기연을 찾기 위해 정보관에 들어섰던 중배를 위한 기연이었다.

"크큭! 원수를 태운다?"

중배는 표지에 쓰인 제목을 읽고는 더욱 즐거워했다. 지금 자신의 상황과 딱 알맞은 비급인 것이다.

그는 적화보전을 훑어보기 시작했다.

적화보전 내에는 총 일곱 가지의 무공이 있었다. 내공심법, 장법, 지법, 각법, 신법, 권법, 조법들이었다.

내공심법은 오래전 마교에서 잃은 흡성대법(吸星大法)이었다. 다른 사람의 내공을 흡수하여 자신의 것으로 만드는 마공 중의 마공이었다.

다른 여섯 개의 무공도 마교나 사파의 것으로 상승의 무공이 아닌 것이 없었다.

중배의 눈이 복수심과 더불어 탐욕으로 물들기 시작했다. 세상에는 알려져 있지 않았지만, 초대 하오문주는 천하제일의 도둑이라고 했다. 뛰어난 경신술과 은신술로 세상을 홀린 자였다.

그는 그동안 자신이 훔쳐 온 재산을 가지고 소외받는 자들을 중심으로 하오문을 세운 것이었다.

그는 보물 외에도 몇 가지 비급을 훔쳤다고 하는데, 그에 대해 자세히 알려진 바는 없었다. 중배는 아마 지금 자신이 들고 있는 적화보전이 아닌가 싶었다.

"그들에게 반드시 피의 대가를 치르게 할 것이다."

중배가 정보관을 나서며 으르렁거렸다. 그가 죽어간 수하들의 복수를 위해 움직이기 시작했다.

하오문에 비상이 걸렸다.

＊　　　＊　　　＊

하남 정주에서 남서쪽으로 가면 숭산(嵩山)이 있다. 숭산이라 함은 무림의 종주이자 무림의 태산북두(泰山北斗)라 하는 소림사(少林寺)가 있는 곳이다.

그들은 현재 스스로 굳게 문을 걸어 잠그고 있었다. 과거 무림에서 치욕적인 일에 소림사가 개입되었던 적이 있었기에 스스로 부끄러움을 느껴 봉문(封門)을 한 것이다.

현재 동무림에서 활동하는 이들은 과거 소림사의 속가제
자였던 자들이 모여 만든 달마하원(達摩下院)의 제자들이었
다.

달마하원은 소림사가 위치한 숭산 아래의 등봉(登封)이라
는 마을에 위치하고 있었다.

부단장과 소지 일행은 비교적 동의맹과 가까우면서 동시
에 정보가 수월하게 들어올 수 있는 곳을 찾다 보니 등봉에
이르게 되었다.

"달마하원은 어떤 곳인가요?"

화랑이 정보가 밝은 소지에게 물었다. 사실 부단장이나 그
는 소림사의 명성은 귀가 닳도록 들었으나 달마하원에 대해
서는 아는 바가 없었다.

부단장도 궁금한 눈치인 듯 은근슬쩍 귀를 기울였다.

"달마하원은 지금 소림사와 다름없지. 그들은 소림의 무공
인 대승반야선공(大乘般若禪功), 불광대승신공(佛光大乘神功),
반선수(反禪手), 대력금강장력(大力金剛掌力), 반야장(般若掌),
대금강권(大金剛拳), 법화지(法華指), 금강지(金剛指), 일위도
강(一葦渡江), 금강부동신법(金剛不動身法) 등 뛰어난 절기들
을 익히고 있기로 유명해."

속가제자의 무공이라고 하나 그 안에 초상승의 절기라 하
는 것들이 대부분이었다. 속가제자들이 보인 달마하원이 이
럴진대 소림사는 어느 정도의 힘을 비축하고 있는지 상상이

되지 않았다.

은서각이 상대적으로 강대한 힘을 가지고 있음에도 동의맹을 넘보지 않는 이유 중 하나가 바로 달마하원 뒤에 있는 소림사 때문이기도 했다.

"소림사가 봉문을 했지만 그들은 달마하원을 앞세워 전과 다름없는 성세를 이룩하고 있지."

소지가 씁쓸한 표정을 지으며 숭산을 바라보았다. 어떤 곳에서든 고인 물은 썩게 마련이다. 소림사라고 해서 그것은 다르지 않다. 그 때문에 달마하원을 통해 동무림을 조종하려는 모습을 보이는 것이리라.

소림이라 함은 정사마를 막론하고 존경을 담는 곳이다. 그들은 오로지 중생을 구제하기 위한 승려들이지 강한 힘을 드러내 상대를 굴복시키는 무인들이 아니다. 그러나 그러한 모습은 이미 과거의 것이 되고 말았다.

도인들이 모인 무당파라고 해서 다를 것인가!

그것은 다른 도가의 문파인 화산파도, 또 비구니들의 문파인 아미파 역시 크게 다르지 않았다.

"그럼 봉문은 왜 풀지 않는 것이죠? 달마하원을 내세우는 것보다 소림사의 이름을 파는 것이 훨씬 더 일을 처리하기 쉬울 텐데요?"

화랑이 의문이 풀리지 않는 듯 다시 물었다. 분명 그의 말대로 사대문파의 일원이 아닌 달마하원을 앞세우는 것보다 소림사가 나서는 것이 훨씬 일을 쉽게 진행시킬 수 있었다.

그 어떤 문파라 해도 소림사라 하면 한발 물러서 주기 때문이다. 소림사가 가지는 이름은 그만큼 컸다.

"그것이 과거의 오욕 때문이라 하는데…… 잘 모르겠더군. 사실 그렇게 따지면 무림이 이렇게 동서로 나뉜 것도 이상하다고 볼 수 있어. 보통 사상과 무공의 성질에 따라 정과 사로 나뉘는 법인데, 어느 날부터 동서무림으로 나뉘어졌지."

소지로서도 거기에 대해서는 알지 못한다. 일의 주체자인 팔대문파와 오대세가, 마교 등이 입을 굳게 다물고 있었기 때문이다.

동서가 나뉜 지도 제법 시간이 지났으니 이제 그들 세력 중에서도 그 이유를 아는 이가 많지 않을 것이다.

"자세한 것은 모르지만 무언가 원한으로 싹 틔웠다고 생각해. 팔대문파나 오대세가, 그리고 마교와 같은 거대한 세력들이 겨우 지역 싸움 따위를 할 놈들이 아니니까."

그 이유는 알지 못했다. 하지만 지역전쟁으로 인해 무림인들이 피를 흘리는 일이 많아졌다. 하오문인가 개방인가의 통계에 의하면 과거에 비해 무림의 규모가 삼분지 일가량 줄었다고 한다. 무공 또한 많은 부분이 유실되었고, 무너진 문파는 그 수를 헤아릴 수 없다.

누군가 중원에서 무림이란 것을 말살시키려 한다면 적절한 방법이 아니었는가 생각된다.

"하지만 동서무림을 다시 통일하기 위해 노력한 사람도 있었지."

소지는 오래된 기억 속의 한 사람을 떠올렸다. 그때 자신의 나이가 겨우 열 살쯤 되었던 것으로 생각된다.

동의맹은 전과 다른 성세를 이루고 있었다. 언제나 전력 면에서 은서각에 뒤지던 동의맹이 그가 맹주가 된 뒤로 은서각보다 조금 우위를 차지할 정도로 강해져 있었다.

동의맹주(東義盟主) 사마휘진(司馬暉珍).

일검일도(一劍一刀)로 중원을 휩쓴 고수이자 대단한 수완가로, 지금의 동의맹을 완성시킨 자이기도 했다.

동의맹을 강대하게 성장시킴과 동시에 그는 서무림과의 통일을 시도했다. 수차례 은서각과 교류를 시도했으며, 제법 그에 대한 성과를 얻어내고 있었다.

그러나 그 무렵 반란이 일어났다.

그들 대부분이 동의맹에서 기득권을 취하고 있는 무리들이었고 은서각과 규합으로 자신의 자리를 잃을까 두려워했던 이들이었다.

그들은 스스로 의룡단(義龍團)이라 하며 사마 맹주를 은서각의 악도들과 결탁한 배신자라 울부짖으며 탄압하기 시작했다. 다른 사대문파와 오대세가의 힘을 업은 의룡단은 굉장한 기세로 움직였다.

의룡단은 사마 맹주를 몰아내는 것은 물론 그와 그의 가족을 잔인하게 고문하고 죽였다. 그 뒤 사마 맹주의 머리는 동의맹의 대문 위에 걸어 까마귀의 먹이로 주었다.

"뛰어난 사람이었는데……."

비록 그는 살수로 사마외도 쪽의 사람이었지만, 그에 대한 존경심을 마음 깊이 가지고 있었다. 젊었을 때는 의룡단에 대해 알아내기 위해 분주히 움직여 보기도 했지만, 성과는 없었다.

의룡단의 주모자는 쉬이 드러나지 않았다. 막연하게 현재 동의맹을 움직이는 장로들이 아닌가 짐작만 해볼 뿐이었다.

"만약 동서무림이 하나가 되면 어느 정도의 힘을 가지게 되는 거죠?"

"지금껏 그 어떤 새외의 존재도 감히 중원을 침범하지 못했던 것을 보면 매우 강하다고 짐작할 뿐이다."

화랑의 물음에 소지가 자부심을 가지고 대답했다. 지금 비록 무림공적이 되었다고는 하지만 그는 여전히 중원에 대한 자부심을 잃지 않고 있었다.

'후후, 중원이 지금까지 새외의 맛을 제대로 못 본 거야. 해남도가 지금까지 모습을 드러내지 않았기 때문에 그런 것이야. 주공을 위시한 대락조가 직접 나서 중원을 공략하기로 마음먹으면 중원쯤이야…….'

부단장은 소지의 말을 들으면서 속으로 차갑게 웃었다. 지금의 해남도는 역대 최강이라 불릴 만큼 강했다. 비록 중원에 비한다며 그 땅덩어리는 매우 작았지만, 그 안에 담긴 힘은 중원이라는 대륙을 압축시킨 것과 같았다.

진산에게는 남들과 다른 매력이 있었다. 언제나 자신을 패던 그였지만, 진심으로 한 사람의 무사로서 따르고 싶게 만들었다.

쓰레기 같은 놈들이 모인 해남도다. 해남도 토박이는 대부분이 해적 출신이고, 외부에서 온 놈은 더 심한 일을 저질러 쫓겨온 놈이 대부분이었다. 또 다른 이들은 그러한 자들의 후손이었다.

성격이 어떻다고 말할 것도 없이 모두 개자식이었다.

진산은 그러한 그들에게서 마음속 깊이 숨겨진 무사의 혼을 끄집어냈다. 무인으로서의 자부심과 긍지를 가르쳐 준 것이다.

'그런 사람을 따르는 놈들이 모두 고수야. 이곳에서는 나보다 강한 놈들이 스물이 채 넘지 않지만, 해남도에는 서른이 넘어.'

부단장은 해남파에 대한 자긍심이 매우 강했다. 그는 영락없는 해남도의 사람이었다.

아니, 세상에서 쫓겨나 해남파에 들어온 이들이라 해도 그 마음은 다르지 않을 것이다. 지금 해남파는 진정으로 하나가 되었으니 말이다.

＊　　　＊　　　＊

“야! 이 씨발새끼야! 그를 놓쳤으면 놓쳤다고 당장 보고해 야지 자게 냅둬!”

“아니, 곤히 주무시고 있으신 것 같아서……..”

초랑은 진산이 사라진 것을 알고 대경실색했다. 그는 이곳 계수에서는 왕일지는 몰라도 하오문에서까지 왕이 될 순 없 었다. 게다가 자신의 정보를 기다리는 이들은 흉포하다고 소 문난 녹림의 광견조였다.

오금이 저려왔다.

이번에는 그의 사부인 오장로도 개입되어 있었다. 사부는 총표파자 장군성 앞에서 진산을 지옥 끝까지 쫓는다고 했다. 그런데 지금 자신은 그 사부의 이름에 똥칠한 꼴이 된 것이 다.

“하아~ 그래, 포위망은 잘 구축했겠지?”

“예……..”

초랑의 물음에 건달패 두목이 힘없이 대답했다. 그들은 어 설프게나마 무림인들의 천라지망을 따라 계수 주위에 망을 쳤다. 수상한 이가 밖으로 나가는 것을 목격하면 누구라도 연 막을 터뜨리라 명했다.

건달패의 말에 초랑은 대충 고개를 끄덕이고는 재빨리 전서를 써 내려갔다. 진산이 계수를 도망가기 전에 광견조가 나서야 했다. 그 홀로 혈랑대 대장을 죽인 자를 상대할 자신은 없었다.

'그리 멀지 않은 곳에 있는 이들이니까 곧 오겠지.'

근처에 몸을 숨기고 있는 광견조를 향해 전서구를 보낸 그는 재빨리 신형을 움직였다. 그들이 어설프게 짰을 천라지망을 더욱 견고하게 해야 했다. 그는 더 이상 건달패 놈들을 믿지 않았다.

그는 신법까지 펼치며 지금쯤 건달들을 운용하고 있을 다른 건달패의 두목을 향해 달려갔다.


초랑이 그렇게 안절부절못하고 있는 동안 진산은 천라지망을 펼치고 있었다. 어설프게 펼치고 있는 이들에게는 과장된 무용담까지 이야기하며 자신이 빠질 자리를 만들고 있었다.

지금 그는 건달로 변장하고 있는 것이었다.

먼저 그의 얼굴부터 달랐다.

그는 이번 일을 하는 데 형의 얼굴이었을 인피면구를 썼다. 몇 번이나 거지로 분장을 했던 이유는 진흙을 바르며 인피면구를 쓰기 위함이었다. 인피면구라는 것이 가면처럼 쉽게 썼다가 벗을 수 있는 것이 아니었기 때문에 그와 같은 작업을 수차례 해야만 했다.

그 다음에 한 일은 건달패를 어르고 달래 계수의 뒷골목 정보를 알아내고 그들의 옷가지를 빼앗는 것이었다.

진산은 먼저 하의 하나, 상의 하나를 빼돌렸다. 그 뒤로 여러 차례에 걸쳐 신발이라든지 속의라든지를 갈아입었다. 그렇게 빼앗은 옷가지가 완벽하게 하나의 옷이 되었을 때 이미 그는 추적자들의 사각 안으로 들어섰다. 옷을 갈아입는 데는 시간이 오래 걸리지 않았다. 몸에 묻은 흙먼지를 터는 것도 내공을 뿜어내니 말끔히 해결되었다.

그 뒤 마치 자신을 찾으러 왔다는 식으로 모습을 드러내면 되었다. 그 때문에 지붕 위의 야율령도 속았고, 뒤따라온 시훈과 진수도 속았다.

문제는 건달들이었다.

계수에는 건달패가 두 개나 있었다. 모두 초랑에게 굴복한 놈들이지만 하나로 합쳐질 수 없었다.

하지만 이번에 진산을 감시할 때는 어쩔 수 없이 하나가 되어야만 했다. 그들은 진산을 찾으면서도 서로를 무시했지만, 초랑 때문에 어쩔 수 없이 함께했다.

진산은 교묘하게 이들 사이로 끼어들었다.

건달패의 두목도 초랑의 연락조 조장과 실행조 조장으로 나뉘어 움직였기 때문에 그가 들킬 위험은 없었다.

'이제 이 천라지망을 풀 때 슬며시 몸을 빼면 되겠군.'

이로써 귀찮은 꼬리를 자를 수 있을 것이다.

그는 천라지망을 펼치면서 건달들과 어울렸다. 홀로 떨어져 있는 것보다 그들과 계속 대화를 나누는 편이 더 눈에 띄지 않는 법이다.

"과, 광견조가 온다!"

연락조의 누군가가 천라지망을 펼치고 있는 실행조에게 소식을 전했다.

인피면구 속 진산의 입가에는 짙은 미소가 그려졌다.

기회가 온 것이다.


"이보게. 광견조가 뭔가?"

사내가 바지가 컸는지 자꾸 내려가는 것을 다시 끌어올리며 물었다. 사내는 사십대를 조금 넘은 이로 건달패의 일원으로 보기에는 너무 나이가 많아 보였다.

하지만 건달 중 자신의 지분도 가지지 못하고 늙어가는 이들이 제법 있으니 건달들은 사내를 크게 신경 쓰지 않았다.

"자네, 그것도 모른단 말인가?"

이십을 조금 넘겨 보이는 자가 사내에게 대뜸 하대를 하며 물었다. 그는 늙어가는 그를 얕잡아 보는 것이었다. 사내는 그런 청년의 태도에 조금의 반감도 보이지 않았다.

대신 그는 청년의 뒷말에 귀를 기울였다. 청년은 사내가 아무런 대꾸도 하지 않자, 벨도 없는 놈이라고 속으로 작게 욕하고는 말을 잇기 시작했다.

말문을 여는 그는 흥분된 마음을 감추지 못하고 있었다. 다른 건달 놈들도 관심이 갔는지 은근슬쩍 귀를 기울이는 것을 보았기 때문이다.

"광견조에 대해 이야기를 하려면 먼저 녹림칠십이채에 대해 말해야 하지. 누구 녹림칠십이채에 대해 아는 사람 있나?"

"……."

아는 사람이 있을 리 만무했다. 건달들은 대체로 마을 안에서 자라 자기 터 안에서만 살기 때문이다. 그런 그들이 녹림에 대해 아는 바가 있을 리 없다. 그저 간간이 계수를 다니는 상인들의 입에서 녹림칠십이채에 대한 것을 귀동냥했을 뿐이다.

청년은 조금 다른 듯했다. 먼저 청년의 얼굴은 남들보다 까맸다. 햇볕에 잘 그을린 그의 모습은 건달이라기보다는 삼류무관의 무림인에 가까웠다. 떡 벌어진 어깨나 다듬어진 근육은 그가 무림인이었다는 것을 더욱 강조해 주는 것 같았다.

사실 청년은 정말 삼류무관에서 무공을 익힌 바 있었다. 비록 돈이 없어서 일 년도 채 배우지 못했지만, 그동안 혹독한 훈련으로 청년은 건달들 중에서는 제법 강한 축에 속했다.

그는 한때나마 무림인이었던 적이 있었던 만큼 무림 정세에 대해 조금 아는 바 있었다. 그것은 녹림이라고 예외가 아니었다.

"녹림도들이 산적들이라는 것은 다 알 것이라 믿는다. 그럼 바로 녹림에 대해 설명하겠다."

청년은 녹림칠십이채에 대해 소개했다. 칠십이채에 대해 모두 소개한 것이 아니라 근처에 있는 백룡채나 옥랑채 등을 예로 들 뿐이었다. 그리고 현재 녹림이 몸을 담고 있는 은서각에 대해서도 언급했다.

건달들은 은서각에 대한 이야기가 나오자 몸부터 떨었다. 동의맹의 조작된 정보가 그들에게까지 내려온 것이다. 잘못된 정보에 세뇌된 그들은 은서각의 무인들은 수시로 생간을 먹으며 생체 실험을 위해 사람을 해부하는 괴물이라 알고 있었다.

물론 그러한 것을 믿는 사람은 드물었다. 글 좀 읽었다는 서생들이나 세상 물정 아는 상인들은 그들이 뿌린 허위 정보를 믿지 않았다.

하지만 뭣도 모르는 농부의 자식이나 무식한 건달들은 달랐다.

"정말 그들은 생사람을 잡기도 하오?"

궁금증을 참지 못한 건달 하나가 청년을 향해 물었다. 그의 질문에 건달들 모두가 침을 꼴깍 삼키며 답변을 기다렸다.

청년은 건달의 물음에 고개를 크게 끄덕이며 긍정했다. 당연히 그가 확인한 바는 없었지만 말이다.

"그래. 그들은 야만하고 저급하지. 하지만 무공 하나만은

무척이나 강하니 모두 몸을 사려야 할 것이야. 그리고 광견조
에 대해서 말인데……."

청년은 드디어 이곳에 오는 광견조에 대한 설명을 하기 시
작했다.

광견조와 혈랑대.

녹림의 대표적인 무력 부대이자 거칠 것이 없는 이들이다.
사파 특유의 잔인함과 그 스스로를 돌보지 않는 광기 어린 모
습으로 정사 모두에게 인정받고 있는 부대였다.

처음 질문을 했던 중년의 사내는 청년의 말을 하나둘 들어
가면서 그들이 어떤 존재인지 알 수 있었다.

'결국 도적 놈들의 실행 부대라는 거군.'

한마디로 말하자면 무력 담당이라 할 수 있었다. 다른 놈들
이 열심히 수거하는 동안 그들은 몇 놈 얼러주는 일을 하는
듯했다.

혈랑대와 광견조에 대한 소문에 건달들은 놀라고 있었다.
청년이 슬그머니 혈랑대와 광견조에 대한 있지도 않은 무용
담을 꾸며 그들에게 들려주었다.

'쿵! 겨우 도적 놈들이 허풍은…….'

사내는 속으로 가볍게 코웃음을 치며 무시했다. 그는 그들
에 대한 소문을 믿지 않았다. 죽음을 두려워하지 않는다는 둥
스스로를 돌보지 않는다는 둥의 말은 모두 거짓일 게 분명하
다고 믿기 때문이었다.

그 뒤 청년은 계속해서 혈랑대와 광견조의 무용담을 늘어놓았다. 사내는 더 이상 들을 가치를 못 느끼고 자리에서 일어났다.

어느 정도 건달패들과 거리를 벌린 사내는 얼굴 가죽을 죽당겼다.

쩌억! 하는 소리와 함께 수려한 외모가 그 모습을 드러냈다.

바로 진산이었다.

그는 간단히 세안을 하고 수건으로 물기를 말끔히 닦은 후 다시금 아교를 꺼내 들었다. 어설프게 붙은 인피면구를 더욱 단단하게 붙일 생각이었다. 허투루 붙인 얼굴로는 자칫 광견조원들에게 들킬지도 모르기 때문이었다.

'젠장, 형의 얼굴을 뒤집어쓰는 아우라니…….'

자신이 생각해도 정말 개자식 같은 놈이었지만, 상황이 상황인지라 인자했던 형은 인정해 줄 것 같았다.

진산은 다른 건달패를 향해 슬며시 발걸음을 옮겼다. 그 누구도 그의 인기척을 느낀 사람은 없었다.

*　　　*　　　*

광견조가 온 것은 초랑의 보고 후 세 시진이나 지난 뒤였다. 또 그들의 수 역시 겨우 열다섯뿐이었고, 조장이 아닌 부조장이 왔을 뿐이었다.

그들은 전력 담당이 아니라 혈랑대를 대신해 철저히 진산의 뒤를 쫓는 이들일 뿐이었다.

초랑은 진산이 사라진 골목 앞에 서 있었다. 그곳에는 건달 패들이 줄지어 서 사람들의 출입을 막고 있었다.

그곳으로 광견조가 다가왔다. 가죽으로 만든 검은 갑주와 허리춤에 걸려 있는 도가 인상적이었다.

"아, 안녕하십니까?"

초랑이 부조장을 보며 고개를 푹 숙였다. 반면 부조장은 초랑을 보고 한 번 고개를 끄덕한 것 외에는 별다른 예를 표하지 않았다.

부조장은 주위를 둘러보다가 입을 열었다.

"여기서 그의 흔적을 놓쳤다고 했소?"

"예, 이 골목으로 들어가자 갑자기 사라졌습니다. 그런데 그는 우리 외에도 다른 이들의 추격에 쫓기는 것 같았습니다."

초랑은 건달의 보고를 떠올리며 말했다.

"그들이 진산일 경우는?"

"인상착의가 전혀 달랐다고 합니다. 또 혼자가 아니라 둘이었기 때문에 진산이 아니라 판단했습니다."

"음……."

부조장이 신음성을 내고 있을 때 그 수하인 열다섯의 광견조원들은 열심히 골목에서 흔적을 찾고 있었다. 냄새를 맡아보기도 하고 흙을 먹어보기도 했다.

그들의 조사 방법은 백 가지가 훨씬 넘었다.

광견조는 녹림이 만들어진 뒤 오랜 시간 동안 추격이라는 임무에 매달렸던 부대다. 그런 그들에게 천하제일살수도 아니고 무림인 하나 쫓는 것은 문제가 아니었다.

그들은 당장이라도 진산의 흔적을 찾을 수 있을 것 같았다.

"흔적을 찾았습니다!"

광견조의 조원 하나가 목청을 높였다.

부조장이 조원에게 가다가 이내 발걸음을 돌려 다시 초랑에게 다가갔다. 초랑이 잔뜩 긴장한 채 부조장을 바라보았다.

"그의 뒤는 이제 우리가 맡겠소. 당신들은 우리에게 물자나 대주시오!"

부조장의 단호한 말에 초랑의 얼굴이 휴지 조각마냥 구겨졌다. 그는 더 이상 성을 참지 못하고 무어라 이야기하기 위해 입을 열었다.

그러나 부조장은 초랑에게 기회를 주지 않았다. 할 얘기를 마친 그는 진산이 남긴 흔적으로 향했다.


'설마 사술의 대가인 것인가?'

진산의 발자국은 선명했다. 그는 자신의 흔적을 지우려 하지도 않았다. 이곳에서 진산을 찾기 위해 어슬렁거렸던 건달

들의 발자국 때문에 조금 지워지기는 했지만, 광견조가 이를
못 찾을 리 없었다.

발자국 하나로 그에 대한 신체 정보까지 수집할 수 있는 능
력을 가진 그들이었다.

그런데 진산의 발자국을 따라 재현해 보면 그는 유유히 골
목을 지나갔을 뿐이었다.

"아니, 강정 대장을 쓰러뜨릴 정도의 실력자다. 그 나이에
그 정도 무공을 익히면서 동시에 사술까지 익힐 수는 없다."

그가 사술을 익혔다고 가정할 수 없는 이유는 강정이 사술
에 걸릴 정도로 어수룩하지 않다는 사실 때문이다. 사파의 무
인들은 언제나 사술에 대한 대비를 철저히 한다. 그들은 이익
을 위해 동료마저 버리는 이들이 수두룩했기 때문이다. 그 때
문에 그들은 정파들보다―지금은 동의맹보다―사술에 대한 대
비책이 더 뛰어났고, 더 확실했다.

강정처럼 매사에 신중한 사람이 걸릴 리 만무했다.

하지만 그러한 사실 때문에 더욱 진산을 추적하기 힘들었
다.

광견조는 여전히 그의 흔적을 쫓았다. 아마 진산은 골목을
벗어난 뒤에도 계수를 돌아다니고 있었던 것으로 보였다.

"부조장님!"

그가 데려온 조원 중 하나가 부조장을 향해 달려왔다. 허겁
지겁 달려오는 모습을 보아 꽤나 중요한 사안인 듯했다.

"뭔가?"

부조장은 품위를 잃지 않고 물었다. 조원은 벅차오르는 숨을 참고는 입을 열었다.

"건달 중 하나가 이 골목을 나온 뒤에 진산을 본 적 있다고 합니다."

"뭐라?!"

부조장이 목청을 높였다.

그는 진산이 어떠한 방법을 썼는지에 대해 고민했다. 흔적을 보아 그는 사라진 이후에도 여전히 계수를 돌아다니고 있었다. 중간에 몇 번 발자국이 보이지 않는 것도 있었지만, 계수 밖으로는 나가지 않았다.

그러던 중 진산의 목격은 광견조에게 마른하늘의 단비와 같았다.

"그래, 그자가 지금 어디 있는가?"

"초랑 놈이 현재 자신이 묵고 있는 건달패들의 거점에 들이려 하는 것을 제가 우리가 묵고 있는 숙소에 들여보냈습니다."

초랑 역시 부조장만큼이나 진산을 추적하는 데 혈안이 돼 있었다. 처음에 그는 광견조와 함께 추적할 것을 부탁했으나 부조장이 노골적으로 그를 거부하자 직접 나서서 진산을 찾기 시작했다.

둘의 문파가 다르니 그러한 갈등은 더욱 커졌다. 마치 서로

경쟁하듯이 그들은 진산을 찾았다.

그로 인해 희생당하는 것은 건달패들이었다. 계수에는 두 개의 건달패가 있다. 흑랑파(黑狼派)와 적호파(赤狐派)였다.

흑랑파는 초랑의 지휘에 따라 계수 안을 쑤시며 진산을 찾았고, 적호파는 부조장의 지시에 따라 계수 밖에서 정교한 천라지망을 만들었다.

"어서 가자."

"예."

부조장은 진산이 사라진 골목에서 자신이 임시로 묵게 된 객잔으로 발걸음을 옮겼다.

그들이 향한 곳은 허름해 보이는 삼류객잔이었다. 그들이라면 충분히 고급 객잔을 독점할 수 있었지만, 지척이 남궁세가인지라 일을 하는 데 최대한 몸을 숨겼다.

부조장이 삼류객잔 안으로 들어섰다. 안에는 조잡한 상업 벽보가 가득하게 붙어 있었고, 그 위로 새겨진 낙서가 벽을 도배하고 있었다.

그 외 어두컴컴한 실내는 사람들이 숙식을 하기에 불쾌한 감정을 들게끔 했다.

그 가운데 사십 초반쯤 되어 보이는 사내가 앉아 있었다. 곳곳에 주름이 잡혀 있는 것이 건달이라고 보기에는 너무 늙었다.

"저자입니다."

"그래, 이후는 내가 맡지."

"예."

부조장의 말에 조원은 재빨리 객잔을 나갔다. 부조장은 먼저 다른 탁자들과 의자들을 모두 구석으로 밀어 넣었다. 그가 내공을 조금 끌어올리자 탁자나 의자들은 박살이 났다.

그는 그것으로 주위를 막아 밖에서 누군가 이를 지켜보지 못하게 만들었다.

화륵!

부조장이 화섭자에 불을 붙였다. 그리고 객잔 내의 등불에 불을 붙이기 시작했다. 어둠으로 까맣게 물든 객잔 내부가 등불을 따라 조금씩 빛을 갖추었다.

대충 주위가 밝아지자 부조장이 중년인 앞에 털썩 주저앉았다.

"좋아, 이 정도면 됐겠군. 이제 자네가 누구인지에 대해 알려줄 수 있을까?"

"예, 어르신."

중년인의 이름은 번참(繁斬)이었다. 본래 이름은 그것이 아니었으나 건달 생활을 하면서 개명했다고 한다. 그러한 일이 건달들에게는 비일비재하니 그다지 신경 쓸 부분은 아니었다.

중년인은 흑랑파 사람이었다. 계수에서 오랫동안 터를 잡아온 흑랑파에 매료되어 들어왔다고 했다. 그는 나이 스물에 흑랑파에 들어서 일평생을 투신한 사람이었다. 하지만 그런 그에게 돌아온 것은 여전히 건달로서의 지위였다.

건달들은 대부분 건달패에서 생활하다가 나이가 들면 도박장과 같은 가게라든지 부하 몇 놈 쥐어주게 마련이다. 그러나 번참은 그러지 못했다.

"나는 이제 젊은것들에게 치여 늙어 죽는 것밖에 남지 않았습니다."

"그래, 진산의 행방에 대해서 아는 대로 다 말하면 네가 터를 잡을 수 있는 자금을 주겠다."

부조장은 그의 앞에 전낭을 던졌다. 그 안에는 은자가 스무 냥이나 있었다. 번참의 눈이 욕망으로 번들거렸다.

'역시 건달이라는 것들은……'

내심 부조장은 탐욕스럽게 변하는 그의 눈빛에 경멸했지만, 그보다 진산의 행방이 더 중요했다. 그는 조금도 내색하지 않고 번참에 말에 귀를 기울였다.


번참은 초랑의 지시를 받은 흑랑파 두목의 말을 따라 진산의 뒤를 따랐다. 그가 무림인이라는 사실에 번참은 최대한 떨어진 곳에서 그를 훔쳐보고 있었다.

진산은 먼저 거지에게 푼돈을 주고 거지와 옷을 바꿔 입었다. 그리고 그는 얼굴이나 머리에 진흙까지 묻혔다.

완벽한 거지가 되어 그는 어기적거리며 발걸음을 옮겼다.

그때까지 번참도 숨을 죽이고 뒤를 따라나섰다. 조금 걷던 그는 건달을 하나 잡아 다시 그와 옷을 바꿔 입었다. 그는 몸에 묻은 진흙을 말끔히 털어내고, 건달의 머리를 땅에 처박아 거지꼴로 만들어주었다.

그렇게 그는 몇 차례 옷을 바꾸어 입었다. 거지에서 거지로 바뀔 때도 있었고 건달에서 건달로 바뀔 때도 있었다.

번참은 끈질기게 그의 뒤를 쫓았다. 몇 번이나 그를 놓칠 뻔했지만, 계수의 지리를 잘 아는 그였기 때문에 어렵사리 그의 뒤를 쫓을 수 있었다.

그러던 중 진산이 갑자기 골목으로 들어갔다.

"그래서, 그는 어떻게 몸을 숨겼나?!"

부조장이 번참의 뒷말을 기다리지 못하고 성급하게 물었다. 번참은 무공 고수인 부조장이 갑자기 목청을 높이자 깜짝 놀라 뒷걸음질쳤다. 부조장의 몸에서 저도 모르게 강한 기운이 흘러나왔기 때문이다.

번참의 그러한 행동에 부조장이 이성을 찾았는지 미안한 표정을 지으며 제자리에 앉았다.

"미안하네. 계속 말해주게나."

"그러니까… 그는 골목으로 들어갔습니다. 저는 그 골목이 어디로 나오는지 알기 때문에 재빨리 반대편으로 달려갔습니다. 그를 놓칠 수는 없었기 때문이죠. 반대편으로 가는 지름길도 알았기 때문에 그보다 먼저 나와서 기다리고 있었습니다."

번참은 마치 그때의 일을 떠올리는 듯 허공을 바라보며 말했다. 부조장은 침착하게 다음 말을 기다렸다. 진산이 어떠한 사술을 썼는지 여기서 밝혀질 것이다.

부조장이 주시하는 가운데 번참은 계속해서 말을 이어갔다.

"그는 한 번 발걸음 옮길 때마다 하나씩 옷을 갈아입었습니다. 그리고 그는 완전히 다른 사람이 되어 나왔습니다. 골목을 나온 자는 얼굴에 날카로운 칼자국이 선명한 건달패였습니다. 하지만 그곳에 들어간 자는 그자뿐이었으니 그가 변장했다는 사실을 알 수 있었습니다."

쾅!

부조장이 탁자를 강하게 두드렸다. 그제야 그는 진산이 어떤 술수를 썼는지 알 수 있었다. 몇 번이나 거지와 건달의 옷을 빼앗아 입은 데는 건달 옷을 숨기기 위함이 틀림없었다.

진산은 건달의 옷을 빼앗고 인피면구까지 쓴 채 골목을 나왔을 게 틀림없었다.

그는 태연하게 건달 사이를 지나 계수를 돌아다녔을 것이다. 그리고 초랑과 광견조의 추적을 보고 비웃었을 것이다.

뿌드득!

부조장의 이가 갈렸다. 마치 진산이 자신을 기만한 것과 같은 기분이 들었다.

"그래서 그놈은 어디로 갔느냐?"

"지, 지금 초랑님의 거처인 흑랑파의 거점입니다."

번참은 위압적인 부조장의 모습에 기가 죽어 부들부들 떨며 말했다. 그의 그러한 태도에도 부조장은 전혀 아랑곳하지 않았다. 이미 알고 싶은 것은 모두 알아냈기 때문에 더 이상 그에게 잘 대해줄 필요가 없었던 것이다.

부조장이 객잔을 나서려다가 문 앞에 멈춰 섰다.

"흑랑파의 거점으로 나를 안내해라."

"아이고! 무사님, 저는 그들에게 있어 배신자입니다. 제발 그것만은 봐주십시오."

번참이 바싹 땅에 엎드리며 말했다. 그의 몸이 바르르 떨리는 것을 보아 거짓이 아닌 것 같았다.

부조장은 생각을 바꾸었다. 안내할 사람은 많았다. 굳이 그를 대동할 필요는 없었다. 그래도 자신에게 귀한 정보를 가져다준 이에게 이러한 처신은 좋지 않다고 생각했다. 평소의 그에게선 그 모습조차 보기 힘든 쥐똥만 한 인정이 나타난 것이다.

"그래, 네 덕분에 그놈의 뒤를 잡을 수 있었으니 그 대가를 지불해야지. 하지만 아직은 아니다. 그가 잡히면 보상을 하겠다. 그동안 계수 밖에서 적호파를 도와 천라지망을 펴고 있어라."

"그, 그들은 적이었던 이들인데……."

번참이 땅에 머리를 박은 채 말했다.

"내가 언질을 해둘 터이니 문제없을 것이다. 어차피 계수 안에 있어봐야 우리는 그놈의 추적에 바빠 너에게 신경 쓰지 못할 것이다. 아마 너는 흑랑파에게 걸려 당할 것이다."

"가, 감사합니다."

부조장의 말에 번참은 다시 한 번 절을 하며 감사를 표했다. 비굴하기 그지없는 모습에 부조장은 혀를 차고는 객잔 밖으로 나갔다.

삼류객잔 안에 홀로 남은 번참이 천천히 자리에서 일어났다. 그의 입가가 귀를 향해 올라가 있었다.


"너희 모두 흑랑파 거점 주위를 감시해라. 얼굴에 검상이 있는 놈이 나오면 몰래 미행해라. 나는 조장과 혈랑대를 부르겠다."

부조장의 말에 진산의 흔적을 쫓던 조원들은 흑랑파의 거점으로 달려갔다. 부조장이 그에게서 무슨 단서를 얻었다는 것을 알 수 있었다.

그들이 모두 간 뒤 부조장은 품속에서 전서구를 꺼내 들었다. 광견조의 나머지 조원들과 혈랑대는 여기서 그리 멀지 않은 산속에 몸을 숨기고 있었다. 부조장은 진산의 뒤를 다시 찾기 위해 온 이들이었다.

혈랑대는 진산을 놓칠 것 같다는 연락이 오자마자 미친 듯이 말을 몰아 얼마 전에 간신히 이곳에 도착했다는 소식을 들었다. 세 개 대 중 일 개 대밖에 오지 못했지만, 진산의 있는 곳이 명확한 지금 그들로도 충분했다.

그를 처리하기 위해서는 광견조 나머지 인원과 혈랑대가 필요했다.

"흐흐흐, 조금만 기다려라. 반드시 네놈을 잡아 갈가리 찢어주마!"

부조장이 음흉한 미소를 지으며 전서구를 날렸다.


번참은, 아니, 진산은 유유히 계수 밖으로 나올 수 있었다. 적호파의 시선이 제법 매서웠지만, 그들 역시 언질을 받았는지 그에게 손을 대는 사람은 없었다.

진산은 천라지망 중 제일망의 얇은 부분에 배치되었다. 광견조의 무서움을 아는 적호파로서는 진산을 놓치지 않게 하기 위해 조금이라도 더 천라지망을 견고히 해야 했기 때문이다.

"어라? 흑랑파 녀석 중에 저렇게 늙은 놈이 있었던가?"

진산이 망의 일부분이 되었을 때쯤 그를 바라보던 적호파의 건달이 중얼거렸다. 흑랑파와 적호판은 계수를 두고 오랜 시간 싸워왔다. 당연히 서로의 패거리들에 대해 아는 바가 많았다.

하지만 듣도 보도 못한 놈이 스스로 흑랑파라 주장하며 나타났으니 의문이 생기지 않을 수 없었다.

'이거 빨리 일을 끝내야겠군.'

진산이 슬며시 웃으며 건달에게 다가갔다. 건달은 적호파에서 제법 알아주는 정보통으로 흑랑파는 물론 계수에서 조금 한다고 하는 건달들의 정보를 가지고 있었다.

그 건달이 흑랑파 외의 건달에 대한 정보를 가진 것은 계수에는 흑랑파와 적호파, 두 파벌밖에는 없지만 어디에도 속하지 않은 건달들이 제법 있기 때문이었다.

부조장은 진산이 그렇게 연 없는 건달로 위장했을 것이라 생각했다.

"어이, 이보게. 자네 나 좀 보게나."

"뭐, 뭐요?"

사십은 먹은 늙은이가 제법 위엄한 기세를 풍기자 건달은 바싹 긴장했다. 건달들 사이에서도 고수가 있고 하수가 있는 법이다. 나이가 조금 많다고 해서 꼭 약하란 법은 없었다.

건달이 바싹 긴장하자 진산은 그의 손에 무언가를 쥐어주었다.

"사실 나는 흑랑파의 건달이 아니라네. 하지만 적호파에 높은 대우를 받으며 들어가기 위해서는 흑랑파라 할 수밖에 없었네."

작게 속삭이는 그의 말에 건달은 안색을 굳혔다. 광견조와 같은 무시무시한 무림인들을 속였다가 들키면 중년인뿐 아니라 적호파도 홀라당 망할 것을 알고 있었기 때문이다.

하지만 그의 손에 쥐어진 것은 구리 동전이 아닌 은자였다. 건달의 눈이 휘둥그레졌다.

"내 노후를 위해 적호파에 드는 것이지만 되도록 조용히 있을 생각이네. 아마 자네에게 큰 피해가 가는 일은 없을 것이네."

건달은 잽싸게 은자를 품속에 갈무리했다. 진산은 그가 자신의 말을 받아들였다 생각하고 자신의 자리로 돌아갔다. 진산의 등 뒤를 바라보는 건달의 눈이 탐욕으로 물들었다.

두두두두!

저 멀리서 혈랑대와 광견조가 계수를 향해 말을 타고 오고 있었다.


'저 녀석, 꼬불쳐 둔 돈이 더 있겠지?'

진산에게 은자를 받은 건달은 그가 가지고 있을 나머지 은자에 대해 매우 관심이 많았다. 진산이 처음 보였던 위압적인 기세는 이미 그의 머릿속에 조금도 남아 있지 않았다. 그 대신 그가 보는 것은 마른 듯한 그의 체형과 사십 초반의 외모였다.

이십대의 뜨거움을 간직한 자신이었다. 사십 먹은 늙은이는 한주먹감이라 생각했다.

건달은 슬쩍 진산의 근처로 다가갔다.

"이봐, 잠시 나를 따라와."

진산은 건달의 부름에 피식 실소했다. 가소로웠다. 진산에게 그들, 건달들의 존재 가치는 손가락으로 꾹 누르면 뭉개지는 개미와 같았다.

건달은 앞서 발걸음을 옮기느라 진산의 그러한 표정을 보지 못했다.

'하지만 일이 더 쉬워졌군.'

진산은 가타부타 말없이 그의 뒤를 쫓았다.

건달은 먼저 동료들에게 잠시 자리를 떠난다고 양해를 구했다. 그 뒤 건달은 천라지망에서 조금 떨어진 으슥한 숲으로 진산을 데려갔다.

숲에 도착하자마자 그는 품속에서 장갑을 꺼내 손에 끼웠다. 비싼 소가죽을 살 능력이 없어 돼지 가죽으로 대충 만든 것이다. 돼지 가죽이었지만, 충분히 그의 손을 보호할 능력은 있었다.

뚜둑! 뚜두둑!

그의 관절이 맞물리며 기묘한 소리를 토해냈다. 진산을 위협하는 것이었다.

"이봐, 노인장… 가진 거 다 내놓으면 내가 함 봐줄게. 어때? 내가 봐주는 것으로 남은 여생 편하게 보낼 수 있는 것이니 손해 보는 일은 아니지 않아?"

"……."

사람이 없는 으슥한 곳, 천라지망 밖…… 잠시 소피를 보러 나간다는 등의 핑계를 대고 나갈 생각이었다. 하지만 그러한 일은 필요하지 않았다. 건달이 직접 밖으로 안내해 준 것이었다.

진산은 주위를 돌아보았다. 그의 감각에 걸리는 것은 아무 것도 없었다.

"뭐야? 왜 대답이 없어?"

건달이 이빨을 드러내며 으르렁거렸다. 당장이라도 진산을 때려죽이겠다는 듯한 동작을 보였다. 진산은 다시 한 번 주위를 둘러보았다. 그리고 아무도 없다는 것을 확신했다.

쩌어억!

그의 얼굴이 벗겨지기 시작했다. 아교로 단단하게 붙은 인피면구가 얼굴에서 떨어져 나가기 시작했다.

"어, 어?"

건달은 인피면구를 벗기는 진산의 모습에 버벅거릴 뿐 말을 잇지 못했다.

진산의 얼굴에서 진천의 얼굴이 벗겨졌다. 진산은 그 인피면구를 다시 고이 품속에 집어넣었다. 아직도 형의 얼굴을 뒤집어썼다는 죄책감이 그의 얼굴에 어려 있었다.

"자, 이제 잠들 시간이다."

"어버버……."

건달의 얼굴이 공포로 물들었다. 진산의 정체를 알게 된 것이다. 그는 목숨을 빌고 싶었지만, 아쉽게도 진산은 목격자를 보고도 모른 척 살려둘 정도로 착하지 않았다.

진산이 손이 그의 머리를 잡았다.

우득!

건달의 목이 기이한 각도로 꺾였다. 혀가 죽 튀어나왔다. 그리곤 그의 얼굴이 까맣게 변하기 시작했다.

계수 안에서 소란스러운 소리가 들렸다. 아마 혈랑대와 광견조가 초랑이 있는 곳을 강제로 점거했을 것이다. 그들은 진산을 찾기 위해 혈안이 되어 있었다.

아마 지금쯤이면 번참의, 진산의 정체가 드러났을지도 모른다.

'그전에 떠나줘야겠지.'

진산의 신형이 나무 위로 날아올랐다. 다람쥐처럼 오른 그의 신형이 곧 숲 속에서 사라졌다.

혈랑대 및 광견조, 야율령, 시훈 등은 진산을 완벽하게 놓치고 만 것이다.

*　　　　*　　　　*


수풀 속에서 여덟 명의 남녀가 달리고 있었다. 그들은 대부분이 산발이 되어 있었고 옷도 곳곳이 찢겨 있었다. 그런 와중에도 그들 손에는 병기가 단단히 쥐어져 있는 것으로 보아

무림인인 듯했다.

혈랑대와 광견조의 고된 추격을 받고 있는 오호삼화였다.

오호삼화는 동의맹으로 가려던 의지를 버렸다. 지금은 최대한 생존을 위해 달리는 길 외에는 없었다. 혈랑대나 광견조나 겨우 그들 여덟이 상대할 수 있는 이들이 아니었다.

광견조의 추적은 치밀하고 끈질겼다. 제갈청과 제갈화린이 머리를 싸매 몇 번이나 그들을 혼란시켰지만, 그들은 여전히 오호삼화의 뒤를 쫓았다.

와양에서도 도망친 지도 벌써 열흘이 넘었다.

처음 그들은 산공독을 해독하기 위해 이틀 동안 배 안에서 몸을 사려야 했다. 몽월에 도착한 그들은 산공독을 훌훌 털어버리고 말을 구입했다. 동의맹으로 가기 위함이었다.

그들은 성도를 거치지 않고 태화(太和)를 향해 일직선으로 달렸다. 태화를 통해 계수를 지나 하남으로 들어서려 했다. 그들은 사흘째 되던 날이 되어서야 간신히 태화에 도착할 수 있었다. 진산보다 이틀은 더 늦은 것이었다.

하지만 광견조는 영악했다. 그들은 진산을 놓친 병력 그대로 오호삼화를 공격했다. 이에 기겁한 오호삼화는 결국 하남에서 남궁세가가 있는 합비로 진로를 바꾸었다. 치욕적이었지만 살아남기 위해서는 어쩔 수 없는 선택이었다.

나흘을 죽자고 달렸다. 말이 지치면 버리고 신법을 펼쳤고, 마을에 들러 다시 말을 사 달리는 것을 반복했다.

그들은 그렇게 해서 태화와 합비의 중간쯤 되는 곳인 팔공산에 도착할 수 있었다. 팔공산은 과거 그들이 거쳐 갔던 회남과 그리 멀지 않은 곳에 있는 산이었다.

"산에서 녀석들의 추적을 따돌려야 한다."

제갈청이 숲을 지나 팔공산을 오르며 말했다. 그들의 수가 겨우 여덟이었다. 그런 그들을 따라오는 광견조의 수는 벌써 육십이 넘었고, 혈랑대의 수 역시 서른을 넘었다. 거의 백이 넘는 녹림의 부대가 그들의 뒤를 쫓고 있었다.

그들 개개인이 상당한 실력의 무인들이었고 오호삼화들보다 뛰어난 실력을 가진 이들도 있었다. 산공독을 치료해 무공을 되찾은 이후 몇 번이나 그들과 손속을 나누었으나 얻은 것은 깊은 상처와 후회뿐이었다.

"그들의 수는 이미 백이 넘는다. 어떤 수를 쓰겠다는 거냐?"

남궁유성의 말은 전과 다르게 더욱 차갑고 날카로웠다. 지독한 추격전 때문에 그의 성격이 예민해진 것이다. 그것은 다른 오호삼화 역시 다르지 않았다.

제갈청은 마음을 차갑게 가라앉혔다. 그가 익힌 제갈세가의 심법인 현원전단신공(玄元典檀神功)이 그의 마음을 차분하게 식혀주고 있었다.

"유성의 말대로 그들의 수가 이미 백을 넘겼다. 자신의 앞마당에서 그런 세력이 움직이는 데 남궁세가가 모를 리 없다.

그들이 병력을 차출해서 보내올 동안 우리는 시간을 끌어야
한다.”

“팔공산에서 드잡이질을 하자는 건가?”

팽호성이 날카로운 음성으로 물었다. 그는 지금 왼팔 하나
가 없었다. 혈랑대의 대장과 일전을 겨루다가 한 팔이 잘려
버린 것이다. 그 때문인지 그의 기세는 전보다 더 흉포하게
변하였다.

제갈청은 고개를 저었다. 그들과 직접 몸을 섞으며 싸울 수
는 없었다. 그들의 수는 여덟 명뿐인 오호삼화에 비해 열 배
가 훌쩍 넘는다. 산속이든 바다든 그 정도 차이라면 감당할
수 없었다.

대신 제갈청은 산이라는 지형의 특성으로 적의 수를 쪼개
버리기로 생각한 것이다. 좁은 길에서, 가파른 언덕에서, 공
격을 하면서 몸을 숨기는 방법 등으로 말이다.

“그러한 작전으로 그들의 시선을 분산시킨 후 우리는 호북
으로 방향을 튼다.”

“호북? 가까이에 합비가, 남궁세가가 있다. 굳이 호북으로
돌아가려는 이유는 뭐지?”

남궁유미가 쌀쌀맞은 태도로 말했다. 그녀는 더 이상 곱상
한 미인이 아니었다. 뺨에 흉측한 상처가 남은 것이다. 그 때
문인지 그녀의 성격은 판이하게 달라졌다.

나긋나긋하던 성격의 그녀가 나찰과 같은 성격으로 변했

다는 것에 그 누구도 신경 쓰지 않았다. 경중의 차이가 있을 뿐 그들 또한 다르지 않았기 때문이다.

"지금까지 녀석들의 공격 방식으로 보아, 그들은 이미 합비로 가는 길을 막고 있을 것이다. 그들은 부대를 나누어 우리를 추격하면서 동시에 몰이를 하고 있다. 아마 합비 앞에는 대규모의 혈랑대와 광견조가 몸을 숨긴 채 우리를 기다리고 있을 것이다."

"……."

제갈청의 말에 모두가 입을 다물었다. 그의 말대로 혈랑대와 광견조는 몇 번이나 자신들의 앞을 가로막았다. 남궁세가가 있는 합비 앞이라고는 하지만 그들이 몸을 숨기고 있지 않다고 할 수 없었다.

하지만 이번엔 자신들이 먼저 그들이 생각지도 못한 곳으로 몸을 숨기려 했다. 호북이라면 제갈세가와 무당파가 있는 곳이었다. 그들이라면 자신들의 든든한 방패가 되어줄 것이다.

"먼저 우리가 합비로 간다는 것을 믿게 해야 한다."

제갈청은 품속에서 팔공산의 지도를 꺼냈다. 이곳에 오르기 전에 사둔 지도였다.

"합비는 팔공산에서 남동쪽, 호북은 남서쪽이다. 우리가 남동쪽으로 가는 확실한 족적을 만들고 그곳을 향해 함정을 만든다. 그리고 남서쪽으로 도망친다."

"남동쪽으로 흔적과 함정을 남기며 남서쪽으로 도망간다
는 것이 무슨 말이지?"

제갈청의 계획에 팽호성이 되물었다. 그의 머리로는 그와
같은 작전이 이해되지 않았다.

"누군가 희생해야지."

간단한 이야기다. 여덟 명 중 하나를 죽이고 일곱을 살리는
계책이다. 동료를 버려야만 하는 하책이었지만, 지금 그 외에
딱히 방법은 없었다.

혈랑대와 광견조가 그들을 공략하고 있는 중이다. 여러 번
의 시도 결과 아무런 희생 없이 그들을 속이는 것은 불가능하
다는 것을 깨달았다.

그들은 집요했다.

"내가 남동쪽으로 나서겠다. 합비로 도망가며 흔적과 함정
을 만들어내면 문제없다. 여덟 명의 흔적을 만드는 것은 나에
게 무리가 아니다."

제갈청이 직접 자진해서 말했다. 이번 일에는 희생이 필요
했다. 이번 일을 계획한 것은 자신이니 자신이 몸소 나서겠다
는 의미였다.

그들은 혈랑대나 광견조원들에게서 최대한 도망쳐야 했
다. 도망가다 보면 다른 세가가 나서서 자신들을 쫓는 이들을
제거해 줄 것이다.

그러나 그런 제갈청을 막는 사람이 있었다. 제갈화린이

었다.

"불가! 오라버니는 세가를 이끌어야 하는 사람입니다. 그 정도의 일은 저 혼자서도 할 수 있으니, 오라버니는 일행을 도와주세요."

오호는 평범한 후기지수가 아니라 세가의 후계자다. 그들의 손실은 세가의 발전이 몇십 년이나 미루어지는 결과로 되돌아올 것이다.

제갈화린은 가문을 위해 스스로를 희생하기로 마음먹었다.

"화, 화린아!"

"청 오라버니는 소가주님이십니다. 오라버니의 몸은 오라버니의 것만이 아닙니다."

"크윽……."

제갈화린의 단호한 말에 제갈청은 더 이상 말을 잇지 못했다. 그 역시 자신의 부재로 인한 세가의 피해가 어느 정도가 될지는 충분히 짐작하고 있었다.

다른 오호삼화 역시 침울한 표정으로 그 두 남매를 바라보았다. 대신해 주고 싶더라도 이번 일은 제갈세가의 사람 외에는 할 수 없는 일이었다. 그들 중 하나는 희생되어야만 했다.

"시간이 없습니다. 어서 가시길 바랍니다."

제갈화린은 그들을 뒤쫓는 혈랑대와 광견조를 떠올리며 말했다. 무엇 하나 계획하지 못한 지금 그들과 만날 수는 없었다.

제갈청을 제외한 일행은 어쩔 수 없이 몸을 움직였다. 그들이 할 수 있는 것은 그녀의 희생을 희석시키지 않는 것뿐이었다.

"……."

홀로 남는 그녀에게 제갈청은 입을 열 수 없었다. 지금 상황에선 어떤 말이든 시간 낭비밖에 되지 않음을 알기 때문이다.

하지만 그러한 냉정한 이성이 그의 마음을 더욱 후벼 팠다.

지금 제갈청에게는 사지로 가는 동생에게 건넬 말조차 없었다.

그는 태어나서 처음으로 제갈세가의 후계자로 태어난 것을 후회했다.


지금 혈랑대와 광견조는 백여 명이나 되는 수가 있었으나 대부분이 열에서 스물 정도로 쪼개져 있었다. 남궁세가 및 각 정보 기관에 들키지 않기 위함이었다.

몇몇은 하오문의 도움으로 파락호들이나 나무꾼, 약초꾼들로 변장했고, 조금 인원이 많은 부대는 삼룡표국을 무너뜨리려 했던 금성표국의 표사로 위장한 이들도 있었다.

하오문의 정보 기관은 개방과 더불어 중원 최고다. 그들이 정보 조작을 한다면 그 어떤 정보대도 피할 수 없었다. 그것은 오대세가의 정보대 역시 다르지 않았다.

제갈청의 실수는 그들이 녹림뿐이 아니라 하오문에게까지 노림을 받는다는 사실을 몰랐던 것이다.

"산으로 도망가다니, 한심한 놈들이군. 도망가는 것에 급급해 우리 출신을 망각한 건가?"

광견조의 조원 중 하나가 중얼거렸다. 팔공산으로 향한 오호삼화에 대한 조롱 어린 말투였다. 지금 오호삼화의 뒤를 쫓는 광견조나 혈랑대는 모두 녹림, 그러니까 모두 산적 출신들이었다. 그런 그들을 산으로 유인한 것 자체가 어리석은 일이었다.

그러나 그러한 마음이 그들을 방심케 만들었다.

그들의 신형이 예측대로 남동쪽으로 향했다. 합비가 있는 곳이었다. 그들은 남궁세가 속으로 몸을 숨길 생각이었다. 이곳에서 지근거리이니 자칫하면 진산처럼 놓치고 말 것이다.

하지만 광견조나 혈랑대나 큰 걱정은 하지 않았다. 합비까지 가는 길목을 하오문도가 눈을 부라리며 지켜보고 있었고, 또 그들이 숨어든 팔공산에는 쥐새끼 하나도 빠져나가지 못하도록 천라지망을 펼쳐 놓았기 때문이다.

진산이 빠져나갔던 건달들이 만든 그런 허접한 천라지망이 아니었다. 혈랑대와 광견조로 이루어진 천라지망이었다.

"그런데 이거 너무 흔적이 선명한 것 아닙니까? 발자국은 물론이고 곳곳에 나무가 부러져 있습니다. 마치 이곳으로 오라고 유인하는 것 같습니다.”

“하긴, 그동안 그 제갈가의 놈이 몇 번이나 장난질을 쳤지.”

그들은 그 흔적을 따라 일보일보 조심스럽게 움직였다. 그들 중 한 부대가 제갈청이 만든 함정에 몰살당한 적이 있었기 때문이다. 또 이 근처에는 그들 열 명밖에 없는지라 오호삼화가 암습이라도 하면 꼼짝없이 목을 내놓아야 했다.

각 대의 대장이라면 몰라도 일개 조원은 오호삼화의 검을 막을 능력이 없었다.

반 시진 정도 흔적을 따라가자 혼자 걷기도 좁은 길이 눈에 들어왔다. 왼쪽에는 깊은 어둠만이 보이는 낭떠러지가 있었고, 오른쪽에는 매끄러운 절벽의 단면으로 이어졌다. 한 사람이 간신히 설 수 있을 정도로 길은 좁았다.

“호오～ 그럴 생각인가?”

사내가 손뼉을 딱 치며 말했다.

“도대체 무슨 생각이라는 건데?”

사내의 말에 궁금증을 참지 못한 동료가 물었다.

“이곳이라면 일 대 일로 적을 맞이할 수 있지. 그들의 수가 여덟이니 한 사람이 지치면 교대할 수도 있어. 쉬는 동안 일곱이 싸우니 거의 무한이라고도 볼 수 있겠지.”

“그렇게 되면 정말 숫자가 무의미하겠군.”

사내의 말에 동료가 고개를 저었다. 그들은 열이 있지만 개

개인의 수준이 오호삼화에 미치지 못하는 이들이었다. 합공을 해도 승부를 점치기 힘든 상황이니 말이다.

그들은 반대쪽으로 넘어갈지 말아야 할지 어찌할 줄을 모르고 우왕좌왕했다.

그때 사내가 다시 입을 열었다.

"하지만 문제는 언제까지나 그들이 이곳에 있을 수 없다는 거겠지. 산에 올라갈 때부터 멍청하다고 생각했는데, 정말 녀석들 하나만 알고 둘은 모르는군. 저기에 언제까지 박혀 있을 수 있다고 생각해?"

오호삼화는 혈랑대와 광견조의 끈질긴 추격 때문에 쉬이 마을에 들어서지 못했다. 또 마을에 들러도 하오문의 방해로 하루 식량도 쉽게 구할 수 없었다. 해서 그들은 대부분의 끼니를 사냥으로 채웠다.

그런 그들이 며칠이나 버틸 수 있을지 의문이었다. 막말로 그들은 지금 굴에 갇힌 것이나 다름없었다. 문을 막으면 필히 죽게 되는 것과 다르지 않으니 말이다.

"우리는 대장들을 부르면 그만이야."

사내가 동료를 보며 말했다. 그는 고개를 끄덕이고는 재빨리 부싯돌을 꺼냈다. 비상용으로 모은 마른 건초들 위로 잿빛 연기가 치솟았다.

그것을 본 혈랑대와 광견조가 빠른 속도로 모여들기 시작했다.

제갈화린의 뒤에는 일곱 개의 인영이 있었다. 모두 그녀가 적당한 돌을 모아 사람 모습으로 꾸민 것이었다. 반대편에서는 오호삼화가 모두 이곳을 지키고 있을 것이라 생각하고 있을 것이다.

그녀의 시선은 하나둘 모이고 있는 혈랑대와 광견조의 무인들을 향하고 있었다.

"더욱더 많이 와라. 그들이 조금이라도 더 멀리 갈 수 있게……."

그녀의 얼굴에 한줄기의 눈물이 흘렀다. 짧은 생을 마감해야 하는 자신을 위한 눈물이었다.

그러나 눈물은 단 한 줄기, 그뿐이었다. 그녀는 서럽게 울지도, 절망하지도 않았다. 죽음을 맞이하는 것이 아니라 선택한 것이기 때문이다.

'결국 이렇게 당신을 만나게 되는군요. 한참 뒤의 일이 될 거라 생각했건만…….'

그녀는 머릿속에서 진산을 떠올리고 있었다. 오호삼화를 위해 헌신한 그의 모습에 그녀는 진심으로 반할 수 있었다. 그의 능력이 아니라 그라는 사람에게 말이다.

아마 이로써 다시 보게 될 것이라고 그녀는 믿고 있었다. 우측은 끝이 보이지 않는 절벽, 좌측은 고수인 그녀도 쉬이 오를 수 없는 매끄러운 절벽, 뒤에는 길이 없고 일곱 덩이의 돌뿐이었다.

　그녀가 선택한 것은 필사의 길이었다.

　"내가 희생됨으로써 제갈세가가 부흥하기를……."

　스르릉!

　다가오는 혈랑대원들을 향해 제갈화린은 검을 뽑아 들었다. 그녀는 이곳에서 최대한 시간을 끌어야 했다.

　차디찬 제갈가의 꽃이 절벽 위에서 져갔다.


　오호삼화는 제갈화린을 잃어 오호이화가 되었다. 여덟 명이었던 일행이 일곱으로 줄어든 것이다.

　현재 오호이화는 경공을 펼치며 빠른 속도로 팔공산을 내려가고 있는 중이었다. 거의 필사적으로 달려나가는 그들의 안색은 좋지 않았다.

　제갈청은 동생을 잃은 것에 침통할 만도 했지만, 상황이 상황인지라 빠른 속도로 마음을 추슬렀다.

　"호북으로 가기 위해서는 금채(金寨)를 거쳐야 한다."

　금채는 하남에 인접해 있으며 팔공채에서 호북으로 향하는 기로에 있는 곳이었다.

　사실 금채로 갈 수 있다면, 잘하면 하남으로 넘어가는 일은 그리 어렵지 않았다. 그러나 하남에 넘어갔다고 해서 동의맹에 이를 수는 없을 것이다. 차라리 그보다 그들의 손에서 조금 멀어진 뒤 제갈세가나 무당파에 몸을 맡기는 편이 조금 더 안전했다.

"금채로 가기 위해서는 관도를 이용해야 하는데 우리는 말이 없다. 아마 화린이가… 희생해서 만든 시간을 헛되게 잃고 말 거다."

제갈청은 제갈화린을 떠올리며 힘겹게 말했다.

"그럼 어떻게 해야 하오?"

남궁유성이 경공을 펼치던 것을 멈추며 물었다. 선두에 섰던 그가 경공을 멈추자 다른 오호이화 역시 걸음을 멈추었다.

"팔공산에 몸을 숨기는 것이다."

제갈청이 눈을 빛냈다.

팔공산은 제법 큰 산이다. 사람 일곱 정도는 몸을 숨길 수 있는 곳이었다. 물론, 산에서 놀던 혈랑대나 광견조의 이목까지 속이며 몸을 숨길 만한 곳은 그리 많지 않았다.

그러나 말이 없는 그들에게는 선택의 여지가 없었다. 팔공산을 나왔다고는 하지만 금채까지 경공만으로는 도착할 수 없는 거리였다.

"나는 싫다. 말이 없더라도 팔공산을 나설 거다. 지금까지 너의 말을 믿었지만 결국 제갈화린까지 잃지 않았나? 나는 신용할 수 없다."

단호하게 말하는 이는 바로 팽호성이었다. 그는 평소와 다르게 다소 냉정한 모습을 보이고 있었다. 그간의 도주가 그의 성격을 바꾸게 만든 것이었다.

하지만 문제는 그러한 이견은 비단 팽호성뿐이 아니었다.

"나도 팽 형의 의견을 따르겠소."

평소엔 입을 굳게 다물고 있었던 양위(楊偉)가 말했다. 그는 신창양가의 후기지수였다. 그의 창술은 그의 입처럼 무거워, 상당한 믿음을 주었던 자다.

팽호성을 따르는 사람은 하나 더 있었다. 황보세가의 장자인 황보웅(皇甫雄)이 그러했다.

"나 역시 화린 소저의 희생을 만들어낸 제갈청 자네를 믿기 힘들군."

겨우 여덟이 있는 가운데 희생을 비롯한 계책을 세우는 군사를 그들은 믿을 수 없었던 것이다.

제갈청의 미간에 깊은 골이 패었다. 제갈화린을 희생시켰다는 그의 말에 무어라 할 대답이 없었기 때문이다.

오호이화는 자연히 삼호와 이호이화로 나뉘었다.

내분이었다.

상황은 정말 최악으로 치달리고 있었다. 혈랑대나 광견조는 생각보다 쉬운 상대가 아니다. 추격전에는 백전노장이었고, 무공 또한 그들에 비해 뒤지지 않는다. 그 수 또한 백을 헤아리니 그들이 살아남는 일은 아마 낙타가 바늘구멍을 빠져나가는 것보다 가능성이 적을 것이다.

그러한 상황에서 아군의 내분은 상당히 뼈아픈 일이었다. 힘을 하나로 합쳐도 모자라는데 분열이 되었으니 말이다.

"자네들이 그렇게까지 말한다면 나는 할 말이 없다."

제갈청은 힘이 쭉 빠진 듯 깊은 한숨을 토해냈다. 생각해 보면 자신의 머리는 거의 탁자 위에서 이루어졌다. 그가 이룬 것은 수많은 책들로 인한 죽은 지식들이다. 그것들이 백전노 장들에게 깨어져 가기 시작한 것이다.

진산이 아까웠다. 그때 자신이 대신 죽었더라면 화린이 희 생하지 않을 수 있었을 것이라 생각했다.

그는 자신과는 전혀 다른 실전의 명장이었다. 지금 생각해 보니 진산은 책이 아닌 오랜 전쟁을 통해 다져진 전략가라는 생각이 들었다.

'하지만 그 역시 잃은 뒤니⋯⋯.'

제갈청은 고개를 푹 숙였다. 이제는 자신이 없었다. 문무 를 동시에 이룩하겠다던 혈기 넘치는 과거의 자신이 원망스 러울 뿐이었다. 그것들 중 무엇 하나 이룬 것이 없었던 것이 다.

누구보다 생존 본능이 강한 남궁유성은 팽호성을 따르지 않았다. 그는 본래 제왕의 성격을 가진 자였다. 팽호성의 의 견을 따른다면 그의 밑에서 도주해야 한다는 생각이 그의 머 리를 지나쳐 갔다. 애초에 위에 있었던 이라면 모를까, 본래 자신보다 아래에 있었던 녀석을 모시며 가고 싶진 않았다. 만 약 죽더라도 말이다.

별거 아닌 일이었지만, 남궁유성에게는 큰일이었다. 본래 제왕으로 키워진 세가의 후계자다. 그들은 사소한 것이라도 남 아래 있기를 싫어했다.

"그래, 그럼 너희는 산을 내려가라. 우리는 팔공산에서 몸을 숨기겠다."

그런 남궁유성의 선택은 당연했다. 팽호성은 얼굴을 굳혔지만 두말하지 않았다. 한 번 이화를 향해 시선을 돌렸지만 그녀들은 고개를 저었다.

팽설향을 바라보며 팽호성이 입을 열었다. 그녀는 동생이었다. 제갈청의 허접한 수로 죽음을 자초하게 할 수 없었다.

"설향, 나를 따라와라."

"아니오. 저는 이분들과 함께하겠습니다. 오라버니는 산을 내려가세요."

"왜냐?"

팽호성의 눈이 가늘어졌다. 그의 몸에서 살기가 슬그머니 모습을 드러냈다. 지친 가운데 그러한 기운을 뽑는다는 사실에 남궁유성은 깜짝 놀랐다. 그는 그러한 여유가 없었기 때문이다.

팽설향은 팽호성을 바라보다가 힘없는 미소를 지으며 말했다.

"제갈청 오라버니의 말도 맞는 것 같고, 호성 오라버니의 말도 맞는 것 같아요. 그래서 저는 확률은 반반이라 생각합니다."

반반……. 확실히 제갈청의 적에 대한 판단은 정확했다. 그가 부린 술수는 서툴렀지만, 상황을 보는 능력은 역시 제갈 세가라고 생각할 정도로 뛰어났던 것이다.

팽설향의 생각대로 팽호성들이 살아남을 가능성은 그리 많지 않았다.

"그렇다면 같은 가문의 사람들은 찢어지는 것이 좋지 않겠어요? 모두 죽을 바에야 하나라도 살아남아 그 소식을 전해야 할 테니까요."

"음……."

팽설향의 말에 팽호성은 작게 신음을 토했다. 그녀는 이미 결정을 내린 듯했다. 팽가 특유의 완고한 성격은 그녀 역시 다르지 않으니 더 이상 설득은 무리일 것이다.

하지만 팽호성은 마지막으로 그녀에게 물었다. 허무하게 그녀를 잃고 싶지 않았기 때문이다.

"정말 그렇게 생각하느냐?"

"예."

팽설향은 단호하게 대답했다. 반드시 둘 중 하나가 살아야 했다. 이왕이면 팽호성이 살아남는 것이 그녀는 더 좋았지만, 그렇지 않을 수도 있었던 것이다.

그녀의 말에 팽호성은 더 이상 설득하려 하지 않았다.

"그럼 생존을 바라지."

"그래, 너희도……."

　서로의 생각은 달랐지만, 그들은 오대세가의 후기지수들
이었다. 또 동시에 오랜 시간 함께해 왔던 이들이기도 했다.
비록 이렇게 갈라지지만 그 우정이 어디 가지는 않았다.
　시간이 급박하다는 사실을 아는 그들은 주저하지 않고 갈
라졌다. 셋은 팔공산 밖으로, 넷은 팔공산 안으로…….
　누가 살아남을지는 알 수 없었다.

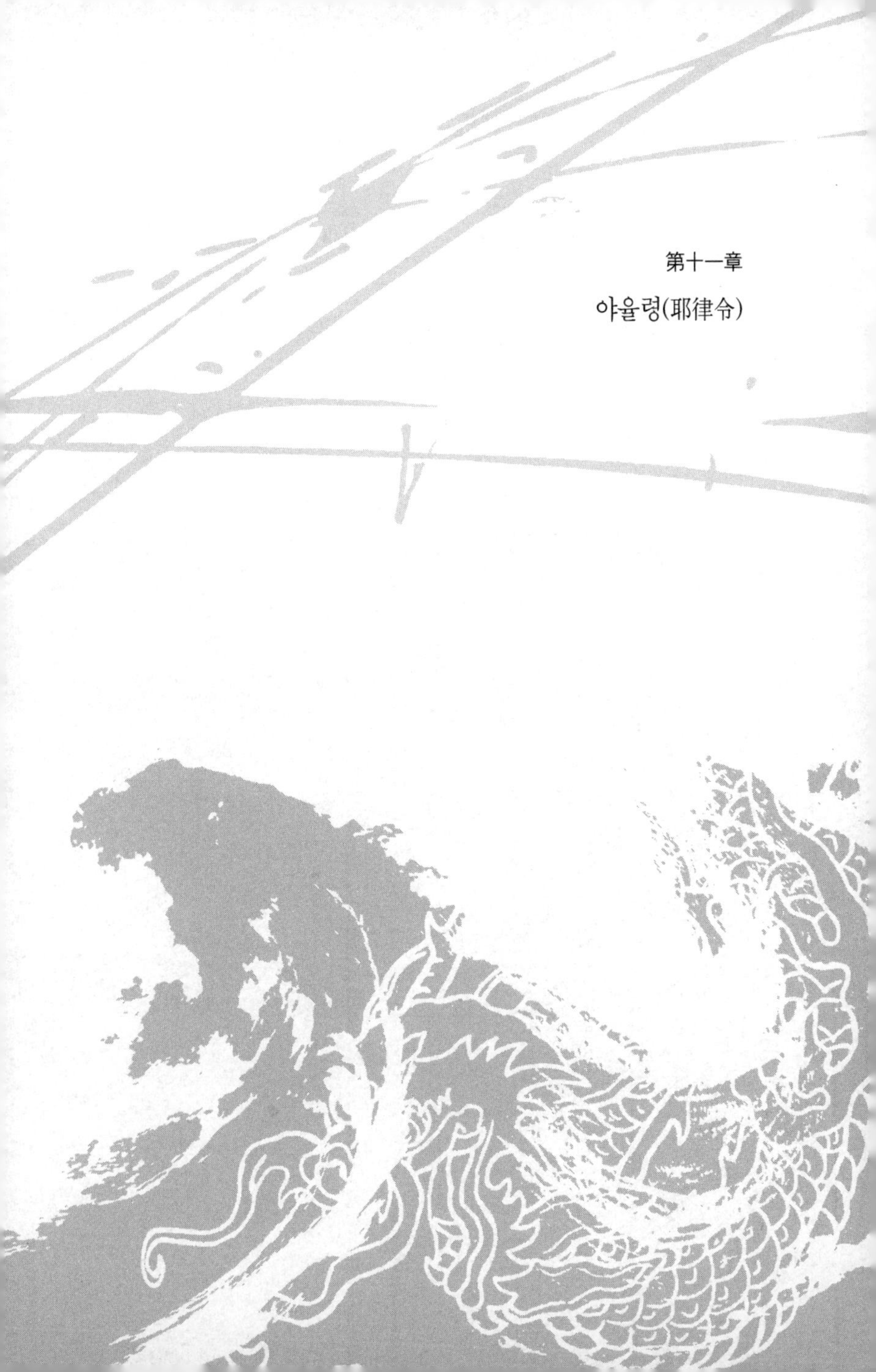


第十一章

야율령(耶律令)

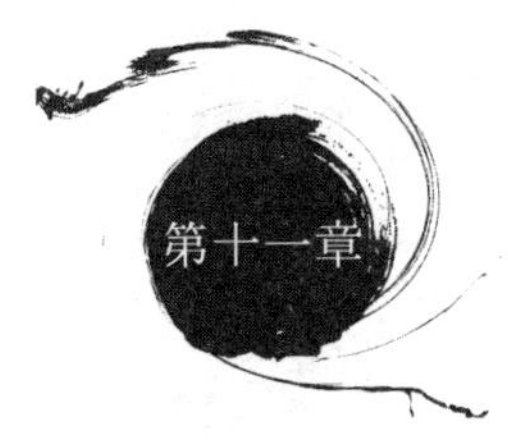


하남 영성(永城)에서 한 마리의 전서구가 허공을 갈랐다.
영성을 떠난 전서구는 등봉에 이르렀다.

등봉은 소림의 속가인 달마하원이 있기로 유명한 곳으로 부단장 및 소지와 화랑이 머물고 있는 곳이기도 했다. 그들이 있는 곳으로 전서구 한 마리가 날아왔다.

방 안에는 부단장과 소지, 그리고 화랑이 말없이 앉아 있었다.

푸드득!

한 마리의 전서구가 소지 앞으로 내려앉았다.

부단장의 손이 움직였다. 허공에서 손의 잔영이 일어나더니만 전서구를 향해 쭉 날아갔다.

탁!

언제 움직였는지 소지의 손이 전서구를 노리는 부단장의 손을 밀쳤다. 그의 손은 은밀하기 그지없었다. 부단장이 노렸던 전서구는 소지의 보호를 받으며 그의 품으로 향했다.

그때 화랑의 손이 움직였다. 허공에서 새하얀 한기가 뿜어지며 전서구를 향해 날아갔다. 백화가 그의 손에서 아름답게 꽃을 피웠다.

꽃 사이에서 독사가 모습을 드러냈다. 마치 먹잇감을 노리듯 전서구를 낚아챘다.

"음!"

다시 채어가려던 소지의 손이 만개한 백화 앞에 멈춰 섰다. 시리도록 차가운 한기가 제법 위협적이었기 때문이다.

화랑의 손에 잡힌 전서구는 부단장에게 전해졌다. 부단장은 그녀에게서 받은 전서구의 다리에서 전서를 꺼냈다. 작은 서찰 안에는 간략하게 몇 줄이 적혀 있을 뿐이었다.

**형님**의 행방을 아는 자를 찾았다.

뒤를 쫓겠다.

부단장은 혹시나 다른 말이 있을까 서찰을 뒤집어보기도 하고 내공을 끌어올려 보기도 했다. 내용이 너무 간략했기 때문이다.

보통 전서라는 것이 짧게 마련이지만, 진산이 보내온 것은 별 내용도 없었다.

"진 아우가 뭐라나?"

부단장의 태도에 의문이 생긴 소지가 물었다. 화랑 역시 부단장의 허탈한 표정에 의문이 생겼는지 귀를 기울였다.

그러나 부단장은 답하는 대신 그들에게 서찰을 보여주었다. 단 두 줄의, 그것도 지극히 짧은 내용의 전서였다.

"허!"

소지가 나직이 탄성을 내뱉었다. 화랑 역시 난해한 표정을 지었다. 왜 부단장이 허탈해하는지 알 수 있었다.

그들 모두가 내용을 숙지한 것을 확인한 부단장은 자리에서 일어났다. 이제 이러한 내용을 해남파에 알려야 했기 때문이다.

문주는 해남도를 나가기 전에 부단장에게 진산을 놓치지 말고 반드시 해남파에 돌아오게 하라고 단단하게 일렀다.

물론, 그것은 부단장에게 무리한 일이었다.

문주 또한 그러한 사실을 알았는지 주기마다 전서를 보내라 명했다. 부단장은 그것만은 지키고 있었다. 진산의 명도 그렇지만, 그에게는 문주의 명 역시 지고했기 때문이다.

'하아~ 이 짓도 힘들군.'

부단장은 속으로 작게 한탄하며 문주를 향한 한 장의 서찰을 쓰고 있었다. 그 내용은 진산이 형을 찾으러 나섰다는 것이었다. 덧붙여 추신으로 그를 놓쳐 동행하지 못하고 있다고 적었다.

그 추신 때문에 무림이 쑥대밭이 될 것이라고는 전혀 생각지 못하는 부단장이었다.

*　　　*　　　*

깊고 깊은 심산유곡, 녹림의 위상을 알리는 거대한 총단이 고고하게 서 있었다.

총단 내부 '오호삼화 대책회'라는 현판이 걸린 회의실에는 네 남녀가 앉아 있었다. 녹림의 총표파자 장군성, 혈랑대 대대장 고인석, 광견조 대대장 마경, 대하오문의 오장로까지 쟁쟁한 이들이 가운데 원형 탁자를 두고 인상을 푹 쓰고 앉아 있었다.

"하나는 실패했고 다른 하나는 반만 성공했소."

장군성이 전과 다르게 힘없이 말했다.

일을 크게 뒤틀어 버린 진산은 완전히 놓쳤다. 오호삼화도 절반은 놓쳤다. 팽가, 양가, 황보가의 후예들을 잡아 척결하는 것은 성공했다. 하지만 오대세가의 중심이라 할 수 있는 천하제일검가 남궁가와 천하제일지가 제갈가, 하후팽가의 후예들은 놓쳤다.

오장로 역시 맥이 빠진 모습으로 수하가 전해온 전서를 뒤적였다. 성과를 올린 것은 오호 중 삼호를 없앤 것뿐이었다.

물론 그것만으로도 뛰어난 성과라 볼 수 있겠지만, 그로 인한 피해는 적지 않았다.

제갈화린에게 유인당한 광견조와 혈랑대는 몇 개 대가 천애절벽에서 떨어져 고인이 되었으며, 팽호성을 비롯한 삼호의 연합진에 잃은 대원들의 수도 적지 않았다.

이번 일로 녹림은 힘의 원천 십분지 일이 줄었다.

고인석이나 마경은 좌불안석이었다. 하늘 같은 두 사람이 한숨을 푹푹 쉬는 가운데 낀 그들은 숨 쉬기조차 거북했던 것이다.

"남은 이호이화는 포기하도록 하지."

"예, 그들까지 노렸다가는 남아나질 않겠습니다."

오장로가 힘없이 말했다. 장군성도 고개를 끄덕이며 답했다. 오호삼화가 괜히 오대세가의 범이라 불리는게 아님을 뼈저리게 알 수 있었다.

그들로 인해 녹림의 힘이 십분지 일이나 줄었으니 녹림은 한동안 강호에 나서기는 힘들었다.

'그들의 죽음으로 오대세가의 힘 역시 십 년은 멈출 테니 그것으로 위안을 삼아야 하는가?

장군성은 심각하게 고민했다. 오호 중 삼호일화에 의해 힘을 십분지 일이나 잃자 겁이 덜컥 난 것이다.

오대세가가 후계를 잃으면서 오대세가 깊숙이 숨겨둔 잠력을 토해낸다면 이야기가 달라진다. 괜히 용의 역린을 건드린 것이 아닌지 걱정이 되었다.

'아니, 굳이 그런 걱정을 할 필요는 없겠지.'

장군성은 고개를 저었다.

이번 일로 오대세가가 나선다면 은서각의 마교나 다른 사파들 역시 나설 것이다. 그렇다면 결국 다시 동서무림 전쟁이 반발할 것이다.

"진산의 일은……."

오장로가 진산을 언급했다. 하오문과 녹림을 감쪽같이 유린한 사내였다.

"그는 반드시 잡아야 합니다. 우리 일을 방해한 대가를 받아내야 합니다, 반드시!"

장군성이 성이 난 모습으로 말했다. 그의 몸에서 살기가 폭발하듯 터져 나왔다. 고인석과 마경이 깜짝 놀라 의자를 뒤로 끌었다. 오장로 역시 장군성의 강한 살기에 인상을 찌푸렸다.

그래도 장군성은 살기를 거둘 생각을 하지 않았다. 그는 이번에 이렇게 큰 피해를 입게 된 것이 모두 진산 때문이라 생각했다.

그러한 생각은 비단 장군성뿐이 아니었다. 혈랑대 대대장 고인석이나 광견조 대대장 마경, 심지어 대하오문의 냉철한 오장로 역시 그러했다.

'이번 일에 대한 대가는 반드시 그놈에게 받아내겠다!'

회의실 내 그들의 마음이 하나가 되었다.

며칠 뒤 '오호삼화 대책회'라 붙은 현판이 바뀌었다.


*       *       *


어둠 깊숙한 곳에 위치한 대청 안 두 사내가 판이하게 다른 표정으로 마주하고 있었다. 기쁜 듯 함박웃음을 짓는 교주와 골치 아픈 일이 있는 듯 미간을 찌푸리고 있는 사마 군사가 그들이었다.

교주의 얼굴에는 오늘따라 미소가 지워지지 않고 있었다. 야율령에게서 온 한 장의 전서 때문이었다.

"무엇이 그리 기쁘십니까?"

사마 군사가 뿔이 난 듯 말했다. 그는 교주와는 달리 잔뜩 인상을 쓰고 있었는데 그 역시 야율령이 보낸 전서 때문이었다.

그는 진산을 놓친 것이 영 마음에 들지 않았다. 같은 편에서 함께하고 싶은데 그것이 쉽지 않을 것 같다는 것을 느낀 것이다.

"내 기쁘지 않을 수 있겠는가? 야율령 그 아이가 놓쳤다고 하네. 그 아이의 뛰어남은 내 이미 익히 아는 바, 그런 아이의 눈을 피한 진산의 뛰어남은 얼마나 대단할지 기대가 된다네.”

사마 군사가 인재 인재 하고 몇 번이나 언급했던 진산이었다. 교주는 그때에도 욕심을 가지고 있었지만, 일말의 의심을 가지고 있었다. 사마 군사의 말에 대한 의심이 아니라, 그처럼 뛰어난 이보다 더 뛰어난 이가 있을지에 대한 의문이었다.

사마 군사는 본 교에 들어 내부를 깨끗이 정리했던 것은 물론 은서각 내부에서 교주의 위엄을 한층 더 견고하게 만들었다. 그뿐만 아니라 그가 준비하는 삼십여 개의 괴물 또한 교의 힘을 삼 할 이상 더 끌어올렸다. 그 외에도 일 처리에 있어서 그만한 인재는 또 없었다.

그 때문에 교주에게는 야율령의 보고 이전의 진산은 허깨비와 같은 존재일 뿐이었다.

그러나 녹림 토벌에 대한 일부터 시작해 거듭되는 야율령의 보고에 진산의 존재에 대한 무게는 점차 무거워졌다. 끝내 야율령마저 놓쳤다는 보고는 그가 더 이상 허깨비 같은 존재가 아니라는 것을 교주에게 알려주었다.

‘후후후, 그러한 인재가 내 것이 된다는 것인가!’

그는 뛰어난 군사의 필요성을 안다. 뛰어난 무인은 교에서 넘치도록 가지고 있다. 아마 무인의 강함만으로 따진다면 마교는 이미 천하제일이라 할 수 있었다.

그러나 그러함에도 그들은 몇 번이나 중원 정복에 실패했다. 심지어 과거 중원무림 전체가 모였던 무림맹과 비견되었던 그들이 지금은 은서각의 한 축일 뿐이었다.

아마 그것이 교주 동방제가 끊임없이 인재를 갈구하게 된 것에 대한 이유일 것이다.

"본 교가 천하를 위시할 날이 얼마 남지 않았을 게야."

그는 반드시 진산을 가지고 싶었다.

마왕의 눈에 든 귀신의 운명이 어떻게 될지는 알 수 없었다.

*　　　*　　　*

절벽 한가운데 세워진 작은 오두막 안, 호피로 만든 의자에 몸을 파묻은 사내가 곤히 자고 있었다. 거의 모든 일을 처리한 그는 낮잠에 든 것이었다.

그에게 시훈과 진수가 보낸 전서구가 몇 마리나 왔었지만, 그는 조금도 아랑곳하지 않았다. 이미 그 일에는 필문을 보냈기 때문이다.

자신의 후계라 할 수 있는 그가 이런 일 하나 처리하지 못할 것이라 생각하지 않았다.

의자에 몸을 묻은 그는 행복한 표정을 지은 채 낮잠을 자고 있었다.

그는 필문을 믿고 있었다.

　　　　　＊　　　　＊　　　　＊

　야율령이 계수 밖에서 모습을 드러냈다. 현재 혈랑대와 광견조가 계수 내에서 설치고 있는 중이었다. 덕분에 야율령은 진산을 찾지 못한 채 계수를 나서야만 했다.

　그가 혈랑대와 광견조원들이 혈안이 된 채 계수 내부를 들쑤시고 있는 동안 나오는 것은 그리 어려운 일이 아니었다. 애초에 그는 사람과의 접촉을 되도록 금하고 지붕 위에서 진산을 쫓았다. 가끔 땅에 내려설 때는 은신술을 최고로 펼친 상태로 움직였다.

　마교에서도 그의 은신술을 알아채는 이가 드물다. 하물며 혈랑대나 광견조 따위가 알 수 있는 것이 아니었다.

　그는 계수를 나오며 진산을 찾는 일은 그들에게 맡겼다. 밖으로는 천라지망에, 안으로는 건달을 비롯한 혈랑대와 광견조원들이 있었다. 제아무리 진산이라도 당장에 잡힐 것만 같았다.

　하지만 혈랑대와 광견조가 광분하며 계수를 뛰쳐나왔을 때 그는 진산을 놓쳤다는 사실을 깨달을 수 있었다.

　'…역시 군사가 말한 인재라는 건가?

　야율령은 혈랑대와 광견조를 바라보며 한숨을 토해냈다. 그들이 찾아내지 못했다는 것은 이미 진산이 계수를 나왔다는 것을 의미했다.

그는 한달음에 계수 근처에 있는 나무로 올라섰다. 바람에 흔들리는 버드나무 가지마냥 한없이 은유한 움직임이었다.

나무 위에 오른 그는 끝부분을 잡고 천근추를 시전했다. 그의 무게에 나무가 활처럼 휘어졌다.

툉!

천근추를 풀자 그의 신형이 하늘로 쏘아져 갔다. 족히 십여 장은 단숨에 올라갔다.

그의 시선이 주위를 쓸었다. 그의 시선은 땅을 기는 개미새끼 하나 놓치지 않았다. 특수한 수련으로 인해 단련된 안력이 진산을 찾았다.

'없다.'

진산은 이미 예전에 계수를 떠났는지 십 리 안에서는 그의 모습을 볼 수 없었다.

야율령의 신형이 다시 떨어지기 시작했다. 허공으로 치솟았던 그의 신형이 땅에 가까워질수록 점차 가속도를 붙였다. 야율령은 허공에서 연거푸 공중제비를 돌았다.

파파팟!

공중제비를 돌며 근처의 나무를 살짝살짝 쳐냈다. 내공이 담긴 그의 손이 나뭇가지들을 예리하게 베어냈다.

굉장한 속도로 떨어지던 그의 신형이 조금은 느려졌다.

"흡!"

땅에 떨어지려는 찰나, 야율령이 나무의 밑동을 강하게 가격했다. 픽! 하는 소리와 함께 나무에 선명한 족적이 남았다.

야율령의 신형이 추락하던 도중 직각으로 튕겨져 나갔다. 그는 땅에 닿는 순간 몇 번이나 몸을 굴렸다.

몇 바퀴를 구른 뒤에야 그의 신형이 간신히 멈추었다. 뿌연 먼지가 주위를 휩쓸었다. 하지만 그 소리가 주위로 퍼지는 일은 없었다.

우수수—

야율령이 떨어질 때 잘라낸 나뭇가지들이 떨어져 내렸다.

"……."

그가 천천히 몸을 일으키며 주위를 훑었다. 이러한 소리를 누군가 들었는지 알기 위함이었다.

주위를 돌아보던 그의 눈동자가 혈랑대와 광견조가 있는 곳으로 향했다. 이렇게 힘겹게 착지한 이유는 그들의 눈에 띄지 않기 위함이었다. 그들의 눈에 띄었다가는 자칫 귀찮은 일이 생길 것이다.

"그를 놓쳤으니 어쩐다……."

야율령이 쓰게 웃었다.

누군가를 쫓다 놓친 것은 이번이 처음이었다. 단 한 번도 임무 실패를 한 적이 없었던 그였다. 그러나 진산은 자신의 시야에서 감쪽같이 사라지고 만 것이다.

야율령은 이번에 한해서 자신이 패했다는 것을 인정할 수밖에 없었다. 그러나 그렇다고 진산을 쫓는 것을 그만둘 생각은 없었다.

그는 재빨리 품속에 있던 지도를 꺼내 들었다. 중원 각지가 제법 상세하게 그려진 지도였다.

"그의 목적지는 하남 정주, 동의맹이다. 계수에서 동의맹으로 가는 길을 빠른 속도로 훑어가다 보면 그의 흔적을 찾을 수 있을 거다."

계수는 하남을 맞대고 있는 곳이었다. 이미 상대는 하남을 넘어갔을 것이고, 혈랑대나 광견조들과 같은 잔인한 사냥꾼들의 추적에 대비해 은밀하게 움직일 것이다.

은밀하면서도 빠르게 움직일 수는 없다. 그렇다면 말을 몰아 빠른 속도로 그의 뒤를 따른다면 곧 그를 다시 찾을 수 있다고 생각했다.

야율령은 생각을 마치자 재빠르게 움직였다. 그의 신형이 허공으로 솟구쳤다.

스윽!

그때 그림자에서 한 사내가 모습을 드러냈다. 사내의 모습은 완연한 건달이었다. 기름으로 머리를 모두 밀어 올려 이마를 드러낸 모습이 더욱 사내를 날카로워 보이게 하였다.

'형의 인피면구를 가져온 자라⋯⋯.'

건달은 진산이었다. 그는 계수를 나온 뒤 숲에서 몸을 숨기고 있었다. 자신의 뒤를 쫓는 이들 중 사내에게 인피면구를 준 자, 남궁세가에서 황보세가의 인물로 변장한 사내가 있다고 생각했던 것이다.

하나 그를 끌어내 잡을 수 있는 방법이 마땅치 않았다. 또 잡혔다고 순순히 정보를 말할 자가 아니라고 생각되었다.

어쩔 수 없이 진산은 그의 뒤를 쫓기 위해 혈랑대와 광견조를 이용했다. 혈랑대와 광견조라는 안대를 이용해 그가 계수 밖으로 모습을 드러내게 만든 것이다.

진산의 생각대로 야율령은 곧 모습을 드러냈고, 그를 찾기 위해 화려하게 그 존재를 부각시켰다.

혈랑대나 광견조라면 볼 수 없었을지 몰라도 진산이라면 그 정도는 간단하게 찾을 능력이 있었다.

"그럼, 이제 뒤를 쫓아볼까?"

진산의 신형이 훅 하고 꺼졌다.


진산이 사라지고 가장 난처한 것은 다름 아닌 시훈과 진수였다. 그들은 몇 차례나 대장에게 전서구를 날렸다. 하지만 돌아오는 것은 아무것도 없었다. 감감무소식…… 그들은 그것이 대장이 극도로 화가 나 있는 증거라고 생각했다.

시훈과 진수는 대장이 얼마나 많은 일을 하는지, 또 얼마나 하루라도 빨리 인재를 보아 은퇴하고 싶어하는지를 이미 잘 알고 있었다. 그들이 처음 대장을 만났을 때부터 주저리주저리 설토했기 때문이다.

진산은 대장의 후계가 될 사람이었다. 물론 대장의 제자인 필문도 있었지만, 게을러 터진 필문이 그 뒤를 이을 거란 생각은 하지 않았다.

그랬기 때문에 대장이 진산에게 거는 기대는 매우 컸다. 반드시 그를 포섭해야 할 것을 시훈과 진수에게 신신당부했다. 그 때문에 시훈과 진수는 지금까지 진산을 쫓으며 그의 취향이나 성격, 그리고 바라는 바를 조사하고 있는 것이 아닌가.

그러한 사람을 놓쳤다.

"우리 죽지는 않을까?"

시훈이 한숨을 토해내며 말했다. 대장이 이번 일에 거는 기대가 얼마나 큰지 잘 알고 있었다. 선대처럼 안 되면 단식 투쟁까지 할 거란 언급이 전서에 심심치 않게 보였던 것이다.

진수 역시 시훈의 말에 동감하는지 고개를 끄덕이고 있었다.

"설마…… 놓쳤냐?"

갑작스런 인기척에 시훈과 진수가 땅을 박차며 뛰어올랐다. 허리춤에 걸린 검집에서 시퍼런 칼날이 그 모습을 드러냈다.

목소리의 주인은 그들의 모습에 피식 미소를 지을 뿐이었다. 그가 등에 있는 궁을 꺼내 화살 두 발을 날렸다.

따땅!

"윽!"

"윽!"

시훈과 진수가 나직이 신음을 토했다. 사내가 쏜 화살에 담긴 경력이 만만치 않았기 때문이다. 그들의 검이 낭창낭창 휘어댔다.

그들은 사내의 정체가 필문이라는 사실을 알 수 있었지만, 검을 다시 집어넣을 수 없었다. 다시 날아올 화살이 두려웠던 것이다.

"진산이라는 놈, 놓친 거냐?"

필문은 평소와 다르게 살기등등한 모습을 보이고 있었다. 시훈과 진수는 그의 기세에 눌려 함부로 입을 열지 못하고 있었다.

게으른 것이 지나쳐 멍청하게 보이는 필문이다. 하지만 그들은 필문의 능력을 잘 알고 있었다. 무공이라면 무공, 학문이라면 학문, 그만큼 뛰어난 인재가 없었다. 천재라 하면 바로 필문을 가리키는 말일 게다.

하지만 필문은 게을렀다. 어떻게 그만한 무공과 학문을 익혔는지 의문이 갈 정도로 게을렀다.

하지만 그 역시 화가 날 때까지 게으르지는 않았다. 그때는 거침없이 화살을 날리고, 날카로운 이견으로 상대를 공격한다.

지금 필문의 모습이 그러했다.

"내가 두 번 말하게 할 셈이냐?"

시훈과 진수의 얼굴이 일그러졌다. 필문이 단단히 화가 난 것이라는 것을 느꼈기 때문이다. 그렇지만 그 이유를 알 수 없었기에 그들은 몸을 사릴 수밖에 없었다.

필문이 더욱 살기를 폭사시켰다. 그럴 리는 없다고 생각하지만, 기세만은 당장이라도 그들을 때려죽일 것만 같았다.

진수가 그 기세를 참지 못하고 입을 열었다.

"예, 그를 놓치고 말았습니다."

필문의 얼굴이 잔뜩 찌푸려졌다.

"설명해 봐라."

시훈과 진수는 필문의 말에 진산이 사라지게 된 일들과 광견조와 건달들의 수색들까지 모조리 말했다. 둘이서 토씨 하나도 놓치지 않고 말하자 필문의 얼굴이 점차 퍼지기 시작했다.

'뛰어난 자다. 사부의 뒤를 잇기에는 충분한 인재다.'

자신을 대신한 후계의 등장에 필문은 기쁨을 숨기지 않았다. 사부와 같은 일을 자신은 하지 않아도 된다는 생각이 든 것이다. 자신을 대신할 자가 나타났으니 이번에만 조금 힘쓰면 평생을 편하게 살 수 있다는 생각이 들었다.

필문은 재빨리 머리를 굴렸다. 진산을 다시 찾을 방법, 그리고 그를 회유할 방법 수백 가지가 머릿속을 휘몰아쳤다.

'일단 그는 동의맹으로 갔겠지. 지금까지 그의 행적이나 하는 일로 봐서 동의맹에 무언가 있다. 그리고 그것이 바로 회유하는 데 큰 도움이 될 것이다.'

진산에 대한 생각을 정리한 필문은 시선을 시훈과 진수에게로 돌렸다. 생각해 보면 그만한 인재를 겨우 이들 둘이 쫓고 회유를 한다는 것이 불가능하다고 생각되었다. 물론 그들은 뛰어난 인재고 산전수전 다 겪은 이들이지만, 진산을 상대하기에는 부족한 감이 있었다.

필문이 크게 숨을 들이켜고는 다시 입을 열었다. 거기엔 전과 같은 살기가 담겨 있지 않았다.

"동의맹으로 갑시다. 그리고 동시에 그가 동의맹에서 원하는 바를 찾습니다. 우리는 그 두 가지를 동시에 해야 합니다. 아시겠습니까?"

"예!"

"예!"

시훈과 진수가 목청을 높였다. 추상같던 필문의 모습에 기합이 잔뜩 들어간 것이다.

"그럼, 출발합시다."

필문이 그들을 흐뭇한 표정으로 바라보며 말했다. 어느새 그의 얼굴에는 미소가 그려져 있었다.


야율령은 하남 영성에서 말을 얻어 동의맹이 있는 정주를 향해 쉼없이 달렸다. 하지만 개봉(開封)을 너머 정주의 바로 지근에 있는 중모(中牟)에 이르러서도 진산의 흔적은 눈곱만치도 발견되지 않았다.

이에 의문을 느낀 야율령은 다시 말 머리를 돌렸다. 마교의 어둠이라 할 수 있는 그가 진산이 있다고 확신되는 것도 아닌 상황에서 동의맹에 들어설 수는 없었기 때문이다.

그는 바로 말 머리를 돌려 다시 영성으로 향했다. 하지만 그에 대한 단서는 어렵지 않게 찾을 수 있었다. 진산이 남쪽으로 향한 뚜렷한 증거를 발견했기 때문이다.

'하긴 오호삼화가 오대세가에 돌아가지도 않은 상태에서 혼자만 귀환해 봤자 좋은 시선을 받을 리 만무하니까.'

오호삼화가 동의맹에서 끼치는 영향을 생각해 보면, 진산이 오호삼화가 세가나 동의맹에 도착하기 전에 몸을 드러내는 것은 신상에 좋지 않았다.

그는 망설임없이 말 머리를 남쪽으로 돌렸다. 보름이라는 시간 동안 그는 말에서 내린 적이 거의 없었다. 빠른 속도로 진산의 흔적을 쫓았고, 그는 거의 하남 최남단이라고 할 수 있는 정양(正陽)에 이르러서야 멈춰 설 수 있었다.

"그의 흔적이 이어진 곳은 대별산(大別山)인가?"

대별산이라고 하면 중원오악 중 하나인 중악(中岳) 숭산에 이르지는 못하지만, 그 산세가 매우 험해 인근에서는 제법 유명한 산이었다.

이 대별산은 대별산이라는 이름에서도 알 수 있듯이, 산을 이 등분하는 커다란 벼랑 때문에 더욱 유명한 곳이다.

벼랑 아래는 뿌연 운무에 가려 그 깊이를 가늠할 수조차 없었다. 끊임없이 이어지는 그 벼랑에는 대별산을 관통하는 한 줄기의 강이 있었으나, 어마무지한 높이인지라 감히 그곳 앞에 서는 이가 없다고 한다.

"대별산, 대별산이라……."

야율령이 인상을 찌푸리며 지도를 두드렸다. 지금 그가 가진 의문은 하나둘이 아니었다. 먼저 진산의 움직임은 너무 빨랐다. 쉼없이 말을 몰았지만 그의 뒤꽁무니조차 발견할 수 없었다.

그 다음 매번 때마침 들려오는 '수려한 외모에 학사풍 옷을 입은 철봉을 들고 다니는 무사' 에 대한 소문이었다. 그는 그것 하나에 의지하며 정양까지 이르렀다. 중원에 그와 같은 이가 많지 않으리라고 생각했기 때문이다.

마지막으로 그의 의문은 진산이 대관절 무슨 이유로 대별산으로 가는 것일까에 대한 것이었다.

대별산은 험한 산이었다. 산을 두 쪽 내는 단애(斷崖)가 아니더라도 산세가 매우 험해 인근 마을의 전문적인 약초꾼이나 사냥꾼도 몸을 사리는 곳이었다.

진산 같은 고수가 그러한 위험에 대해서는 차치하고서라도 동의맹이 있는 정주와는 거의 끝과 끝에 위치한 곳에서 몸을 숨기는 이유가 궁금했다.

"그가 또 무언가를 획책하고 있는 것인가?"

야율령은 이미 마교에서 들은 바가 있어, 그가 있는 곳이 해남도라는 사실을 알고 있다. 오대세가나 하오문, 녹림과는 달랐다. 사마 군사의 존재 때문이다. 그로 인해 거의 정확하게 진산에 대해 알 수 있었다.

그러나 야율령은 진산이 무엇을 의도하는지에 대해서는 알 수 없었다. 대신 어렴풋이 부단장과 소지 일행을 만나는 것이 아닐까 하는 생각을 가질 뿐이었다.

"일단 대별산에 가봐야겠군."

그가 다시 말을 몰았다.

말발굽 위로 뿌연 흙먼지가 허공에 흩날렸다.

* * *

혈랑대와 광견조는 이번 기회로 진산을 포기하려 했다. 그들은 오호삼화 중 삼호일화를 주살하는 데 성공했다. 그로 인해 입은 피해가 적지 않았지만, 그래도 이번 일로 오대세가의 힘이 한동안 정체될 것임을 알 수 있었다.

하지만 그들은 환호할 수 없었다. 오호삼화의 반항은 제법 거셌다. 그중 일화 제갈화린은 자신의 진기마저 남김없이 쏟아내며 외길에서 혈랑대의 고수들을 패퇴시켰으며, 삼호는 광견조의 조직을 뭉개 버렸다. 그들의 실력이 제법 출중하다는 사실을 알았지만, 이 정도까지일 줄은 몰랐다.

물론 혈랑대와 광견조가 방심한 것도 있었다. 애송이를 잡는 데 큰 힘을 쓸 필요가 없다고 생각했던 그들은 큰코를 다친 것이다.

그럼에도 이호이화는 그 종적조차 잡을 수 없었다. 그들 또한 혈랑대에 상당한 피해를 주었다.

혈랑대와 광견조의 피해가 이렇게 크니 그들은 하루빨리 귀환하기를 바랐다.

그러나 총단에서 내려온 명령은 반드시 진산을 죽이라는 것이었다. 오호삼화에게 입은 피해가 적지 않았던 그들은 상부의 명령을 피하고 싶었지만, 총단의 명령은 지엄한 것이었다. 혈랑대와 광견조는 다시 말을 몰아 하남으로 향했다. 그나마 다행이라면 그의 행적을 포착한 하오문이 친절하게 목적지를 알려준 것이다.

“후우…….”

명령을 내리는 이번 부대의 총책임자인 철음수(鐵音手) 막고(漠古)의 입에서 절로 한숨이 토해졌다.

총단의 명은 하늘과 같다.

“대별산으로 간다.”

막고는 힘없이 말했다.

혈랑대와 광견조가 대별산으로 향했다.


*　　　*　　　*

쾅!

"끄아악!"

나무가 빼곡히 들어선 숲 사이로 한줄기 파공음과 함께 비명이 울렸다.

눈, 코, 입… 오공에서 피를 줄줄 흘리는 사내가 비척이다가 이내 무릎을 꿇고 말았다. 자색 어린 야행복을 입은 사내의 양팔은 기이하게 꺾여졌고, 그의 무기로 짐작되는 도는 부러진 채 잡초 위를 구르고 있었다.

중배가 차가운 눈으로 죽어가는 이를 바라보고 있었다.

"크으윽! 중배, 네 이놈!!"

사내는 아직 기운이 남았는지 분노에 찬 음성으로 중배를 외쳐 불렀다.

그러나 그것뿐이다. 그가 할 수 있는 일은 없었다. 이미 오른팔도 없는 중배를 상대로 대패했다. 그런데 팔이 부러지고 내상으로 온몸이 엉망진창이 된 상태에서 그에게 위해를 가할 방법은 없었다.

턱!

중배의 손이 사내의 머리를 잡았다. 사내는 하오문에서 제법 고수라고 불리는 자다. 오른팔이 있더라도 감히 자신이 상대할 수 없는 존재였다.

그러나 적화보전을 얻은 뒤 상황은 판이하게 달라졌다. 중배는 자신의 뒤를 쫓는 하오문의 추적자들을 단 하나도 살리지 않았다. 흡성대법을 연공해 그들의 내공을 빼앗았고, 그것으로 다른 여섯 가지의 무공을 차례대로 연성해 나갔다.

팔이 하나밖에 없었다. 그 때문인지 연성 속도는 무척이나 더뎠다. 그러나 단 하나만은 달랐다. 그것은 바로 흡성대법이었다.

흡성대법은 내공심법이었다. 팔이 하나든 둘이든 문제가 없었다.

다른 여섯 가지의 무공은 크나큰 성취를 볼 수 없었다. 그 안에 담긴 내용이 심오했고, 그 수가 여섯이나 되다 보니 한꺼번에 익힐 수가 없었던 것이다.

중배는 어쩔 수 없이 여섯 가지의 무공 중 장법 하나만을 연성했다. 아쉽기는 했지만, 그가 익히고 있는 철혈수라장법(鐵血修羅掌法) 하나만 해도 천하에서 알아주는 절기라 할 수 있었다. 또 흡성대법의 특성상 연성 수준이 낮을 때는 상대와 몸을 맞닿아야 하기에 다른 무공보다는 장법을 고수했다.

독한 마음을 먹고 흡성대법과 철혈수라장법을 익히기 시작한 중배의 실력은 나날이 늘어갔다. 그는 내공을 보다 더 키우기 위해 일반 양민의 기력을 빼앗는 데 주저하지 않았다.

그리고 드디어 눈앞의 사내를 단숨에 격파하기에 이른 것이다.

"크크크!"

중배가 음산한 미소를 토해냈다. 흡성대법을 시전하는 것이었다. 흡성대법은 그 사이한 특색 때문인지 대공을 연성하는 도중에도 움직이거나 말을 할 수 있었다.

"흐읍!"

사내의 얼굴이 핼쑥해졌다. 중배의 손을 따라 사내의 내공이 빨려 들어가기 시작한 것이다. 순식간에 모든 내공을 소진한 사내는 이내 생기까지 중배에게 흡수당해 점차 목내이(木乃伊:미라)처럼 변하기 시작했다.

흡성대법을 끝마친 중배가 바싹 마른 사내의 머리에서 손을 뗐다.

"후우~ 이제 일 갑자의 내공이 모였군."

대법을 연성하기 전에 그가 겨우 반 갑자의 내공을 가지고 있었던 것을 생각하면, 겨우 수십 일 만에 반 갑자의 내공을 단숨에 모은 것이다.

소림사의 대환단 한 알이 단숨에 십 년 정도 내공을 증가시켜 준다는 것을 상기한다면, 중배의 내공 증진은 엄청난 속도가 아닐 수 없었다.

"큭!"

중배가 신음을 토하며 허리를 꺾었다. 갑자기 치밀어 오르는 고통에 그는 오만상을 찌푸렸다.

'하지만 역시 대법이라 해도 부작용은 있는가?

흡성대법은 남의 내공을 갈취해서 그 힘을 늘리는 것이다. 그 내용은 채음보양이니 채양보음이니 하는 것과 크게 다르지 않았다. 자신의 몸을 구조하는 것과는 다른 기가 몸에 쌓이다 보니 자연 몸을 조금씩 부수어간다. 내공이 많으면 많을수록 수명을 단축시키는 것이다.

아마 일 갑자의 내공을 쌓은 것 때문에 그의 수명이 족히 이십 년은 줄었을 것이다.

"복수만 할 수 있다면 그깟 수명쯤은 아무것도 아니다."

중배가 으르렁거리며 힘겹게 허리를 폈다. 지금의 내상은 하오문의 추격을 피하기 위해 무리하게 내공을 끌어 모았던 것이 화근이 된 것이다.

애써 몸을 일으켰다.

그가 하오문의 추격을 피해 동의맹 근처에 이르는 데 근 한 달이라는 시간이 흘렀다. 하오문의 출신이었던지라 그들의 추격에서 벗어나는 데 비교적 수월했다. 만약 그가 하오문 특유의 추격 방식을 알지 못했더라면 당장에 잡혀 비급도 뺏기고 목숨도 빼앗겼을 것이다.

거기에 하오문이 오호삼화와 진산에 대한 추격 역시 같이 했기 때문에 그의 도주는 훨씬 더 쉬웠다.

물론 비교적 쉬웠다는 의미지 여기까지 온 중배의 노력은 결코 쉽지 않았다.

그렇게 어렵게 도망친 곳이었다. 아직 이대로 쓰러질 수는 없었다.

앞으로 갈 길이 멀었다. 복수를 위해서는 천하제일의 고수

가 되어야 했다. 하오문의 추격과 흡성대법으로 인해 무림공
적이 되어야만 하는 것을 생각한다면 그 누구보다 강해져야
만 했다.

"좀 더 강해져야 해. 진산과 부단장이라는 놈을 죽이기 위
해서는!"

그의 손에 묵빛 기운이 어렸다. 방금 전 하오문의 고수도
일격을 막지 못하고 쓰러진 악마 같은 장법이었다.

철혈수라장법. 그것은 흡성대법과 어울리는 역천의 무공
이었다. 상대의 기류를 흩뜨리고 마치 맹독같이 상대의 몸속
에 스며들고 만다. 만약 살아남더라도 평생을 몸에 철혈수라
장의 수라기(修羅氣)를 안고 살아야만 한다.

파파파!

그의 몸에서 묵빛 기류가 주위를 휩쓸었다. 뻘겋게 젖은 풀
밑으로 하오문도로 보이는 무사들이 그 모습을 드러냈다.

모두 중배의 손에 당한 이들이었다. 그들 모두 피골이 상접
해 목내이처럼 변해 있었다.

"반드시 천하제일인이 되어주겠다!"

중배의 신형이 숲의 청명한 바람 사이로 사라졌다.


*　　　　*　　　　*


동의맹 근처에서 그러한 풍운이 불었을 때 대별산에서도

이변은 감지되고 있었다.

대별산 인근의 마을인 고하(菩河)에는 수십 명의 사람들이 그 모습을 드러냈다. 떠돌이 자유 상인들과 그들을 지키는 표사들이었다.

물론, 그 속은 모두 혈랑대였으며 광견조였다. 진산을 잡기 위해 팔공산에서 고하까지 온 것이었다.

고하에는 대별산에서 약초를 캐거나 사냥을 하는 이들이 대부분이었다. 대별산이 험한 산이라서 화전을 하기에는 마땅치 않았기 때문이다.

그 때문인지 가끔 들르는 이들은 약초나 가죽을 거래하는 상인들뿐이었다.

상인들을 위한 객잔이 고하에는 하나밖에 없었다. 애초에 마을 사람들이 약초꾼과 사냥꾼들로 이루어져 있으니 객잔이 있을 필요도 없었지만, 가끔 찾는 상인들을 상대로 은퇴한 마을 사람들이 함께 객잔을 운영하고 있었다.

그러한 가운데 수십 명의 혈랑대와 광견조가 고하를 찾으니 자연 북적일 수밖에 없었다.

그들은 객잔에 들어선 뒤에는 자신 본연의 모습을 드러냈다. 이런 작은 마을 정도는 언제라도 쓸어버릴 수 있는 무력을 가지고 있었다. 오히려 괜히 자신을 숨겼다가는 진산을 다시 놓치는 일이 생길 수 있었다.

"초랑, 그가 이곳에 있다는 정보가 사실이냐?"

혈랑대의 십오대의 대장인 손후(孫侯)가 하오문의 대표로
온 초랑에게 물었다.

원래 그들 사이는 진산 때문에 크게 갈라진 바 있었는데,
혈랑대가 온 뒤로는 초랑이 적극적으로 녹림에 협조했다. 혈
랑대의 무력은 하오문에게 두려움이 될 수밖에 없었기 때문
이다.

초랑은 손후의 질문에 하오문에서 온 전서를 꺼내 들었다.

"그는 영성에서 개봉까지 가다가 갑자기 길을 틀어 이곳
고하에 온 것이 확인되었습니다. 저희의 추격을 완전히 물리
쳤다고 생각했는지, 그는 곳곳에서 모습을 드러내고 있었습
니다."

손후는 초랑의 손에서 하오문이 조사한 정보를 받고 가볍
게 고개를 끄덕였다. 전서에는 '학사풍 옷에 등에 묵직한 철
봉을 든 수려한 사내' 정도로 기술되었지만, 그 정체가 진산
이라는 것을 알 수 있었다. 게다가 그는 고하에 오는 동안 몇
번이나 무공을 펼쳐 그 존재가 진산이라는 것을 확실케 하였
다.

손후는 전서를 부대장인 가인정(歌人丁)에게 맡기고 의자
에 몸을 기대앉았다.

"오늘은 쉬고 내일부터 그를 찾기 시작한다."

팔공산에서 전투를 치르고 바로 대별산으로 달려온 그들
이었다. 온몸이 녹초가 된 것은 당연했다.

손후의 말에 혈랑대와 광견조들은 의자를 끌어가 자리에 앉았다. 그들은 의자에 몸을 기대면서도 병기에서 손을 떼지 않았다. 기합이 잔뜩 들어가 있었던 것이다.

고하에는 객잔이 한 곳뿐인지라 그들 모두를 수용할 방이 부족했다. 어쩔 수 없이 일층을 전세 내어 숙소에서 잘 수 없는 이들은 식당에서 탁자와 의자를 치우고 이불을 깔 수밖에 없었다. 최소한 그것이 노숙보다는 나았다.

손후가 하오문의 전서를 바라보다가 자리에서 일어났다.

"부조장, 간부 몇을 데려와라, 이야기 좀 나눠야겠다. 아, 초랑도 함께 오고."

이번에 투입된 인원은 대략 오십 정도의 무사들이었다. 비교적 덜 지친 혈랑십오대 스물과 광견십조 서른이 고하에 온 것이다.

"예."

"알겠습니다."

부조장과 초랑이 동시에 대답하고는 뒤를 따랐다.

그들이 방 안으로 들어가고 나서야 혈랑대와 광견조의 무사들은 늘어졌다. 지금까지 쌓인 피로가 적지 않았다. 그러나 상하 관계가 무척 엄격한 녹림인지라 상관 앞에서 함부로 늘어진 모습을 보일 수 없었다.

손후가 사라지고 그들은 각자 잡담을 나누며 나름대로 편히 쉬기 시작했다.

‘저들······.’

그러한 이들을 주시하는 이가 있었다. 차가운 인상의 사내였다. 진산을 찾기 위해 먼저 고하에서 자리를 잡은 야율령이었다.

그는 혈랑대와 광견조보다 삼 일 정도 더 일찍 이곳에 왔다. 하지만 고하에서 야율령은 진산에 대한 단서를 더 이상 찾을 수 없었다.

‘젠장!’

야율령은 혈랑대와 광견조에게서 시선을 거두었다. 이미 하오문과 녹림이 연계를 했다는 사실을 알고 있었다. 하지만 이미 놓친 진산을 다시 잡기 위해 혈랑대와 광견조를 보낼 줄은 몰랐다.

녹림과 하오문의 입장에서 진산은 개인이었다. 아직은 혈랑대나 광견조까지 보낼 정도로 거물도 아니었다.

그러나 야율령은 진산을 인정하지 않을 수 없었다. 진산의 능력은 그동안 여러 번 보아본 바가 있었다.

혈랑대의 대장을 단숨에 죽일 정도로 강한 무력, 산적들을 토벌하는 머리, 사람을 다루는 데 있어 거의 완벽에 가까운 지도력 등 그는 뛰어난 자였다.

“뭐, 교주에게 이런 걸 받을 정도라면 인정할 수 없더라도 인정해야지.”

야율령은 품속에서 동방제의 직인이 찍힌 전서를 꺼냈다.

교주의 지엄한 명령이 담긴 전서였다. 교인이라면 그 어떤 일이 있더라도 반드시 지켜야만 하는 것이었다.

그는 이 명령에서 벗어날 수 없었다. 이제는 진산을 찾는 것보다는 그와 녹림이 만나지 못하도록 해야만 했다.

교주가 보낸 단 한 장의 전서 때문에 이제 야율령은 진산을 지키기 위해 움직여야만 하는 입장이 된 것이다.

그럼에도 야율령의 입가에는 이유 모를 미소가 걸려 있었다. 교주뿐 아니라 그의 마음에도 진산을 도와주고 싶은 마음이 있었기 때문이다. 남궁세가 이후 진산을 관찰했던 야율령은 이미 진산에게 매료된 것이다.

"교에 도움이 될지는 지켜보겠어!"

야율령이 주먹을 불끈 쥐며 말했다. 그가 허락했으니 진산이 교에 들어오는 것은 문제없을 것이라 생각한 것이다. 하긴, 천하제일의 세력이라 볼 수 있는 마교에서 부르는데 거절할 무인이 어디 있겠는가!

더군다나 진산의 성격을 보아 정파의 것이라 보기에는 거리가 멀었다. 도적을 싫어하는 부분을 제하면 과격하고 폭력적인 그의 모습은 마교인과 하등 다를 바 없었다.

꽝!

그때 객잔의 벽을 부수며 철봉이 혈랑대와 광견조의 무사들 사이로 깊숙이 박혔다. 그들은 불의의 기습에 재빨리 신형을 움직여 각자의 병장기를 움켜쥐었다.

스스스—

자욱한 먼지가 주위를 휩쓸었다.

뻥 뚫린 벽에서 한 사내가 모습을 드러냈다. 학사풍의 옷을 걸친 서생, 여성이라면 당장이라도 빠져들 듯한 수려한 외모에 여유로운 미소가 잘 어울리는 사내였다.

느긋하게 그들 사이로 발걸음을 옮기는 진산이었다.

"너, 너는!"

누군가 진산을 알아보았는지 목청을 높였다.

어찌 그를 못 알아볼 수가 있겠는가. 그로 인해 녹림은 세 개의 산채가 박살 났고, 혈랑십이대 대장이 명을 달리했다. 또 편하게 잡을 수 있었던 오호삼화를 그가 방해하는 바람에 혈랑대와 광견조의 십분지 일이나 잃어가며 힘겹게 제거해야만 했다.

그 때문에 현재 녹림의 총표파자 장군성은 그를 향해 잔뜩 이를 갈고 있었다.

"무슨 일이냐!"

밖이 소란스럽자 손후가 그 모습을 드러냈다. 광견조의 부조장과 초랑 역시 함께였다.

"진산!"

초랑이 그를 보고 무언가 깨달았다는 듯이 목청을 높였다. 그가 눈에 불을 켜며 진산을 노려보았다. 하오문 역시 그로 인해 입은 피해가 결코 적지 않았다. 또 개인적으로 그는 그 때문에 광견조와 크게 싸울 뻔한 일이 있었다.

초랑의 말에 손후의 눈이 가늘어졌다. 그는 목표인 진산을 제대로 본 적이 없었다. 광견조와 초랑은 몰라도 그와 혈랑십오대는 오호삼화의 뒤를 쫓았기 때문이다.

"자네가 진산인가?"

손후는 예의 점잖은 모습을 보이며 물었다. 무림에서 그 정도 되는 위치에 있는 사람이 적을 발견했다고 뿔난 망아지처럼 달려들 수는 없었기 때문이다.

진산은 말을 걸어오는 손후를 웃는 얼굴로 바라보았다.

'누, 눈이 웃고 있지 않아!'

얼굴에는 미소가 가득하지만 그의 눈동자만은 차갑게 식어 있었다. 싸늘한 시선으로 손후를 훑은 진산은 이내 눈동자를 돌렸다.

그것은 마치 고수가 하수를 관찰하는 듯한 태도였다.

"저자는 그 강정이라는 자보다 약한가 보군."

진산이 시선을 거두며 작게 중얼거렸다. 그만이 들을 만한 작은 소리라 할 수 있었지만, 지금 이곳에는 일류 아래인 자가 없었다. 일류무사라 자부하는 그들이 진산의 말을 듣지 못할 리 없었다.

손후의 얼굴이 붉게 달아올랐다. 이만한 수치가 또 없었다.

분명 혈랑십이대의 대장인 강정과 혈랑십오대의 대장인

손후의 무공 차이를 보자면 강정이 조금 더 높다고 할 수 있었다. 하지만 그것은 정말 티끌 같은 차이일 뿐, 결코 진산에게 이런 모욕을 받을 이유는 없었다.

"이, 이……."

"이봐, 왜 이리 늦었나?"

손후가 진산에게 성을 내려는 찰나, 진산은 이층에 있는 야율령에게 말을 걸었다.

"……."

그의 말을 받은 야율령은 아무 말 없이 그를 바라보기만 하였다. 하지만 그것은 진산의 말에 늦은 이유를 설명하지 못하는 것으로 보였다.

진산은 그 기회를 놓치지 않고 다시 입을 열었다.

"대별산의 그곳에서 자네가 찾는 그분이 기다리고 계시네. 삼 일 전부터 자네를 만나기를 기다렸으니 최대한 빨리 가보는 것이 좋을 게야."

주위의 눈이 시뻘겋게 물들었다. 이번 진산의 말에 녹림도들은 야율령을 동료라 생각한 것이다. 진산에 대한 적의를 반뚝 잘라서 야율령에게도 돌렸다.

진산은 혈랑대와 광견조의 모습을 확인하고는 재빨리 땅에 깊숙이 박힌 쌍룡곤을 뽑아 들었다.

"아!"

야율령은 그제야 갑작스런 진산의 말의 의도를 차리고 무어라 변명을 하기 위해 입을 열려 하였다. 그러나 이내 입을 다물고 말았다. 진산을 도와주라는 교주의 명령이 떠오른 것이다.

그것이 혈랑대와 광견조에 더욱 확신을 주고 말았다. 야율령은 난해한 표정을 지었지만, 그뿐이었다.

몇 마디 말로 상황이 호전될 것이라 생각하지 않은 야율령은 검병을 잡아갔다.

스르릉!

허리춤에서 그의 애병이 날카로운 이를 드러냈다. 먹칠을 해선지 어둠을 머금은 듯한 검이었다.

"어라, 자네가 이들을 상대할 것이라는 건가? 뭐, 자네라면 내가 믿을 수 있지."

"어?"

검을 뽑는 야율령의 모습에 이번에도 진산이 재빨리 말을 이었다. 야율령이 갑작스런 그의 말에 당황해 얼떨결에 반문하고 말았는데, 녹림에게는 그것이 반문이 아닌 대답으로 들렸다.

진산을 향했던 나머지 절반의 살기 또한 순식간에 야율령을 향해 돌아갔다.

"그럼, 내 이곳의 일을 자네에게 맡기겠네. 이런 하수들은 자네가 가볍게 쓸어버리고 오라고! 하하하하!"

진산이 크게 웃으며 객잔에서 퇴장했다. 어느새 재빠르게 몸을 뺀 것이다.

하지만 그의 뒤를 쫓는 자는 없었다. 모두가 야율령을 잡아먹을 것 같은 시선으로 보고 있었다. 진산과 일행이라면 그를 잡은 뒤에 약속 장소를 알아내어 이미 도망간 진산까지 잡을 수 있다고 생각한 것이다.

"이, 이런……."

야율령이 허탈한 표정으로 사라져 가는 그의 뒷모습을 바라보았다. 어찌나 빠른지 이미 고하를 나가 대별산으로 사라졌다.

그의 뒷모습을 좇던 야율령의 시선이 살기를 느끼고 아래층의 혈랑대와 광견조를 향해 돌아갔다.

"내가 무슨 말을 해도 너희는 안 듣겠지?"

"아니, 너희의 뒷배경과 저놈이 도망간 곳이 어딘지 정도는 들어주겠다."

손후가 눈을 부라리며 말했다.

야율령은 손후를 바라보았다. 자신과 진산이 일행이라는 것을 믿고 있는 것 같았다. 이어 야율령의 시선이 광견조의 부조장과 초랑을 연달아 보았다. 하지만 그들 역시 손후와 크게 다르지 않았다.

'단단히 걸려들었군.'

이 모든 것이 진산이 꾸민 일이라는 사실을 알 수 있었다. 자신에 대해 무언가를 알았던 것이고 잡기 위해 녹림이라는 덫을 놓은 것이리라.

야율령은 천천히 눈을 감았다.

그의 머릿속에서 가장 먼저 떠오르는 사람은 바로 교주였다. 인재에 대한 욕심이 많은 교주는 진산을 데려오라 성화였다.

그 다음으로 떠오른 사람은 바로 사마군주였다. 그는 얼굴 위로 두꺼운 철가면을 쓰고 있어 그 속내를 알 수 없었다. 그 역시 교주와 같이 진산을 회유하라 하고 있었다.

마지막으로 떠오른 사람은 진산이었다. 남궁세가 이후 그의 뒤를 따라다니며 수많은 것을 볼 수 있었다. 그가 어떤 사람인지, 어떠한 능력을 가졌는지를 명확하게 알 수 있었다.

그는 강했다.

마치 방관자처럼 그저 주시할 뿐이던 그가 끼어들자, 은서각 중심으로 돌아가던 판이 뒤집어졌다. 녹림과 하오문은 오호삼화 중 넷이나 놓치고 그 피해가 상당했으며, 진산의 뒤를 쫓는 야율령과 녹림은 서로가 대치하는 상황이 된 것이다.

'이제야 교주와 사마군주가 진산을 원하는 이유를 확실히 알 수 있을 것 같다.'

더불어 왜 교주가 그렇게 인재를 갈구하는지 알 수 있었다.

야율령이 슬머시 눈을 떴다. 그의 주위로 혈랑대와 광견조의 무사들이 병장기를 들고 기세등등하게 다가오고 있었다.

"후우. 좋아, 덤벼라!"

호기롭게 외친 야율령이 어둠을 머금은 묵검을 움직였다.

야율령의 검은 매서웠다. 어지럽게 검극을 움직여 사방에서 공격해 오는 녹림들의 병장기들을 막아냈다. 그러다가 틈이 보인다 싶으면 주저없이 검을 찔러 넣었다.

푸욱!

"크억!"

야율령의 앞에서 도를 치켜든 혈랑대원의 다리가 단숨에 잘려 나갔다. 그는 자신의 몸을 가누지 못하고 균형을 잃고 쓰러졌다.

혈랑대원 하나가 쓰러지자 그의 뒤에서 야율령을 노리고 있던 세 명의 대원이 순간 무방비가 되었다. 야율령이 그 기회를 놓치지 않고 그들의 품속으로 파고들었다.

휘휙!

야율령의 등을 노렸던 광견조의 부(斧:도끼)와 겸(鎌:낫)이 허공을 갈랐다.

"핫!"

그들 깊숙이 파고든 야율령은 몸을 비틀어 그들에게 등을 맡겼다. 당황했던 혈랑대원들이 '웬 떡이냐?' 하고 달려들었다. 야율령의 겨드랑이에서 묵검이 삐죽 튀어나왔다.

자신의 애도로 그의 척추를 뽑아내려던 혈랑대원이 가장 먼저 그의 검에 당했다. 복부에 묵검이 깊숙이 파고들었다.

"끅!"

혈랑대원의 눈이 붉게 물들었다.

야율령이 자세를 낮추었다. 그의 손에 쥐어진 묵검에 푸른 기운이 맺혔다. 빙글 야율령의 몸이 회전했다. 묵검이 원을 그렸다. 묵검을 배에 꽂은 혈랑대원의 몸이 깨끗하게 이등분되었다.

스으윽!

그의 검이 주위를 휘저었다. 푸른 검기가 맺힌 묵검은 혈랑대원과 광견조원들을 거침없이 베어갔다.

야율령은 마교의 어둠이었다. 교의 어둠 속에 숨어 교주의 명에 따라 배신자를 척결하는 임무를 가지는 자였다. 마교에는 고수가 많다. 그중에서도 배신하는 놈들은 무공에 제법 자신있는 놈들이 많았다.

그런 자를 처리하는 것이 야율령의 일이었다. 물론 사마 군사 덕분에 그러한 일을 할 필요는 없었지만, 훈련은 교의 다른 어둠과 마찬가지로 혹독하게 치렀다.

혈랑대나 광견조나 녹림에서 알아주는 전투 부대라고는 하지만 마교의 어둠인 야율령에 비할 수 없었다. 그래 봐야 도적 놈들이었다. 태어나면서부터 무공을 수련한 그와는 질적으로 달랐다.

그 때문에 묵검이 허공을 누비면 반드시 도적 놈들의 몸이 땅을 기었다.

"이런!"

여유롭게 이층으로 올라온 손후는 하나둘, 어딘가 잘려 쓰러져 가는 수하들을 볼 수 있었다. 그것은 현재 광견조를 이끄는 부조장 역시 마찬가지였다.

손후는 더 이상 상황이 악화되기 전에 도를 뽑아 야율령을 향해 달려들었다. 혈랑대의 대장답게 빠르고 강력한 일격이었다.

야율령이 침착하게 수비 초식을 펼쳤다.

깡!

검과 도 사이에서 불꽃이 튀었다.

"으음!"

손후가 뒤로 물러섰다. 막은 쪽은 야율령이었는데 공격한 그의 손이 쩌릿쩌릿 저려왔다. 이번 한 수로 상대가 결코 만만치 않다는 것을 느낄 수 있었다.

"……."

반면 야율령은 여전히 차가운 눈빛으로 그를 바라보고 있었다.

두 사람이 서로를 주시하는 사이 혈랑대원과 광견조원들이 슬금슬금 뒤로 물러섰다. 자신들은 야율령의 상대가 되지 않는다는 사실을 알았기 때문이다.

"정체가 뭐지?"

손후가 도를 도집에 넣으며 물었다.

"…군이 내가 대답해야 할 이유가 있나?"

야율령 역시 검을 검집에 넣으며 말했다. 한기 어린 그의 말에 손후는 미간을 찌푸렸다. 퉁명스럽게 말하는 그를 당장이라도 쪼개 버리고 싶었지만, 그는 출수하지 않았다. 조금이나마 있는 이성이 그를 막은 것이다.

함부로 움직이기에는 야율령은 너무 위험한 자였다.

손후가 본 그는 정체를 알 수 없는 자였다. 인피면구를 쓰고 있어 그 속에 감춰진 얼굴을 알 수 없었다. 목소리도 말할 때마다 미묘하게 달라지는 것을 보아, 언제라도 목소리를 바꿀 수 있는 특수한 수련을 했다는 사실을 알 수 있었다.

야율령이 어린지 늙었는지 알 수 없는 것이다.

손후가 단 한 가지 알 수 있는 것은 그가 뛰어난 고수라는 사실뿐이었다.

"진산이 있는 곳을 불어라. 그러면 너를 놓아주마."

손후는 벌써 반이나 죽은 대원들을 보며 말했다. 눈 깜짝할 사이에 열이 죽었다. 비록 혈랑대 중 십오대가 가장 약하다고는 하지만, 이렇게 허무하게 죽을 놈들은 아니었다.

그는 더 이상 피해가 커지기 전에 되도록 야율령과의 싸움을 피하고 싶었다.

"홍! 상황 파악을 하지 못하고 있군."

야율령이 냉소를 흘리며 말했다.

"뭐, 뭐라고?!"

손후가 다시 도병을 부여잡으며 으르렁거렸다. 혈랑대의

대장답게 그의 몸에서는 주위를 단숨에 찍어 누를 정도로 강맹한 기운이 흘러나오고 있었다.

그 기운에 광견조의 부조장도 초랑도 안색이 바뀌었다. 손후의 무위에 내심 놀란 것이다.

"너희는……."

스르릉!

야율령의 말에 따라 검이 천천히 뽑혀져 나왔다.

"모두 죽는다!"

그의 신형이 화살처럼 쏘아져 갔다.

챙!

이미 준비하고 있던 손후만이 그의 검을 막았다. 하지만 야율령의 내공에 밀려 객잔 밖으로 튕겨져 나갔다.

서걱!

야율령은 손후를 뒤쫓지 않고 먼저 광견조 부조장의 목을 베었다. 부조장은 신음 한 번 토하지 못하고 머리를 잃어버리는 상황을 맞이해야만 했다.

그가 다음 목표로 노린 것은 초랑이었다. 번개 같은 몸놀림으로 손후와 부조장을 연달아 물리친 야율령이 초랑을 향해 검을 뻗었다. 손후는 좌에서 우로 긋는 횡베기였고, 부조장은 반대로 우에서 좌로 긁었다. 초랑을 향해서는 섬전과 같은 찌르기가 날아갔는데, 초랑이 겁을 먹고 땅을 굴러서 심장이 아닌 귀가 떨어져 나갔다.

하지만 야율령은 초랑을 놓칠 생각이 없었다. 재빠르게 검을 왼손으로 쥐고 땅을 내려쳤다.

텅!

초랑의 머리가 데구루루 굴러갔다.

단숨에 셋을 물리친 야율령은 시선을 돌려 반원형의 포위망을 짠 이들을 바라보았다.

혈랑대원과 광견조원들의 안색이 파리하게 질렸다.

"크윽! 우리는 혈랑대다! 누구에게도 겁먹지 않는 역전의 용사다!"

"와―!"

"우리는 죽음으로써 적을 멸한다!"

"죽이자!"

누군가 목소리를 높이자 남은 혈랑대원들이 목청을 높였다. 그것이 대번 광견조원들에게까지 옮겨가 서늘해진 그들의 가슴을 뜨겁게 달구었다.

사기가 바싹 오른 그들은 하나둘 도니, 부니, 겸이니 하는 무기를 꺼내 야율령을 노리기 시작했다. 그 모습이 마치 탐욕스런 사냥꾼과 같았다.

"……"

야율령은 갑작스레 바뀐 기세에 전혀 놀라지 않고 검을 들었다.

누구라고 할 것 없이 양쪽이 동시에 움직였다. 야율령이 앞

서 나오는 광견조원의 허리를 베어 넘겼다. 그의 양옆에서 혈
랑대원들이 부를 치켜들고 야율령의 몸을 쪼개기 위해 나섰
다.

쉭쉭!

야율령의 묵검이 두 개의 푸른 타원을 만들었다.

"크악!"

"으억!"

두 혈랑대원의 손이 땅으로 힘없이 떨어져 내렸다.

퍼퍽!

야율령은 잽싸게 그들에게 달려가 복부를 발로 찼다. 강력
한 내력이 담긴 각법은 그들의 내장을 엉망으로 만들었다.

야율령이 빠르게 움직여 남은 혈랑대원과 광견조원들을
상대하기 시작했다. 묵검이 푸른 기를 머금은 채 허공을 누빌
때마다 어디 한 군데가 잘린 채로 대원들과 조원들은 쓰러졌
다.

비명과 피가 객잔 내부를 진탕 적셨다.

야율령의 묵검은 신묘하기 그지없어서 너무도 쉽게 적을
도륙해 나갔다.

스컹!

마지막으로 남은 혈랑대원의 목이 묵검에 의해 떨어졌다.
목이 떨어진 몸은 비틀비틀 야율령을 향해 몇 걸음 걷다가 이
내 쓰러지고 말았다.

휘익, 휙!

야율령의 묵검이 다시 바닥을 긁었다. 땅에 쓰러진 시체들이 다시 그의 검에 토막 났다.

그는 쓰러진 자들 중 혹 살아 있는 자가 있을 것을 염려하여 확인사살을 한 것이다. 이런 일로 자신이 밝혀지기를 꺼려 했기 때문이다.

"한 놈 남았군."

한차례 혈전이 끝났음에도 야율령은 담담하기만 했다. 오십여 명의 시체로 인해 객잔은 지옥도가 되어버렸다. 지독한 피비린내가 진동을 하고 있었다.

야율령은 묵검에 묻은 피를 털어내고 객잔 밖으로 발걸음을 옮겼다. 이층에서 흘러내린 피가 일층까지 내려와 바닥을 적시고 있었다.

객잔 밖으로 나가니 두 다리가 부러진 손후가 쓰러져 있었다. 야율령의 공력을 소화하느라 떨어질 때 방비를 하지 못한 것이다.

"크큭! 녹림이 자랑하는 혈랑대도 소용이 없다니……. 젠장! 괴물 같은 놈! 왜 우리를 노리는 것이냐!"

손후가 다가오는 야율령을 보고 욕지거리를 내뱉었다. 억울했다. 이렇게 강한 고수가 자신을 노렸다는 사실이, 수하를 몽땅 잃었다는 사실이, 이제 죽어야 한다는 사실이 말이다.

"……."

야율령은 그를 앞에 두고도 말이 없었다.

그의 검이 바르르 떨렸다. 마음은 몇 차례나 손후를 베어냈지만 그의 검은 움직이지 않았다. 무인으로서의, 검사로서의 자비가 그를 구하기를 원하고 있었다.

챙!

야율령의 묵검이 허공을 베었다. 푸른 섬광이 손후의 다리 위로 잔영을 남겼다.

투둑!

부러진 그의 두 다리가 떨어졌다.

다리에서 피가 터져 나오기 전에 야율령이 다시 검을 움직였다. 검기로 혈도를 짚는 고도의 수법이었다.

야율령이 묵검을 휘둘러 혈도를 짚자 잘려진 단면이 오므라지더니만 손후의 다리에서 피가 흘러나오지 않았다. 그것만으로 응급처치는 끝이 아니었다. 그는 품속에서 금창약을 조금 털어내 그의 다리에 발랐다.

"크윽! 무슨 짓이냐!"

금창약이 상처에 닿자 손후가 오만상을 찌푸렸다. 마치 소금으로 지지는 듯한 고통이 다리 속으로 파고들었기 때문이었다.

손후는 손에 공력을 실어 마구 흔들었다. 이미 검은 야율령의 묵검에 의해 부러진 마당이라 무기가 될 것은 그의 손밖에 없었다.

쉬익!

묵검이 다시 움직였다. 다시 혈도를 짚은 것이다.

손후의 팔이 축 처졌다.

"승자의 알량한 자비인 것이냐? 그럴 바에는 차라리 죽여라! 나는 죽어서 수하들과 지옥에서 놀란다!"

손후는 발악에 가까운 행동을 하며 야율령을 윽박질렀다. 패한 자는 그인데 오히려 그가 더욱 목소리를 높였다.

"…그것은 아니다."

패자에게 아량을 베푸는 행위 따위는 모른다. 생과 사의 기로 위에서 싸워온 그였다. 그가 아는 승자의 아량은 오히려 고통없는 깔끔한 죽음을 선사하는 것이었다.

그러나 지금 그는 검을 거두었다. 그것은 승자의 아량도 자비도 아니었다.

'그래, 다른 것이군.'

자비 같은 것이 아니었다. 검이 스스로 거부하는 것이다.

본디 신검합일에 이른 야율령은 검의 마음을 읽을 줄 알았다.

그는 패자에게까지 자신을 휘둘러야 하냐는 말을 들었다. 묵검은 말하고 있었다. 손후는 검을 쓸 가치도 없는 존재라고 말이다.

"무엇이 아니란 말이냐!"

손후가 다시 외쳤다.

자신을 살리는 야율령의 모습이 자신을 비참하게 만들고 있었다.

"너를 죽이는 일은 묵검을 쓸 정도의 가치가 없다. 차라리 살리는 편이 묵검에게는 가치있는 일이라 생각한 것이다."

뿌득!

야율령의 말에 손후가 이를 갈았다. 모욕도 이런 모욕이 또 없었다. 손후는 깨달았다. 야율령이 한 일은 승자의 아량도 자비도 아닌 조롱이었던 것이다.

검이 말한다는 사실을 손후가 알까? 신검합일이라는 경지는 그와 같은 고수들에게 하늘과 같은 경지이니 아마 이해하지 못할 것이다. 검명 정도를 간신히 읽는다면 모를까 말이다.

'굳이 오해를 풀 필요도 없지.'

야율령은 간단한 치료를 끝마치고 매정하게 등을 돌렸다. 손후가 죽을지 살지는 이제 그 자신의 일이다. 더 이상 야율령은 그에게서 관심을 껐다.

이제 진산을 만나러 가야 한다.

대별산으로 야율령은 발걸음을 옮겼다.

그런 그의 등을 손후가 노려보고 있었다. 반드시 기억하겠다는 듯이 그는 야율령이 대별산으로 사라지기 전까지 뚫어지게 노려보았다.

스르륵!

야율령이 대별산으로 오르자 손후가 천천히 쓰러졌다. 한이 담긴 그의 눈동자에는 야율령의 뒷모습이 각인되어 있었다.


학사풍의 마의를 입은 사내가 그 끝이 보이지 않는 깊은 절벽 앞에 위태위태하게 서 있었다.

그의 뒤로 싸늘한 얼굴을 가진 사내가 모습을 드러냈다. 피로 목욕을 했는지 온몸에 피 칠갑을 한 사내였다.

"……."

"……."

둘은 서로를 맞이함에 단 한 마디의 말도 나누지 않았다. 심지어 인사말도 생략한 채 서로를 노려보고 있었다.

"어떻게 이곳을 찾으셨소?"

먼저 입을 연 것은 진산이었다. 그는 담담한 시선을 거두고 빙그레 미소를 지으며 물었다.

"대별산에서 그곳이라 말할 만한 곳은 단 한 군데밖에 없다."

대별산의 대별곡이라 하면 인근에서는 제법 유명한 곳이었다. 진산이 대별산의 그곳이라 하자 야율령은 주저없이 험한 대별산을 올라 대별곡까지 왔다. 사실 이 험한 곳에서 어딜 정하고 만나기에는 이곳 외에는 없다고 생각했다.

덕분에 야율령은 진산과 독대를 할 수 있었다.

"날 부른 이유가 무엇이냐?"

이번에는 야율령이 먼저 물었다. 진산의 돌발 행동, 자신에게 올가미를 씌우고 이곳으로 유인하려는 그의 저의를 알 수 없었다.

진산은 주위를 휘 둘러보다가 수줍은 표정을 지으며 말했다.

"…이 일 때문이오."

"뭐라고?"

너무 작은 소리였기 때문일까? 고수인 야율령도 듣지 못한 작은 소리였다. 야율령은 저도 모르게 그에게 다가갔다. 그리곤 몇 걸음을 옮긴 뒤에야 진산의 말을 다 들을 수 있었다.

그는 대별곡을 가리키며 말하고 있었다.

"이 아래에 숨겨진 비사가 있소. 이 아래 그런 것을 숨긴 것을 보아 아마 고절한 이가 숨겨놓은 것일 게요."

보통 절벽 같은 곳에 기연이 있는 법이다. 은거기인이라는 것들은 사람을 피하기 위해 그렇게 깊고도 험한 곳을 즐겼다.

야율령이 대별곡 앞에 서서 그 아래를 바라보았다. 운무가 끼어 그 아래가 얼마나 깊은지 쉬이 장담할 수 없었다.

'이거 위험하겠군.'

이곳에서 떨어지는 순간 죽음을 면치 못하겠다는 생각이 머리를 스쳤다. 절벽도 단단해서 어지간한 내공을 끌어올리지 않으면 부수기도 힘들었다. 손을 절벽 속에 틀어박으며 내려가는 것은 불가능하다고 생각한 것이다.

떨어지면 필사(必死). 그 어떤 무림인이라도 여기에 은거할 리가 없다고 생각했다. 오갈 수가 없으니 기본적으로 생계가 유지되지 않았기 때문이다.

"보입니까?"

"아니, 전혀."

"아니, 저기를 조금 더 자세히 봐주시오."

진산의 손가락이 운무 어딘가를 가리키며 말했다. 야율령은 안력을 높여 그곳을 뚫어지게 바라보았다.

그때 진산이 스리슬쩍 움직였다. 야율령의 시선이 잠시 다른 곳으로 향한 사이 기척도 없이 움직인 것이다. 야율령이 그에 대한 훈련을 받았다고는 하지만 작정하고 움직이는 진산을 막을 방법이 없었다.

툭!

진산의 발이 야율령의 무릎 안쪽을 쳤다. 그의 발에 담긴 내공이 만만치 않아 야율령은 균형을 잃고 앞으로 쓰러졌다.

"허억!"

야유령의 앞은 바로 끝을 알 수 없는 대별곡이었다. 그곳으로 그의 몸이 떨어져 내렸다.

'안 돼! 검을 뽑아서 절벽에 박아야 한다.'

생각을 마친 그는 허리춤에서 묵검의 검병을 잡았다. 그러나 거기까지였다. 진산이 달려들어 야율령의 몸을 잡은 채 함께 대별곡으로 몸을 던졌다.

쉬익!

묵검은 진산의 손에 단단히 잡혀 결국 뽑히지 못하고, 그와 함께 대별곡으로 떨어졌다.

"주, 죽을 생각이냐?!"

떨어져 가는 와중에 야율령이 당황하며 물었다. 자신도 죽을 법한 곳이다. 그것이 진산이라고 다르지 않을 거라 생각했다.

야율령이 평가하는 진산은 군사로서의 뛰어난 인재지, 무공 면에서는 크게 신경 쓰지 않았다. 제아무리 외공 고수라는 정보가 있기는 하지만 그에게는 통할 수준이 아니었다.

그래서 진산이 알량한 외공을 믿고 몸을 던졌다고 생각했다.

"걱정하지 말라고."

진산이 쌍룡곤을 꺼냈다. 자신이 묵검을 절벽 사이에 꽂으려던 것처럼 곤을 절벽 속에 쑤셔 넣을 생각인 것 같았다.

'무리다! 외공 따위가 떨어지는 가운데서 단단한 절벽을 뚫을 정도의 힘을 발휘할 순 없다.'

야율령은 고개를 저었다. 그는 대신 묵검을 뽑아 절벽에 꽂으려 했다. 살기 위해서는 그 방법밖에 없었다. 마침 진산이 쌍룡곤을 꺼내 드느라 자신을 더 이상 방해하지도 않았다.

휙!

진산의 쌍룡곤이 움직였다.

십(十) 자를 그리고 흉(凶) 자를 그렸다. 쌍룡곤이 절벽 위를 스쳐 지나갈 때마다 붉은 기운이 넘실넘실 흘러넘쳤다.

꽈꽝!

쌍룡곤이 지난 곳에서 대폭발이 일어났다. 절벽이 움푹 꺼지며 바윗덩이가 사방으로 튀었다.

“살아남으려면 꼭 잡으시오.”

떨어지는 와중에 진산은 야율령에게 손을 내밀었다.

갑작스런 대폭발에 놀란 야율령은 멍청하니 떨어지다가 진산이 손을 내밀자 얼떨결에 잡고 말았다.

덥석!

야율령의 손을 단단하게 잡은 진산은 떨어지는 바위들을 타고 위로 솟구쳤다. 야율령의 입이 딱 벌어지게 만드는 뛰어난 경신술이었다.

그의 신형이 어느 정도 오르다가 갑자기 절벽을 향해 몸을 던졌다.

‘큭!’

야율령이 절벽과의 충돌에 눈을 감았다.

슉!

진산과 야율령이 절벽 사이에 난 동혈 안으로 들어섰다. 까마득한 높이에 있는 동혈인지라 안에서 동굴 특유의 동물 배설물과 썩은 고기 냄새가 나지 않았다. 물론 인의적인 흔적

또한 찾아볼 수 없었다.

간신히 동혈 안으로 들어선 둘은 주위를 둘러보기 시작했
다.

"이, 이것은?"

무언가 발견한 듯 야율령의 얼굴이 딱딱하게 굳어졌다.

그가 찾은 것은 항아리였다. 그 안에 제법 많은 벽곡단이
들어 있었다. 주위를 다시 한 번 훑어보니 상당한 양의 술단
지가 있었다. 아마 물은 오래지 않아 썩을 것을 고려한 누군
가가 안에 두었다는 사실을 알 수 있었다.

하지만 주향이 아직도 동혈 안에 남아 있는 것을 보아 술을
가져온 지 그리 오랜 시간이 흐르지 않은 것을 알 수 있었다.

"설마?"

야율령이 진산을 돌아보았다. 방금 전까지 자신과 같이 허
둥대는 모습은 없었다.

"어때? 제법 아늑하지?"

진산이 히죽 웃었다.

『해남번참』 3권에서…

무한 상상 · 공상 세계, 청어람 신무협 & 판타지

설봉 新무협 판타지 소설!
절대로 놓칠 수 없는 2006년 최고의 걸작!!

마야(魔爺) / 설봉 지음

강렬하다……!
절대적 무협 지존!
『마야』
(魔爺)

소사(小事)로 시작되어 천하대란(天下大亂)으로 이어지는 끝없는 피의 역사…

북검문(北劍門)과 남도문(南刀門)의 탄생이었다.

두 세력은 장강을 경계 삼아 전쟁을 방불케 하는 싸움을 벌이고 있다.
삼십 년…… 삼십 년 동안이나…….

그리고 절대 죽을 것 같지 않던 그가 죽었다.

“나를 죽인 건…… 큰 실수야.
나보다 훨씬 무서운… 곧… 곧 너희를…….”

# 무한 상상·공상 세계, 청어람 신무협&판타지

『한백무림서』11가지 중『무당마검』,『화산질풍검』을
잇는 세 번째 이야기 『천잠비룡포』의 등장!!

천상천하 유아독존!!
새로운 무림 최강 전설의 탄생!!

# 『천잠비룡포』
## (天蠶飛龍袍)

천잠비룡포(天蠶飛龍袍) / 한백림 지음

## 천잠비룡황, 달리 비룡제라 불리는 남자.

그는 누군가의 명령을 받고 움직이는 남자가 아니다.
그는 자신의 적을 앞에 두고 물러나는 남자가 아니다.
그는 자신의 이름 안에 있는 자들의 원한을 결코 잊는 남자가 아니다.

그 누구보다도 결정적이고 파괴력있는 면모를 지닌 남자.
황(皇)이며, 제(帝). 그것은 아무나 지닐 수 있는 칭호가 아니다.
그는 제천의 이름으로도 제어할 수가 없는 남자였다.

무적의 갑주를 몸에 두르고
가로막은 자에게 광극의 진가를 보여준다.

# 다세포 소녀 원작 만화 출간!!

# 초등학생이 반드시 읽어야 할 좋은 책 49권

각 학년별로 초등학생이 반드시 읽어야할 좋은 책을
선정하여 통합논술의 기본이 되는 '올바른 독서법'을
일깨워 줍니다.

## 교과서와 함께하는
## 초등학교 통합논술

초등1학년 | 값 12,000원 / 초등2학년 | 값 9,500원 / 초등3학년 | 값 11,000원 / 초등4학년 | 값 9,500원 / 초등5학년 | 값 9,500원 / 초등6학년 | 값 11,000원

### ♣ 혼자 할 수 있어요.

엄마가 책 읽는 방법을 가르쳐 주어도 좋아요.
독서지도하는 선생님이 가르쳐 주어도 좋답니다.
"초등 교과서와 함께하는 **통합논술 시리즈**"는
아이 스스로 독서할 수 있도록 꾸며진 책이에요.
엄마와 선생님은 요령만 가르쳐 주시면 된답니다.

### ♣ 교과서의 중요한 내용이 총정리되어 있어요.

각 학년별로 중요한 교과 내용이 함께 수록되어 있어요.
초등학생은 교과서 내용을 충실하게 공부해야 합니다.
아울러 그와 병행한 독서가 대단히 중요하지요.
"초등 교과서와 함께하는 **통합논술 시리즈**"는
두 가지 방법 모두 알려준답니다.

### ♣ 이 책은 훌륭하신 선생님들이 함께 쓰신 책이랍니다.

동화작가 선생님들이 쓰셨어요. 소설가 선생님도 쓰셨답니다.
국어 논술독서지도 선생님들도 함께 쓰셨지요.
"초등 교과서와 함께하는 **통합논술 시리즈**"는
엄마의 마음으로 모든 선생님들이 함께 꾸민 책이랍니다.

# 입소문을 통해 아는 분은 다 알고 계십니다!
# 올 한해 공인중개사 최고의 화제작!

1~2권 합본 | 이용훈 지음
3~4권 합본 | 이용훈 지음
5~6권 합본 | 이용훈 지음
용 어 해 설 | 이용훈 지음
1~2차 문제풀이집 | 이용훈 지음

## 수험생 기본 필독서
# 만화 공인중개사

**제목 : 만화공인중개사 쓰신 분에게 감사드립니다.**

학원을 두달 다녔어요. 근데 과연 그 숫자 외우기 그렇게 몇 문제나 나올까 생각을 했어요.

아니라는 생각이 드네요. 학원강의를 뒤로 하고 서점을 갔어요. 내 머리에 가장 이해될 수 있는

책이 없나 하구요. 거기서 만화를 발견했어요. 무조건 세번 봤어요. 3개월 걸렸어요. 문제 집을

보라고 했는데 그건 시행을 못했어요. 근데 합격을 했네요.

어떻게 감사의 말을 해야 될지…

도서관에서 만화책 들고 다니까 사람들이 비웃더라구요. 만화책으로 공인중개사를 공부한

다고 미친사람처럼 보더라구요. 근데 그거 다 감수하고 했던 내가 자랑스럽습니다.

어떻게 감사의 말을 해야 할지 정말 감사합니다.

부디 행복하세요. 제 나이 41살에 좋은 스승을 만난 거 같습니다.

엎드려 감사드립니다.

―본사 홈페이지에 독자분이 올린 메일 中 에서 발췌―

# 잘나가고 싶은 사람은 읽어라!

**그에게 한눈에 반했다! 그것은 분위기 탓?**
**애인과 나란히 걸어갈 때 당신은 좌, 우 어느 쪽에 서는가?**
**이성은 왜 서로 끌리는 걸까? 그 심층 심리를 해명한다!**

# 30초의 심리학

**■ 30초의 심리학**
아사노 하치로우 지음 / 계일 옮김 | 값 8,500원

처음 본 사람인데 와 닿는 느낌이
너무나도 강렬한 사람이 있다.
흔히 하는 말로 '필이 꽂힌 사람',
그래서 잊혀지지 않는 사람,
한눈에 반했다고 하는 것이 바로 그것이다.
이런 인간의 감정을 논하는 데
남녀의 구분이 있을 수 없다.
사랑하는 그, 혹은 그녀를
생각하는 것만으로도 가슴이 두근거린다.
이상할 것 없다. 당연히 그럴 수 있는 것이다.
그렇기에 인간을 감정의 동물이라 하지 않는가.
그러나 그렇게 좋아하는 그 사람이
어느 날 갑자기 싫어지는 경우는 왜일까?